Александра МАРИНИНА

Светлый лик смерти

ЭКСМО-ПРЕСС

Москва, 2000

УДК 882
ББК 84(2Рос-Рус)6-4
    М 26

Разработка серийного оформления художников
А. Старикова, С. Курбатова («ДГЖ»)

Маринина А. Б.
М 26   Светлый лик смерти: Роман. — М.: Изд-во ЭКСМО-
Пресс, Изд-во ЭКСМО-МАРКЕТ, 2000. — 384 с.

ISBN 5-04-004425-9
ISBN 5-04-002156-9

На окраине Москвы, на свалке, обнаружен труп молодой, нарядно
одетой красавицы. Выяснилось, что убитая обладала неумеренным сексуальным аппетитом и искала партнеров через брачные агентства. В течение
короткого времени найден человек, подозреваемый в убийстве. Однако
сразу же после его ареста события принимают непредсказуемый оборот.

УДК 882
ББК 84(2Рос-Рус)6-4

КУЛЬТ МАРИНИНОЙ?

Пока еще нет в Москве или, что было бы более современно, в Интернете клуба читателей и почитателей, фанов, как говорят ныне, детективного творчества Александры Марининой, но книжный рынок давно и прочно заполонен книгами разных форматов: карманного и портфолио, выходящих в сериях «Русский детектив» и «Детектив глазами женщины», в твердых переплетах и в суперобложках. В поездах метро и в электричках, на трамвайных маршрутах и в автобусах дальнего следования — везде можно увидеть людей разного пола и возраста, разного же, подчеркну, достатка, которых объединяет одно — книга Александры Марининой, повествующая об очередном деле, над которым работает детектив — где майор, а где уже и подполковник милиции — Настя Каменская. И хоть на обложке порой красуется мужественный лик женщины в красном треугольнике, читают эти книги и юноши, и вполне солидные мужчины.

Лично я в одной из книг Марининой, вышедшей в серии «Черная кошка», насчитал в «полном перечне произведений А. Марининой» двадцать два романа. Такое количество литературных произведений, деленное на пять лет и помноженное на пятнадцать миллионов, — именно таким тиражом, по утверждению издательства «ЭКСМО», изданы за это время книги писательницы, — дает право утверждать, что литературный труд, писательство стало основным родом занятий бывшего подполковника милиции Марины Алексеевой, вот уже целую пятилетку будоражащей читательскую публику все новыми и новыми историями из жизни женщины-детектива.

Ныне, когда не в ходу классические жанры художественной литературы, когда литературное творчество из профессионального занятия скорее становится хобби, феномен Александры Марининой, оставившей деятельность профессионального юриста и избравшей для себя новое профессиональное поприще, стал предметом самого пристального внимания и самого оживленного обсуждения в литературных кругах и на страницах многих периодических изданий. И этот ажиотаж вполне понятен: редко кто сегодня из пишущей братии может сказать, что он живет за счет литературного труда (разумеется, кроме литераторов, продолжающих трудиться в научно-исследовательских институтах, в литературных отделах газет и журналов, но согласитесь, что оплата этого труда едва ли обеспечивает сегодня прожиточный минимум). Творческие же союзы при всем желании не в состоянии оказывать материальную помощь своим членам.

И вот на этом фоне унылого существования «высокой» литературы расцветает успех литератора, трудящегося на поле масс-литературы, к коей принято относить и детективный жанр. Напрашивается вывод: либо автор потакает самым низменным вкусам публики, либо, приходится признать, эта массовая литература относится к той самой беллетристике, которую во время оно нещадно поносили со всяческих партийных и литсъездовских трибун, желая сказать, что она «не зовет и не ведет». То есть уровень языка, разработка фабулы и интриги, а главное, чувства и мысли, которые вызывает это чтение, соответствуют не только литературным канонам, но и отвечают желанию большинства читателей знать о том, что у нас происходит в этой, чаще всего скрытой от нас, повседневной жизни.

К чести Александры Марининой надо сказать, что доскональное знание той сферы, которую она описывает, умение выделить из массы повседневного «болевые» моменты жизни общества, счастливо сочетаются с ее умением психологически исследовать глубину человеческого характера, помогая ей лепить почти скульптурные портреты своих героев. Характер того или иного персонажа, его взгляды на жизнь и, соответственно, его поведение в диктуемых жизнью ситуациях — именно это и привлекает массового читателя, каков бы ни был его статистический портрет. А разве не это привлекает читателя в «Трех мушкетерах»? В спокойном и тонком психологе Шерлоке Холмсе? В толстом гурмане Ниро Вульфе, созерцающем свои орхидеи и распутывающем самые сложные уголовные дела? «Читательское признание» — сегодня вещь сложно доказуемая... «Конечно, Маринину читает много людей, гораздо больше, чем Битова, — пишет в своей статье «Александра Маринина как случай элитарной культуры» Павел Басинский («Литературная газета»). — Но едва ли это жители нищих и полуголодных российских губерний. Скорее всего средняя московская и околомосковская интеллигенция. Да еще, оказывается, снобы, интеллектуалы. Они-то и могут довершить создание культа Марининой...»

Стоит ли ставить вопрос таким образом? Уж если Маринину не могут читать «жители голодных и полуголодных российских губерний», так смогут ли тогда они читать того же Андрея Битова, да просто — классику! Ведь цены на классику, а также философию, памятники древности вообще запредельны!

Гораздо любопытнее отметить, что после полного упадка литературного труда как профессии наконец-то появилась возможность — да, преуспевающему, да, раскрученному, да, кассовому писателю! — сделать литературную работу профессиональной, то есть жить на средства, которые он зарабатывает, «пиша» (как говорили в старину) свои значимые, а значит, воспитующие и в конечном счете полезные обществу детективы! И дай бог развиваться этой тенденции впредь и как можно шире...

В двух романах А. Марининой есть такой персонаж: следователь из Питера Татьяна Григорьевна Образцова, которая в свободное от следственной работы время... пишет детективные романы. То есть, надо понимать, Татьяна Томилина (псевдоним детективщика Образцовой), товарищ Насти Каменской на правоохранительном поприще, одновременно является литературным воплощением аналитика Алексеевой (писательницы Александры Марининой). И если Маринина сделала, похоже, свой выбор — оставила работу ради профессионального писательства, то Татьяна Томилина все же опасается столь решительного шага. Несмотря на то что муж давно требует переехать к нему в Москву: дескать, «я же смогу прокормить тебя!».

Остается с пониманием отнестись к опасениям писательницы Томилиной («Светлый лик смерти», «Седьмая жертва» и т.п.) и высоко оценить мужество и решимость Александры Марининой...

Иван БИЛЫК

Глава 1

— ... Если вы хотите оставить сообщение, говорите после звукового сигнала. Если вы хотите послать факс, начинайте передачу...

Люба швырнула трубку на рычаг и глубоко вздохнула, пытаясь удержать рвущиеся наружу слезы. На протяжении нескольких месяцев она слышит этот холодный равнодушный голос, предлагающий ей оставить свое сообщение на автоответчике.

— Ну как? — сочувственно спросил ее симпатичный капитан, который полчаса назад сжалился над Любой и пустил ее в помещение отдела милиции аэропорта Шереметьево-2 позвонить. — Опять никто не подошел?

— Опять, — кивнула она, отворачиваясь, чтобы он не увидел, как она изо всех сил старается не заплакать.

— Позвоните еще кому-нибудь, — посоветовал милиционер. — Неужели больше некому вас встретить?

Некому. Она хотела, чтобы ее встретил именно Стрельников. А его нет. Все мучительно долгие месяцы, проведенные в Турции, она пыталась связаться с ним, покупала на сэкономленные гроши телефонные карточки и звонила в Москву, но вместо голоса живого Стрельникова слышала только автоответчик, который съедал драгоценные секунды, оплаченные карточкой. Три дня на-

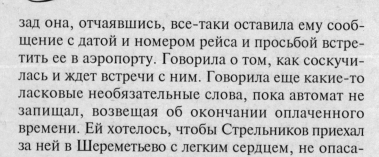

зад она, отчаявшись, все-таки оставила ему сообщение с датой и номером рейса и просьбой встретить ее в аэропорту. Говорила о том, как соскучилась и ждет встречи с ним. Говорила еще какие-то ласковые необязательные слова, пока автомат не запищал, возвещая об окончании оплаченного времени. Ей хотелось, чтобы Стрельников приехал за ней в Шереметьево с легким сердцем, не опасаясь сцен и упреков с ее стороны. Но он не приехал. И телефон его не отвечал.

Она набрала телефон Милы, близкой подруги. Впрочем, теперь вряд ли Мила может считаться близкой. Просто приятельница. После того как она бросила Любу в Турции одну... Хотя стоит ли ее за это осуждать? В болото неприятностей они попали вместе, и вины их в том не было, была только глупость и неоправданная доверчивость, а уж выбираться должен был каждый самостоятельно в меру собственных способностей. Мила выбралась быстрее, ибо способностей у нее оказалось больше. Разве можно ее винить за это? Она улетела в Москву еще в начале июня, а Люба застряла до октября.

У Милы тоже никто не подошел к телефону. Как же добираться до города? Денег у Любы — ни копейки. Хозяин, у которого она работала весь курортный сезон, предоставил ей угол в своем доме и скудную кормежку, а работала у него Люба только за билет до Москвы и визовый взнос. Наличные у нее не водились, и ей приходилось изредка просить хозяина дать ей два-три доллара вместо ужина или обеда. На эти доллары она и покупала телефонную карточку. Чувство голода стало постоянным и привычным, официанты и повара в ресторане, где она работала, готовы были подкормить ее, но не безвозмездно. Это Любу не устраивало, она же не Мила. Милка привыкла все проблемы решать через постель, потому и улетела в Москву уже в начале лета. Ничего не боится, отчаянная, рисковая. А Люба боится, да и вообще не по ней это. Смуглые волосатые турки вызывали у нее отвращение, преодолеть которое она не могла даже ради возвращения домой.

— Выпейте чаю, — предложил ей милиционер по имени Георгий, ставя перед Любой чашку с дымящимся напитком и коробку с сахаром.

— Спасибо, — благодарно пробормотала она, отпивая горячий чай. — Можно я еще позвоню?

— Конечно, звоните, — улыбнулся Георгий. — Вам же нужно отсюда уезжать так или иначе. Сидите спокойно и дозванивайтесь, не обращайте на меня внимания.

Люба набрала телефон Леонтьевых. Геннадий Леонтьев был одним из заместителей Стрельникова и его близким другом. Он должен знать, где разыскать Володю. Но и тут ее ждала неудача. Кроме длинных гудков, Люба не услышала ничего приятного. Оставался Слава Томчак, тоже заместитель и друг. Последняя надежда. Если и до него не удастся дозвониться, то тогда вообще непонятно, что делать дальше.

— Алло! — послышался в трубке знакомый голос Ларисы Томчак, Славиной жены.

— Лара, это я, Люба, — сдавленным голосом произнесла она.

— Люба... — недоуменно повторила Лариса и вдруг спохватилась. — Господи, Любочка, ты вернулась! Когда? Где ты?

— Я в Шереметьеве, в отделении милиции.

— Почему в милиции? С тобой что-то случилось? — обеспокоенно спросила Томчак.

— Нет, просто у меня нет денег на телефон, и мне разрешили отсюда позвонить. Где Стрельников?

В трубке повисло тяжелое молчание.

— Он... Он в отъезде. Он должен был тебя встречать?

— Да, наверное. Во всяком случае, я просила его об этом.

— Любаша, никуда не уезжай, я сейчас за тобой приеду. Жди меня через сорок минут под табло прилета. Поняла?

— Значит, Володя меня не встретит? — зачем-то безнадежно переспросила Люба, прекрасно понимая, что, конечно, не встретит, раз он в отъезде. Наверное, он и сообщение ее не получил, его, вероятно, уже не было в Москве, когда она звонила в последний раз.

— Я тебя встречу. Все, Любочка, я выезжаю. Через сорок минут под табло.

Люба допила чай и вежливо поблагодарила добросердечного милиционера за гостеприимство.

— Дозвонились наконец? — улыбнулся Георгий.

— Да, спасибо.

— Можно вопрос?

— Пожалуйста.

— У вас есть родители?

— Конечно.

— Они здесь, в Москве?

— Да.

— А почему вы им не позвонили? Обычно в таких случаях звонят в первую очередь домой.

Почему... Потому что. Разве может она показаться на глаза маме с папой в таком виде? Она уезжала из Москвы по приглашению турецкой фирмы, специализирующейся на строительстве отелей. Предполагалось, что они с Милой, закончившие колледж гостиничного и ресторанного хозяйства и имеющие сертификаты гостиничных менеджеров, будут стажироваться в Турции, в одном из крупных курортных отелей, набираться опыта. С турецкими строителями они познакомились в Москве, и те пообещали им хорошую работу в одном из крупных курортных городов Турции — Бодруме, Измире, Кемере или Анталье. Ссылались на наличие множества друзей и связей. Это звучало очень убедительно, ведь они строили эти самые отели для отдыхающих со всего мира. И вели они себя прилично, лапы не протягивали и ни на что не намекали. Просто дружеское отношение и желание помочь в приобретении опыта работы в отелях международного класса.

— Денег с собой не берите, — предупреждали строители, — они вам не понадобятся. Только на первые два-три дня, пока мы будем решать организационные вопросы. Потом приступите к работе и сразу получите аванс. Оклад отель-менеджера — около двух тысяч долларов, так что если вы проработаете сезон, то вам на все хватит. И покушать, и золотом обвешаться, и в кожу и меха закутаться, еще и домой привезете.

Перспектива была заманчивой, и девушки купили билеты на самолет до Антальи, куда прилетели в апреле, как раз к началу курортного сезона, имея при себе по пятьдесят долларов. После покупки билета и шмоток, необходимых для жизни и работы в сорокаградусную жару, денег у них осталось совсем мало. Можно было, конечно, подзанять у того же Стрельникова, но зачем влезать в долги, если строители сказали, что деньги не нужны. Кто же знал, что все так обернется?

За эти месяцы Люба несколько раз звонила домой, родителям, и веселым голосом рассказывала им, что у нее все хорошо, просто отлично, прекрасная работа и все идет как надо. Она просто не могла признаться им, в каком аду живет. Тем более что осторожная мама неоднократно пыталась отговорить ее от поездки, а более прямолинейный отец высказывался жестко и совершенно недвусмысленно. «Бесплатным бывает только сыр в мышеловке. Что это еще за благодетели такие? Ты уверена, что им можно доверять?» Люба была уверена, что можно. И признаться родителям теперь, что они оказались правы, у нее язык не поворачивался. Да и вообще, узнай они, как обстоят дела на самом деле, они бы с ума сошли от ужаса. Люба должна вернуться домой с чемоданом подарков и покупок и хоть какими-то деньгами в кармане. А не так, как сейчас: без копейки и с той же самой сумкой, с которой улетала полгода назад и в которой не лежит ни одной новой вещи. И ни одного подарка, кроме двух крошечных, оправленных в серебро синих талисманов от сглаза, которым цена полушка в базарный день и которые ей подарили хозяева сувенирных магазинов просто за красивые глаза, еще в те первые дни, когда они с Милой только-только приехали, бегали по городу с горящими от возбуждения глазами и таращились на яркие витрины магазинов. Их принимали за отдыхающих и дарили талисманы в надежде, что они вернутся в эти магазины за подарками для родных и друзей. Они не вернулись.

Люба вышла в зал прилета и принялась бесцельно бродить, то и дело поглядывая на часы в ожидании Ларисы. Каждые пять минут громкоговоритель возвещал о прибытии рейсов, и толпы встречающих кидались к стойкам таможенного контроля. Им навстречу выходили улыбающиеся пассажиры, кто-то кому-то махал рукой, кто-то поднимал над головой плакат с фамилией прилетевшего или с названием своей фирмы. Всех встречали. Всех ждали. Только не ее, Любу Сергиенко. Слезы снова потекли из глаз, и она поплелась в сторону туалетов, чтобы умыться. Нагнувшись над раковиной и набрав в ладони холодной воды, она вдруг не удержалась и расплакалась громко, горько, навзрыд. В первый раз за все полгода она не справилась с собой и зарыдала. Ей в одну секунду припомнилось все: отчаяние, унижение, голод, неудобная постель в душной комнате без кондиционера, постоянное безденежье, стыд. Ей вспомнилось, как она сидела в аэропорту Антальи. Рейс дважды откладывали, сначала на шесть часов, потом еще на тринадцать. Деваться было некуда, все пассажиры уже прошли паспортный контроль и выйти в город не имели права. Все места в бистро и баре были заняты отъезжающими с отложенных рейсов, люди сидели на полу, пристроиться было негде. И ужасно хотелось есть. А денег не было. Но Любе тогда казалось, что все это ерунда, потому что в Москве ее ждет Стрель-

ников. Кончился кошмар, кончилась унизительная работа, она наконец летит домой. Ради этого можно и потерпеть. Сидя на корточках в уголке в душном переполненном аэропорту, она закрывала глаза и представляла себе Володино лицо, его улыбку, его распахнутые и протянутые ей навстречу руки. Он ждет ее, он скучает без нее...

Но оказалось, что ее никто не ждет.

* * *

Лариса Томчак вела машину легко и уверенно. Всю дорогу она молчала, но Люба почти не обращала на это внимания, ей и самой не хотелось разговаривать. Ей хотелось только одного: заснуть, проснуться и обнаружить, что последние полгода ей просто приснились. Она никуда не уезжала, ничего этого не было, за окном тихое прохладное московское утро, будильник показывает четверть восьмого, рядом с ней крепко спит Володя Стрельников, и сейчас она встанет, чтобы приготовить ему завтрак.

Дома Лариса первым делом отправила Любу в душ и занялась приготовлением обеда.

— А где Слава? — спросила Люба. — Неужели на работе? Сегодня же воскресенье. Опять Стрельников его вместо себя оставил вкалывать?

Лариса бросила на нее какой-то странный взгляд.

— Иди мойся. Потом поговорим.

Несмотря на голод, Любе кусок в горло не шел. Ей вдруг стало казаться, что она непременно подавится и умрет. С ней такое случалось, хотя и нечасто. Еще в раннем детстве страх перед едой возникал у нее при нервных перегрузках — перед контрольными, которых она ужасно боялась, перед экзаменами, потом, в юности, — во время ссор с юношами или на почве любовных переживаний. Обыкновенный невроз.

Она решительно отставила тарелку и залпом выпила стакан минеральной воды.

— Почему ты не ешь? Невкусно?

— Вкусно. Спасибо, Лара, я уже сыта. Теперь объясни мне наконец, что все это значит? Что происходит?

— Любаша, мне придется сказать тебе неприятные вещи. Соберись с духом, пожалуйста.

— Мне не с чем собираться, — усмехнулась Люба, — вся сила духа оказалась растраченной под знойным солнцем турецкого рая. Не надо меня щадить. Все плохое, что могло случиться со мной, уже случилось. Так где мой Стрельников? Куда подевался?

— Он уехал на две недели в Испанию, в Коста-Браво.

— По делам Фонда?

— Нет, отдыхать.

— Что, сильно утомился? — скептически осведомилась Люба.

— У него медовый месяц.

— Как ты сказала?

Люба решила, что ослышалась. Какой медовый месяц? Стрельников женат больше двадцати лет. Последние два года он прожил с ней, Любой Сергиенко, уйдя от жены и купив себе квартиру. Накануне ее отъезда в Турцию речь шла о том, что он в ближайшее же время оформит развод и после возвращения Любы они поженятся. Так ка-

кой же может быть медовый месяц? С кем? С женой Аллой?

— Я сказала, что у Стрельникова медовый месяц, — отчетливо повторила Лариса Томчак.

— С кем? — пересохшими губами спросила Люба.

— С твоей подружкой Людмилой.

— Нет!

«Уснуть, проснуться и обнаружить, что этого нет...»

— Да. Я тебя предупреждала, что ты услышишь неприятные вещи.

— Значит, он все-таки развелся?

— Еще чего! — фыркнула Томчак. — Будет он напрягаться. Официально он все еще в браке с Аллой. А с Милой он обвенчался в церкви.

— Бред, бред... — прошептала Люба. — Я больна, у меня высокая температура, и все это мне привиделось в бреду. Этого не может быть.

Лариса встала из-за стола, подошла к ней, обняла за плечи, положила прохладную ладонь на ее пылающий лоб.

— Любочка, девочка моя, ты должна это пережить, как бы больно это ни было. И мы с Томчаком, и Леонтьевы с этим не смирились. Я понимаю, тебя это не может утешить, но я хочу, чтобы ты знала: Стрельникова с Милой мы в своих домах не принимаем. Мы все тебя любим, и у нас за тебя душа болит. Но руководить его поступками мы не можем. Это не в наших силах.

Люба прикрыла глаза и откинулась назад, прижавшись затылком к мягкой груди Ларисы.

— Как это случилось?

— Мила вернулась в июне и сразу помчалась к

Стрельникову. Якобы рассказывать, как у тебя дела, и передать от тебя письмо. Ты писала ему письмо?

— Да. И просила Милу его передать.

— Ну вот. Ты сама и устроила их встречу. Уж не знаю, как у них там все вышло, но только в июле она уже присутствовала на банкете, куда были приглашены руководители Фонда с женами. Мы с Томчаком, Гена Леонтьев с Анютой, а Володя — с твоей подругой. Мы ведь даже не знали, что Мила — твоя подруга. Просто увидели рядом с ним эффектную блондинку и решили, что он пригласил совершенно случайную девицу себе в пару. Тебя нет, а с Аллой он отношения не поддерживает. Привел ее, чтобы не вызывать у устроителей банкета лишних вопросов. Мы даже значения этому не придали. А в августе, когда Гена Леонтьев отмечал сорокапятилетие, Володя сказал, что придет с Милой. Тогда и вскрылось. Короче говоря, округ ила она его в момент. Любаша, хоть ты мне объясни, что у вас там произошло. Почему вы уехали вместе, а вернулись порознь? Почему ты там застряла? Мы, честно признаться, решили, что у тебя сделался роман с каким-нибудь богатым турком, ты осталась в Турции, а Мила рассказала об этом Стрельникову. Тогда все более или менее понятно. Это так?

— Нет, Лара. Это все не так...

* * *

... Первые пять дней прошли в восторженном угаре. Курортные районы Турции действительно райские места, а уж в апреле, когда еще нет изнуряющей жары, — особенно. Девушки с наслаждением разглядывали выставленные в витринах золотые изделия, приценивались, и в свете будущей зарплаты в две тысячи долларов колье, браслеты и серьги казались им до смешного недорогими. Они заходили в каждый магазин, где продавались кожа и меха, мерили пальто, шубы, куртки и выбирали модели, которые непременно купят, как только заработают деньги. Отбоя от предложений выпить чашечку кофе бесплатно не было, хозяева магазинов, ресторанов и баров им улыбались и зазывали к себе, и жизнь казалась радужной и прекрасной. Пригласившие их фирмачи каждый вечер рассказывали о том, где и с кем они говорили насчет работы для девушек и кто и что им обещал. Однако прошло пять дней, потом десять, а с работой ничего не получалось. Денег не осталось совсем, хотя тратили они их очень осторожно, только на еду и то весьма скромно, даже лишний раз кофе выпить не решались. На одиннадцатый день строители объявили им, что ничего не получается. Единственная работа, которую они сумели для них найти, — массажистками в отеле. Выбора не было, купить билет до Москвы им было не на что, и девушки согласились. Обе они в свое время закончили курсы массажистов. Собственно, на этих курсах они и познакомились, подружились, а уж потом вместе решили учиться в гостиничном колледже.

Строители отвезли их куда-то между Сиде и Манавгатом. Через два дня хозяин отеля, свободно говоривший по-английски и по-немецки, пригласил их поужинать и высказал свое предложение по-деловому просто и без обиняков. Однако и не обиделся, услышав в ответ мягкое вежливое «нет». Любе казалось, что вопрос тем самым был исчерпан раз и навсегда. До середины мая девушки вкалывали как проклятые, массируя спины, животы, бока, ноги, покрытые бронзовым загаром и пахнущие соленой средиземноморской водой. Апрельские гости отеля были в основном из Германии и Норвегии, к середине мая стали появляться русские. Соотечественники охотно вступали в разговоры с хорошенькими массажистками, спрашивали о порядках в отеле, интересовались, много ли девушки здесь зарабатывают. Услышав ответ, презрительно фыркали. Стоило ли уезжать за границу, чтобы ломаться за такие гроши.

— Зато мы весь сезон на курорте, — весело отвечала Люба. — И бесплатно. А вы — только две недели.

Разумеется, ей не было весело, и работу свою она вовсе не считала пребыванием на курорте. Рабочий день — с девяти утра до девяти вечера и без выходных. Четырехзвездный отель должен обеспечивать своим гостям услуги в любое время. Но не рассказывать же этим довольным жизнью отдыхающим о своих бедах. Люба терпеть не могла, когда ее жалели и считали несчастной или неудачницей.

По прошествии месяца подошло время получать первую зарплату — обещанные владельцем отеля сто пятьдесят долларов. И тут Любу настиг очередной удар. Хозяин заявил, что дела у отеля идут плохо, гостей намного меньше, чем ожидалось, и платить массажисткам ему нечем. Пусть отработают еще месяц, потом, если дела пойдут хорошо, он заплатит за весь период работы.

Девушки устроили скандал, кричали, плакали, умоляли. Владелец велел им прийти на следующий день после обеда, он подумает, что можно сделать.

— Он нас дурит, — зло говорила Люба. — Даже если мы останемся еще на месяц, нет гарантий, что он нам заплатит. Он так и будет кормить нас «завтраками».

Мила угрюмо молчала. Они оказались в абсолютно бесправном положении. Туристическая виза, которую они получили за десять долларов, прилетев в Анталью, действительна всего месяц, и месяц этот истек две недели назад. Теперь, чтобы иметь право хоть на что-нибудь, нужно получать новую визу, которая стоит уже намного дороже. Они не могут обратиться в полицию, чтобы выколотить деньги из хозяина, потому что у них нет права работать в Турции. Они не могут вообще ничего.

На следующее утро они снова вышли на работу. Люба решила, что это правильно: не нужно злить хозяина. Если прогулять, он, может быть, и заплатит обещанные деньги, но на второй месяц их не оставит. До обеда Люба успела обслужить пять человек, закрыла массажный кабинет и постучала в соседнюю дверь, за которой работала Мила. Пора было идти к хозяину. Дверь оказалась запертой. Люба несколько раз подергала за ручку и на всякий случай громко позвала подругу. Она знала ее характер и потому была уверена, что Мила занимается не только оздоровительным массажем. Но по царящей за дверью тишине стало понятно, что Милы там нет.

Люба поднялась в офис к хозяину. Сидевшая в

приемной секретарша бросила на нее сочувственный и какой-то сальный взгляд, от которого Любе стало не по себе.

— Шефа нет, — сообщила она, и Любе показалось, что она с трудом сдерживает гадкую ухмылку.

— А когда будет?

— Завтра.

— Но он назначил нам прийти сегодня. Он должен заплатить нам за работу.

— Он уже заплатил, — сообщила секретарша и все-таки ухмыльнулась.

Люба опрометью бросилась в ближайшую деревню, где они с Милой снимали комнату. Ворвавшись в дом, она сразу увидела подругу, складывающую в сумку свои вещи.

— Заплатил? — запыхавшись, радостно спросила Люба.

Мила подняла на нее холодные голубые глаза, не прекращая своего занятия.

— Мне — да.

— Что значит «тебе — да»? — не поняла Люба. — А мне?

— А тебе — нет.

— Как это? Почему?

— Потому что нечего строить из себя целку-невредимку. Ты что, маленькая? Не понимаешь, как здесь деньги зарабатываются?

Люба в изнеможении присела на стул. Только сейчас она почувствовала, как от бега по полуденной жаре колотится сердце.

— Ты ему дала?

— Милая моя, не «дала», а «давала», весь этот месяц, каждый божий день. За это он мне и заплатил. Если бы ты была поумнее, он бы и тебе заплатил. А так — сиди, соси палец.

— Но ведь я работала! — в отчаянии восклик-нула Люба. — Я же вкалывала как вол! Думаешь, я не видела ничего? Я в день делала по пятнад-цать-двадцать массажей, а ты — максимум пять-шесть, я считала. У нас нагрузка считается общая, но я же работала в три раза больше тебя, потому что ты еще и с клиентами трахалась. Я знаю, мне через стенку все слышно. К тебе в кабинет только мужики ходили, знали, за чем идти.

Мила рывком застегнула «молнию» на сумке и вскинула ремень на плечо.

— Да, я трахалась с клиентами. И с хозяином тоже. И заработала деньги. А ты — нет. Потому что каждый зарабатывает как умеет. В первый же вечер, когда хозяин сделал нам предложение, все могло бы решиться. Если бы ты не была такой ду-рой и недотрогой, мы бы как сыр в масле ката-лись. Мы обе должны были согласиться, за груп-повуху он отвалил бы куда больше денег. А если бы мы согласились ложиться под лесбиянок из числа отдыхающих или под дряхлых стариков, мы бы уехали отсюда в бриллиантах с ног до головы. Но только обе, понимаешь? Вместе. Проститут-ка-одиночка сейчас никакой ценности не имеет, их вон пруд пруди, в том числе и из наших, рус-ских. Сейчас ценится только хорошая группа. А ты со своими идиотскими принципами и сама денег не заработала, и мне не дала. Все, привет.

Она решительно двинулась к двери.

— Куда ты? — беспомощно спросила Люба.

— Куда надо. С такой, как ты, все равно каши

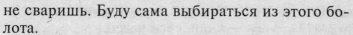

не сваришь. Буду сама выбираться из этого болота.

Дверь за ней закрылась. Минут через пять Люба спохватилась, что не спросила Милу, заплатила ли она домохозяину свою долю за снимаемую комнату. Она выскочила из дома и помчалась к стоянке такси, но было поздно. Турция — не Россия, здесь такси ждать не приходится, они всегда под рукой.

Она все-таки пошла к владельцу отеля на следующий день.

— Если вы заплатили моей подруге, то должны заплатить и мне, — твердо сказала она.

— Твоя подруга работала гораздо лучше, — невозмутимо ответил владелец, — поэтому ей я заплатил. А ты работала плохо. Нагрузка у вас была средняя, не более двадцати пяти человек в день на двоих, вы не особенно надрывались, но к ней ходили постоянные клиенты, а это означает, что им нравилось, как она работает. Раз нравилось клиентам, значит, нравилось мне. Это принцип работы нашего отеля.

— Из этих двадцати пяти массажей двадцать делала я, — пыталась убедить его Люба, — а Мила — только пять. Это несправедливо. Вы должны заплатить за мою работу. В конце концов тот факт, что к Миле ходили постоянные клиенты — это в немалой степени и моя заслуга. Я вкалывала без продыха, чтобы клиенты не ждали в очереди, потому что Мила делала массаж очень долго. Слишком долго. Вы не можете не понимать, с чем это связано. Если бы я работала так же медленно и с перерывами, как она, гостям пришлось бы ждать под дверью, и они наверняка пришли бы к вам

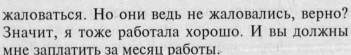

жаловаться. Но они ведь не жаловались, верно? Значит, я тоже работала хорошо. И вы должны мне заплатить за месяц работы.

— Ничего не знаю, — отмахнулся турок. — Я с самого начала предупреждал, что нагрузка считается на весь массажный кабинет в целом, а не на каждую массажистку в отдельности. Разбирайтесь между собой сами. Это ваши проблемы. Я дал деньги твоей подруге, пусть она с тобой поделится.

Люба исчерпала запас вежливого красноречия и сдалась. Она поняла, что если хозяин платить не хочет, а он именно не хочет, то сделать с этим она ничего не сможет. Она здесь бесправное существо, живущее без визы, без денег и без разрешения на работу.

Оказалось, что и за комнату Мила свою долю не заплатила. К счастью, домохозяин был жалостливым человеком и согласился поверить Любе на слово, что она обязательно заплатит, когда сможет. Через пару дней Люба поняла, что так продолжаться не может. Денег взять негде. Пришлось снова идти к домохозяину. Тот подумал немного и предложил ей работать в его магазине за угол и еду. За пару месяцев, сказал он на плохом немецком, ты свой долг отработаешь.

Работа в магазине трикотажных изделий состояла в том, чтобы зазывать русских покупателей и заниматься ими. Стоять на пороге или сидеть на улице на стульчике и бросаться наперерез каждому русскому, предлагая посмотреть товар. Это было ужасно. Люба знала, что русские покупатели принципиально отличаются от всех других. Немец, норвежец или англичанин никогда не

пойдет в магазин, если ему не нужно что-то конкретное. Когда нужно — он идет и покупает. Когда не нужно — сидит в баре и попивает пиво. Русские же, отравленные десятилетиями дефицита и «доставаний», привыкли заходить в магазин на всякий случай, авось что дают. Пусть и ненужное, но дефицитное, которое может пригодиться потом, когда-нибудь. Это осталось в крови, несмотря на то, что в России, по крайней мере в Москве, понятие дефицита уже исчезло из обихода, и в магазинах было все, что душа пожелает. Русские, которых Любе удавалось зазвать в магазин, придирчиво разглядывали майки, блузки, сарафаны, спортивные костюмы, спрашивали, сколько стоит в долларах и в турецких лирах, просили показать другой цвет или размер и ничего не покупали. Люба судорожно раскрывала пакеты, раскладывала изделия на столе, расхваливая их качество, торопливо рылась на полках, отыскивая то, что они просили, твердо зная при этом, что ничего не выйдет. Они просто валяют дурака, получая удовольствие от того, что с ними так носятся.

В начале июня вдруг объявилась Мила, увешанная золотыми цепями и браслетами, лоснящаяся довольством и еще больше постройневшая. Люба не сомневалась, что стройность эта приобретена в результате систематических физических упражнений «верхом на партнере».

— Я уезжаю, — объявила она. — Просьбы, поручения?

Люба быстро набросала коротенькое письмо Стрельникову, сложила в конверт и приписала сверху номера телефонов — домашнего и в офисе.

— Больше ничего? — удивленно спросила Мила.

— Больше ничего. Как видишь, похвастаться мне пока нечем, так что сообщать о себе мне нечего. А родителям я и так звоню.

— Ну как знаешь, — пожала плечами подруга.

К концу июля владелец дома и магазина наконец заявил, что Люба больше ничего ему не должна и может считать себя свободной. К этому времени она успела познакомиться с двумя молодыми казахами, которые учились в Турции, а летом подрабатывали точно так же, как она, в магазинах. Один — в ювелирном, другой — в меховом. Это были веселые бойкие парни, не стеснявшиеся своей работы и, казалось, не чувствовавшие себя униженными. Они объяснили Любе ее первоначальную ошибку: не нужно было соглашаться на оплату работы помесячно, нужно было требовать, чтобы владелец отеля платил за каждый день работы. Здесь это принято.

Вообще в Турции оказалось множество казахских студентов. Турция заключила договор с Казахстаном о взаимном обмене студентами, и казахские ребята, приехавшие в рамках этого соглашения учиться в Стамбул и Анкару, летом работали в курортной зоне. Все они прилично говорили по-турецки, потому что первый год обучения считался подготовительным и был посвящен полностью изучению языка и литературы. Со знанием языка им было, конечно, намного проще, да и друзьями они здесь обзавелись. Казахские парни и помогли Любе найти другую работу, не такую унизительную и дававшую хоть какую-то перспективу рано или поздно уехать. Это была работа менеджера в ресторане «Дюпон» в Кемере.

Впрочем, слово «менеджер» оказалось, разумеется, эвфемизмом, прикрывающим все ту же работу зазывалой и переводчиком. Ресторан находился на территории комплекса «Марина», что означало «Приморский», и был расположен между огромным пятизвездным отелем «Тюркиз» и пляжем. Хозяин ресторана, окидывая Любу с ног до головы плотоядным взглядом, поставил свои условия. За каждого русского посетителя ей будет начисляться доллар. Кормить ее будут на пятнадцать долларов в день. Плата за жилье — тоже пятнадцать долларов в сутки. Таким образом, чтобы оправдать свое пребывание в «Дюпоне», она должна обеспечить как минимум тридцать клиентов. Все, что получится сверх этого, будет накапливаться до тех пор, пока не хватит на билет до Москвы и на дополнительный визовый взнос. А это без малого пятьсот долларов. Рабочий день с двенадцати дня до полуночи. Она должна привлекать посетителей в ресторан, помогать им с меню, объяснять, что из чего приготовлено, быть милой и любезной и всеми силами стараться сделать так, чтобы они почувствовали себя в «Дюпоне» уютно и комфортно и обязательно пришли еще раз и привели с собой друзей. И чтобы заказывали много.

Доллар с клиента. Даже чашка кофе стоила два доллара. А стакан свежего апельсинового сока — еще дороже. Если питаться на пятнадцать долларов в сутки, ожирение тебе не грозит. Порция рыбы с гарниром — двенадцать долларов, мясо, конечно, дешевле, еще два доллара — простой овощной салат из помидоров, огурцов и лука с оливковым маслом.

В ресторан заходили довольные жизнью загорелые курортники в еще не просохших после ку-

пания плавках и купальниках. Такие же москвичи, как и сама Люба, они казались ей существами с другой планеты. Она бросалась к ним, приглашая посетить ресторан, предлагая свою помощь в выборе и заказе блюд, но частенько наталкивалась на высокомерный взгляд и произносимое холодно:

— Я говорю по-английски и в вашей помощи не нуждаюсь.

Как правило, это говорили роскошные длинноногие девицы, чем-то неуловимо похожие на Милу. Они не хотели быть русскими в этом курортном раю, они хотели быть иностранками, отдыхающими в международном отеле и свободно пользующимися международным английским языком. Как немцы, англичане, датчане, итальянцы и австралийцы, которые в сентябре — октябре понаехали в Кемер.

Предложений «поправить материальное положение» кроватно-постельным способом было много, но Люба не смогла себя переломить, хотя случались минуты, когда она всерьез пыталась это сделать. Уговаривала себя, убеждала, что это вынужденная мера, а не блядство, но при мысли о том, что будет делать с ней потный волосатый турок с масляными глазками и кривыми ногами, к горлу подкатывала тошнота. Ну почему к ней пристают именно такие? Ведь есть же красивые молодые турецкие парни, высокие, стройные, с мускулистыми ногами и огромными сияющими глазами в обрамлении невероятной длины ресниц. Если бы ее материальное благополучие было поставлено в зависимость от такого вот красавца, ей легче было бы уговорить себя и уступить. Все-таки не очень противно, можно перетерпеть.

Но за месяцы, проведенные в Турции, Люба быстро поняла, что для молодых красавцев она интереса не представляет. Молодые красивые турецкие мальчики специализируются на дамочках средних лет и старше, желательно состоятельных и с неутоленным сексуальным голодом. Дамочки ищут здесь плотских утех вдали от скучных мужей и надоевших любовников (если таковые вообще у них имеются) и готовы за это хорошо платить, а юные турецкие аполлоны-жиголо готовы пойти им навстречу и неплохо подзаработать. Такие же, как Люба, светловолосые молодые славянки, представляют интерес только для мужчин постарше, которые сами уже лишились внешней привлекательности, но зато готовы платить за удовольствие.

Так и тянулись дни. С полудня до полуночи — «Добрый день, загляните в наш ресторан, в нашем меню всегда свежая рыба, креветки, омары, другие морепродукты, кебаб... Простите. Всего доброго. Надеюсь, вы все-таки к нам зайдете...» Голос просительный, жалкий, униженный, и сама она жалкая и униженная, а мимо проходят сияющие счастьем и здоровьем соотечественники, и самое большее, на что они способны, это удостоить Любу таким же взглядом, каким смотрят на бездомную собаку, которую, конечно, жалко, но никому в голову не придет взять к себе домой. Жара, духота, зной, отдыхающие ходят в купальниках или в крайнем случае в майках и шортах, а она должна целый день быть «при параде», в юбке и блузке, в босоножках на каблуках, которые безжалостно натирают распухающие от жары ноги. От запахов, доносящихся с кухни, кружится голова, потому что Люба постоянно голодна. Но разве можно сказать об этом хозяину? Он, конечно, начнет кормить ее лучше, но ведь за ее же счет. Будет отчислять не по пятнадцать долларов, а по двадцать. Зазвать в ресторан двадцать человек — это только на пропитание. Нет уж, лучше потерпеть. В полночь «Дюпон» закрывался, и Люба плелась туда, где снимала угол. Это был именно угол, а не целая комната. Четыре девушки — три студентки-турчанки и она сама — ютились в тесной конуре без кондиционера и с единственным крошечным окошком где-то под потолком. Дышать нечем, все тело покрыто липким потом, и задремать удается только ближе к рассвету, когда становится чуть прохладнее. В семь утра студентки вставали — их рабочий день начинался в девять, и хотя идти было недалеко, собираться они начинали заранее. В доме был только один туалет, совмещенный с душем, и пользовались им все обитатели — без малого человек пятнадцать, включая и хозяев. Чтобы умыться, приходилось стоять в очереди. После ухода студенток спать уже было невозможно, дом наполнялся голосами проснувшихся детишек, да и жарко становилось. К двенадцати — снова на работу. И до полуночи.

Вот, собственно, и все...

* * *

Еще там, в красивом нарядном Кемере, Люба дала себе слово никому не рассказывать подробно о своей жизни в Турции, чтобы снова не чувствовать себя униженной и обманутой и не вызывать в собеседнике жалость. Однако сейчас, рассказывая свою горестную эпопею Ларисе Томчак, она не чувствовала ни обиды, ни унижения. Только безразличие. Словно все это было не с ней, и она просто пересказывает чью-то историю, прочитанную в книжке или услышанную от случайного попутчика. Лариса слушала внимательно, не перебивала. И только в самом конце спросила:

— И ты это так оставишь?

— Что — это? — устало сказала Люба.

— То, что сделали твоя подруга и твой друг. То, что она тебя предала и бросила одну, без денег в чужой стране. То, что она сошлась со Стрельниковым. То, что Стрельников предал тебя. Неужели ты готова их простить?

— Не знаю, Лара. Я пока ничего не знаю, кроме того, что я страшно устала и что мне некуда идти. Я не могу явиться домой без денег и без подарков. Эту проблему я должна решить в первую очередь.

— Решим, — пообещала Лариса. — И деньги найдем, и шмотки, и сувениры. Я обзвоню знакомых, сейчас все поголовно отдыхают в Турции, наверняка у кого-то остались нераздаренные сувениры и непристроенные покупки. Поживешь пока у нас.

— А Слава? Я вам не помешаю?

— Слава живет на даче и в ближайшее время не вернется.

— Почему? У вас конфликт?

— Да нет, — махнула рукой Лариса, — у него душевный кризис. Мой Томчак остался без рабо-

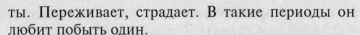

ты. Переживает, страдает. В такие периоды он любит побыть один.

— Как без работы? Он ушел от Стрельникова?

— Это Стрельников твой ненаглядный ушел от него. И от него, и от Гены Леонтьева. Бросил их, точно так же, как бросил тебя. Господи, — простонала Лариса, обхватив голову руками, — если бы ты только знала, Любочка, как я его ненавижу! Как я его ненавижу! Я его убить готова.

Глава 2

Домой Люба Сергиенко вернулась только через три недели после приезда из Турции. Все это время она прожила у Томчаков. Сердобольная Лариса полностью вошла в ее положение и заявила, что в таком виде показываться на глаза родителям действительно нельзя. Люба, конечно, смотрела на себя в зеркало каждый день на протяжении всех месяцев, проведенных за границей, но именно поэтому и не заметила тех разительных перемен, которые сразу бросались в глаза тем, кто не видел ее все это время. Глаза ввалились и потускнели, и в них появилось выражение жалкое и просительное. Щеки запали, цвет лица оставлял желать много лучшего. И если отсутствие загара можно было объяснить ежедневным пребыванием в офисе и работой без выходных, то изможденное недоеданием и недосыпанием лицо нельзя было объяснить ничем. А уж этот затравленный взгляд...

Лариса велела Любе спать как можно больше, кормила ее на убой, заставляла пить витамины, а сама тем временем моталась по знакомым, выпрашивая у них привезенные из Турции шмотки и сувениры. С деньгами проблем не было, у Ларисы их было немного, но вполне достаточно, чтобы замазать глаза Любиным родителям.

— Отдашь, когда сможешь, — решительно заявила она, протягивая Любе конверт с тремя тысячами долларов. — Это не к спеху. Деньги мои личные, Томчак о них ничего не знает. Экономила на всякий случай, вот и пригодились.

— А как же вы? — виновато спросила Люба. — Ты сказала, Слава сидит без работы. На что же вы жить будете?

— На то, что заработали за последние годы. Твой Стрельников тот еще жук, и сам денег нагреб, и нам еще осталось. Ты пойми, трагедия Славкина не в том, что он остался без работы и нам теперь жить не на что, а в том, что Стрельников его кинул. Сорвал с хорошего места, потащил с собой, потом, когда уходил в Фонд, снова его с собой позвал, а теперь Славка ему не нужен. И с Геной Леонтьевым такая же история. Если бы они оба в свое время за Стрельниковым не пошли, сейчас заведовали бы кафедрами или лабораториями, а то и проректорами бы уже стали. А теперь кому они нужны? Наука, Любочка, страшная вещь, страшнее женщины, она измен не прощает. К брошенной бабе можно вернуться, если поплакаться как следует и разжалобить ее, а науке твои слезы и покаянное битье себя в грудь не нужны. Она на месте не стоит, развивается, и если ты хотя бы год ею не занимался, — все, ты безнадежно отстал. Новые открытия, новые направления, новые идеи. Не догнать. То есть догнать-то можно, если захотеть, но пока не догонишь, ты никому не нужен, ни в одно приличное место тебя не возьмут. А пока будешь догонять, про тебя и вовсе забудут. Кто такой Томчак? Ах, тот, который пять лет назад монографию написал? Да, что-то припоминаю. А что он в последние годы делал, о чем писал, какое направление разрабатывал? Никакое? Тогда вообще о чем разговор. И все, привет горячий.

Ненависть Ларисы к Стрельникову была огромной. Бездонной. Безмерной. Но говорить об этом она могла только с Аней Леонтьевой и с Любой. Ни ее муж, ни муж Ани и слышать ничего не хотели. Для них Стрельников был фигурой неприкосновенной, и говорить о нем дурно было запрещено категорически.

— Почему Слава ему все прощает? — недоумевала Люба. — Неужели он не понимает того, что понимаешь ты?

— Да не хочет он понимать. Он влюблен в своего Стрельникова, как девица в жениха. Что бы этот изверг ни делал — все хорошо. Ума не приложу, чем он их с Генкой так приворожил...

...Когда Владимир Алексеевич Стрельников стал ректором института, он тут же начал собирать вокруг себя команду преданных единомышленников. Перед ним было два пути: убеждать людей, заражать их своими идеями реорганизации вуза и усовершенствования учебного процесса, добиваться понимания и согласия со своей позицией или просто пригласить верных друзей, которые будут плясать под его дудку и воплощать его идеи в жизнь. Друзья — они и есть друзья, они не подведут, на них можно переложить всю текущую работу, от них можно требовать беспрекословного подчинения и выполнения указаний и быть уверенным, что все будет сделано как надо. Потому что друзья не подведут и не подставят. Второй путь был куда проще, и Стрельников пошел именно по нему. Вячеслав Томчак был в то время заведующим лабораторией в одном из профильных НИИ и считался весьма перспективным ученым, Геннадий Леонтьев руководил в другом вузе кафедрой психологии управления. Стрельников предложил Томчаку должность проректора по научной работе, а Леонтьеву — должность заместителя по кадрам. Даже не предложил, а попросил:

— Переходи ко мне. Ты мне нужен.

Эти слова были священными. Раз друг говорит, что нуждается в тебе, нуждается в твоей помощи, нельзя отказать. Даже если переходить очень не хочется. Томчак в тот период уже вплотную приступил к написанию докторской диссертации, но по первому же слову Стрельникова бросил науку и перешел к нему в институт. Правда, Стрельников что-то такое говорил насчет того, что, дескать, на этой должности будет возможность заняться докторской, и Томчак ему поверил, но уже через неделю понял, что к настоящей науке его должность и близко не лежала. Это была хлопотная сумятошная административная работа, которая включала в себя не только контроль за ходом выполнения плана научно-исследовательской работы на кафедрах, но и организацию семинаров и конференций, обеспечение научного рецензирования, руководство работой аспирантуры института и множество других вещей, совершенно не интересных человеку, занимающемуся чистой наукой. Нехватка бумаги или поломка техники на участке оперативной полиграфии, где тиражируются подготовленные сотрудниками института научные и учебно-методические работы, слишком большой конкурс в аспирантуру, необходимость раздобыть машины и привезти на заседание ученого совета строптивых старых профессоров, которые сказались немощными и поставили под угрозу срыва защиту чьей-то диссертации, выбивание из финансистов денег на приобретение книг для институтской библиотеки — всем этим пришлось заниматься несостоявшемуся доктору наук Вячеславу Томчаку. И это при том, что до прежней работы он успевал добираться за тридцать пять минут, а теперь тратил на дорогу по полтора часа в один конец.

Самым неприятным было то, что Стрельников, судя по всему, не собирался быть ректором до конца своих дней. Все его друзья знали, что дольше двух-трех лет он ни в одном кресле не высиживал. Ему становилось скучно, он рвался к новым просторам и новым вершинам, менял сферу деятельности, затевал новые дела. Томчак и Леонтьев, по прямому указанию ректора жестко закрутившие все гайки и нажившие себе в институте множество врагов, подспудно ждали того дня, когда их друг Володя уйдет из института. Они твердо знали, что после его ухода они здесь не останутся. Придет новый ректор и начнет избавляться от старой команды, как это сделал в свое время сам Стрельников.

Их прогноз сбылся. Не прошло и трех лет, как Стрельников задумал организовать Фонд поддержки и развития гуманитарного образования. К немалому облегчению своих друзей-заместителей, он позвал их с собой. Однако предусмотрительная Лариса Томчак уже тогда предупреждала мужа:

— Не делай этого, Слава, лучше вернись в науку, пока не стало слишком поздно. Трехлетний перерыв пока еще можно как-то наверстать, тем более что ты сейчас на должности проректора по науке, а с этой должности вполне можно уйти заместителем директора какого-нибудь НИИ. Если ты потащишься за Стрельниковым в Фонд, это будет уже необратимо. Людей, уходящих с государственной службы в бизнес, обратно не берут, их там не любят. Максимум, на что ты сможешь рассчитывать после работы в Фонде, это старший научный сотрудник. Не высоко падать-то будет?

— Я нужен ему, — упрямо твердил Томчак. — Он меня попросил уйти вместе с ним.

С этим Лариса ничего не смогла поделать. И точно в таком же положении оказались супруги Леонтьевы. Анна умоляла мужа одуматься, пока не стало поздно, а тот, в свою очередь, произносил выспренние слова о мужской дружбе. Томчак и Леонтьев ушли из института вместе со Стрельниковым в придуманный и созданный им самим Фонд. И вот теперь, как выяснилось, Владимир Стрельников занял высокую должность в аппарате Госкомвуза, бросив своих верных товарищей на произвол судьбы. Оба они были совершенно не приспособлены к коммерческой деятельности, не любили ее и плохо понимали. Руководить Фондом без оборотистого, энергичного, предприимчивого Стрельникова они не могли. Более того, налаживая работу Фонда, они, как и несколько раньше в институте, проявляли по приказу своего шефа жесткость и требовательность к остальным сотрудникам. Даже в тех случаях, когда Владимир Алексеевич был совершенно очевидно не прав или несправедлив, они демонстрировали солидарность с ним перед сотрудниками, которые приходили искать у них защиты и понимания. Этого требовали законы корпоративности и мужской дружбы. После всего этого трудно было ожидать, что с уходом Стрельникова все в Фонде останется по-прежнему. Недоброжелателей и врагов у Томчака и Леонтьева и здесь оказалось предостаточно, и все они взбодрились и подняли головы, с энтузиазмом выискивая возможность поквитаться с обидчиками.

Но все это было, так сказать, глобально. Это было тем фундаментом, на котором возвела свое здание злость и ненависть. Однако, кроме фундамента, необходимы и кирпичи. Их Стрельников поставлял Ларисе Томчак и Анне Леонтьевой бесперебойно.

У него была очаровательная привычка звонить часов около шести из машины и говорить своей секретарше:

— Наталья Семеновна, скажите Томчаку, чтобы не уходил. Он мне нужен. Я буду через двадцать минут.

И Томчак сидел в своем кабинете как привязанный. Через полчаса он звонил в приемную, недоумевая, почему Стрельников до сих пор его не вызвал, раз уж он ему так нужен. Наталья Семеновна отвечала:

— Владимир Алексеевич занят, у него посетители.

Томчак ждал. Каждые десять минут звонила Лариса, потому что они собирались куда-то идти:

в гости, в театр, на банкет, и вообще у них были вполне определенные планы на этот вечер. В конце концов, она ждала мужа к ужину, без него за стол не садилась и хотела хоть какой-то определенности.

— Иди домой, — говорила Лариса. — Ничего не случится.

— Он просил, чтобы я не уходил. Я ему нужен.

Наконец в девятом часу распахивалась дверь и на пороге кабинета Томчака возникал Стрельников собственной персоной, невозможно красивый, в распахнутой дорогой куртке и с сотовым телефоном в руках.

— Собирайся, пошли по домам, — говорил он как ни в чем не бывало.

— Ты хотел о чем-то поговорить со мной? — робко напоминал Томчак.

— Завтра поговорим. Мне пришла в голову одна идея, завтра расскажу.

Ему ни разу не пришло в голову предложить Томчаку, добросовестно отпускавшему водителя служебной машины ровно в шесть часов, подвезти его на своей машине, коль уж тот так сильно задержался в институте по его же просьбе. А о том, чтобы извиниться, даже и речи быть не могло. Но так происходило далеко не всегда. Случалось, что взбесившийся от бесцельного ожидания Томчак сам шел в кабинет к ректору и с удивлением обнаруживал запертую дверь. Стрельников уже ушел, даже и не вспомнив о том, что «привязал» своего заместителя к месту просьбой дождаться его.

Он распоряжался своими заместителями как собственными рабами, совершенно не думая о том, что у них есть какие-то планы, нужды и вообще жизнь. И при этом мастерски избегал возможных объяснений по этому поводу. Мог, например, в четверть десятого утра позвонить неизвестно откуда (в том числе, из теплой постели) секретарю Наталье Семеновне со словами:

— Скажите Леонтьеву, что он должен быть в десять часов в министерстве на совещании. Если его нет на месте, пошлите Томчака. Я буду после часа.

О необходимости присутствовать на совещании в министерстве было известно за три дня, но, проснувшись поутру, Стрельников вдруг понимал, что ехать туда ему смертельно неохота. Хорошо, что на свете существуют заместители, которых можно послать на совещание вместо себя. И хорошо, что существуют секретари, которым можно поручить передать указание начальника. Ведь если он сам будет звонить своим замам, то велика вероятность услышать, что они не могут ждать его или ехать на совещание по каким-то очень уважительным причинам, с которыми Стрельников как человек нормальный просто не сможет не считаться. А секретарю они эти причины объяснять не будут, потому что не может же секретарь отменить приказ ректора. И его совершенно не интересовало, сколько заранее назначенных деловых встреч и телефонных переговоров было сорвано при этом. Ибо значение имели только ЕГО встречи и ЕГО переговоры.

Он даже не подозревал, сколько домашних скандалов разгоралось по его вине и сколько нервов было истрепано женам и детям своих друзей-заместителей. Два таких скандала были особенно показательными, так как испортили настроение надолго и соответственно надолго запомнились. Первый из них случился в семье Леонтьевых. Двенадцатилетняя дочка Леонтьевых Алиса лежала в больнице, ей сделали полостную операцию и через три дня должны были выписывать. Вообще-то полагалось бы продержать ее как минимум неделю, до снятия швов, но очередь на госпитализацию была огромная, и детишек старались выпихнуть домой как можно раньше, если родители не возражали. Геннадий Леонтьев предупредил секретаря, что утром должен забирать дочку из больницы и до обеда его в институте не будет, и договорился с водителем своей служебной машины, что тот заедет в половине десятого за ним и Анной. В половине десятого машина к дому не приехала. Сначала родители не особенно волновались, полагая, что машина, вероятно, застряла где-то в пробке и с минуты на минуту подъедет. Однако в десять ее все еще не было. Геннадий поднялся в квартиру и позвонил в институт. То, что он услышал, его ошарашило. Оказалось, что Владимир Алексеевич утром потребовал его машину для себя, потому что его личная машина сломалась, а на служебной он отправил Любу встречать в аэропорту какую-то не то родственницу, не то подружку. Стрельникову даже в голову не пришло сначала позвонить самому Леонтьеву и спросить, не нужна ли ему машина. Главным было то, что машина была нужна самому Стрельникову, а остальное не имело ровно никакого значения.

Геннадий запаниковал. Его предупредили, что к десяти часам Алиса будет выписана, и просили не опаздывать, чтобы девочка не ждала в холле больницы. Дожидаться, пока за ней приедут родители, в отделении не собирались, ровно в десять из приемного покоя поступят новые больные, такой заведен порядок, и Алисина койка понадобится для другого ребенка. Геннадий поймал частника, который за безумные деньги согласился поехать на другой конец Москвы в больницу и привезти их обратно вместе с Алисой. Всю дорогу до больницы Анна напряженно молчала, но Геннадий понимал, что думают они об одном и том же: маленькая девочка с разрезанным животом и нестерпимо болящим швом одиноко сидит в холле и не понимает, почему мама и папа за ней не приезжают. Водитель выбрал не самый удачный путь, ухитрившись попасть во все заторы, которые только можно было отыскать в этот час в столице, кроме того, выяснилось, что он не рассчитывал на такой длинный маршрут, и ему нужно подъехать на заправку. В больнице Леонтьевы оказались только в первом часу дня. Алиса, бледная и дрожащая, сидела на стульчике, судорожно прижимая к груди пакет со своими вещами, и по ее щекам градом катились слезы. Увидев бегущих к ней родителей, она разрыдалась, трясясь всем телом, и громко плакала всю обратную дорогу, успокоившись только тогда, когда оказалась в своей комнате и поняла, что кошмар действительно кончился. Ей было очень больно сидеть на этом проклятом неудобном стуле, потому что шов был еще совсем свежий. И очень страшно, что родители забыли за ней приехать и ей придется тут сидеть до завтрашнего дня. После операции девочка была слабенькой, и пережитое волнение вылилось в самый настоящий нервный стресс. Она отказывалась от еды и все время принималась плакать. Анна не выдержала и впервые за долгое время решила высказать мужу все, что думает о его любви к своему другу-начальнику.

— Он же в грош тебя не ставит, он плевать на тебя хотел, он тебя с дерьмом смешивает, а ты только благодарно улыбаешься и задницу ему лижешь! Неужели тебе самому не противно? Ну есть у тебя хоть капля гордости или нет? Где твое самолюбие? Почему ты позволяешь ему так с собой обращаться?

Геннадий пытался объяснить жене, что нельзя сердиться на Стрельникова за то, что тот думает только об интересах дела и забывает о личном.

— Володя — мой друг, и я уверен, что он уважает меня так же, как и я его. Если он взял мою машину, значит, ему действительно было очень нужно, иначе он не сделал бы этого.

— А тебе, выходит, не нужно? — взвилась Анна. — Больной ребенок после операции сидит в холодном холле и умирает от страха и боли — на это можно наплевать? Да если бы это был его ребенок, он бы две институтские машины взял, чтобы поехать в больницу. На одной бы сам ехал, вторая бы следом шла на всякий случай, вдруг первая сломается, так чтобы сразу пересесть и ехать дальше, не дай бог его ребенок лишнюю минуту прождет.

Ссора зашла слишком далеко, посыпались взаимные оскорбления, и в этом конфликте Леонтьевы увязли надолго.

Другой памятный скандал случился у Томчаков. К Ларисе обратилась ее давняя добрая приятельница, сын которой учился как раз в институте у Стрельникова. С сыном произошла неприятность, он попал в милицию вместе с двумя товарищами «за хулиганку». Собственно, хулиганил только один из них, сцепился с продавцом палатки, у которого не оказалось сдачи с крупной купюры, начал громко качать права, продавец не менее громко отвечал, оба схватили друг друга за грудки, а тут и милиция подоспела. Забрали всех троих, и уже в отделении оказалось, что все трое находятся в нетрезвом состоянии. В общем-то это было простительно, у дебошира был день рождения, и ребята, естественно, его отмечали, причем были даже не сильно пьяны, а так, слегка выпивши. Но тест показал алкоголь, и факт нарушения общественного порядка в нетрезвом виде был налицо. В институт, где учился сын Ларисиной приятельницы и которым руководил ее муж, пришла бумага, и Стрельников, рьяно взявшийся за укрепление дисциплины среди студентов, велел подготовить приказ об отчислении парня. Ладно бы еще, если б это случилось в мае, тогда юноша успел бы, может быть, поступить в другой институт. Но случилось это в марте, и после отчисления его в весенний призыв заберут в армию. А вдруг в Чечню пошлют? Мать этого не переживет. Что угодно, только не отчисление. Мера была излишне суровой, проступок был административным, а не уголовно наказуемым, таким же, по сути, как безбилетный проезд в транспорте или превышение скорости водителем автомашины. Месяца не проходило, чтобы на кого-нибудь из студентов не присылали подобную бумагу. Однако политика «закручивания гаек» требовала жестких мер, и сын Ларисиной подруги попал под пресс.

Лариса пообещала поговорить с мужем. Томчак отнесся с пониманием к беде женщины, которую тоже давно знал, и пошел к Стрельникову. Тот, как обычно, был очень занят, поэтому даже не дослушал своего заместителя по науке до конца.

— Хорошо, — кивнул он, набирая очередной номер телефона и готовясь к следующему разговору, — я дам указание, чтобы приказ переделали. Ограничимся строгим выговором.

Томчак вернулся в свой кабинет и тут же позвонил жене.

— Передай Галочке, что все в порядке. Парня не отчислят. Выговор, конечно, влепят, но это ерунда. Главное, в армию не загремит.

Тем же вечером счастливая мать явилась домой к Томчакам с шампанским и огромной коробкой конфет и долго благодарила Славу, глотая слезы и преданно глядя ему в глаза.

А на следующий день Томчаку принесли на визирование приказ об отчислении студента. У него в глазах потемнело.

— Оставьте мне приказ, — сказал он кадровику, с трудом сдерживаясь, чтобы не заорать на него, — и принесите все материалы. Я должен быть уверен в том, что подписываю.

Он был уверен, что в отделе кадров, как всегда, все перепутали и принесли на визирование старый вариант приказа, подготовленный еще вчера утром, до его разговора со Стрельниковым. Через десять минут у него на столе лежали материалы — копия протокола об административном правонарушении и официальное сообщение из милиции, на котором сверху стояла виза Стрель-

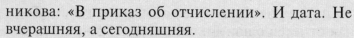
никова: «В приказ об отчислении». И дата. Не вчерашняя, а сегодняшняя.

Томчак рванулся в кабинет к ректору.

— Володя, ты что, забыл о нашем вчерашнем разговоре? Ты же мне обещал не отчислять мальчишку. Дай указание кадровикам переделать приказ.

— Он будет отчислен, — жестко сказал Стрельников. — Иначе мы никогда не наведем порядок в этом болоте. Ты же мой зам, ты должен это понимать так же отчетливо, как и я. Студенты распустились вконец, они пропускают занятия, некоторые вообще являются только на сессию, и управы на них никакой нет. Учатся кое-как, спустя рукава, стало быть, и знания выносят отсюда слабые. Институт потерял лицо, наши выпускники давно уже перестали считаться хорошими специалистами. Престиж вуза упал ниже некуда. А мы с тобой, Славка, должны этот престиж поднять на прежнюю высоту, и даже еще выше. Это наш с тобой институт, это наше с тобой лицо.

— Но я пообещал его матери, что все будет в порядке.

— Извинись перед ней и вали все на меня. Скажи, мол, это Стрельников такая сволочь, а ты сделал все, что мог. Давай лучше обсудим вот что...

Его ни капли не интересовала судьба несправедливо наказанного студента, сейчас его мысли были поглощены тем, чтобы провести на базе института межвузовскую конференцию, посвященную обмену опытом использования внебюджетных средств.

Идти домой в тот день Томчаку не хотелось. Он живо представлял себе, что скажет Лариса, и понимал, что она будет права. Но действительность превзошла все ожидания, даже самые худшие. С женой просто сделалась истерика. Она кричала почти час, вытирая слезы и то и дело принимаясь капать себе валокордин. В целом это были вариации на тему двух основных тезисов: как мы теперь будем смотреть в глаза несчастной матери и почему ты позволяешь Стрельникову так с собой обращаться, почему его просьбы для тебя закон, а твои просьбы ничего для него не значат, ты же человек, личность, ты его друг, а не дерьмо собачье.

Конфликты более мелкие случались довольно часто, благо поводы для них Владимир Алексеевич Стрельников давал постоянно. И Лариса Томчак, и Анна Леонтьева ненавидели его с каждым днем все сильнее, хотя так и не смогли понять, почему их мужья все это терпят и все прощают.

За три недели, проведенные Любой Сергиенко в доме у Томчаков, в ее уши были выплеснуты все годами накопившиеся обиды на ее бывшего любовника. Она слушала, холодея он ужаса. Неужели этот деспот, этот бесцеремонный хам — тот Володя Стрельников, которого она обожала и за которого хотела выйти замуж? С ней он был чудесным, веселым, заботливым, делал широкие жесты, дарил подарки и возил в интересные места, постоянно преподносил неожиданные сюрпризы. Она хорошо помнила ту поездку в аэропорт, когда Володя шикарным жестом дал ей служебную машину. И поездка-то была совсем необязательная, она никого не встречала, наоборот, ее подруга улетала в США, уезжала на три года работать по контракту. Накануне, как водится, друзья и родственники собрались у нее, чтобы коллективно выпить и попрощаться, но ведь не на всю жизнь, она же не на постоянное жительство уезжает, да и в отпуск будет приезжать. О том, чтобы ехать на следующее утро в Шереметьево провожать ее, и речи не было, Люба была уверена, что провожать будет только муж. Однако за разговорами выяснилось, что приезд близких друзей в аэропорт в таких случаях считается хорошим тоном. Вроде так положено в приличном обществе. Люба, конечно же, считала себя принадлежащей к приличному обществу и решила, что тоже должна обязательно явиться завтра в Шереметьево. Вот и явилась. Разве она знала, какой ценой досталась Леонтьевым эта ее поездка на служебной машине?

Долгие месяцы, проведенные в Турции, Люба Сергиенко мечтала о том, как вернется в Москву, к Стрельникову, как будет любить его, как станет его женой. Ее поддерживала и согревала мысль о том, что после всех мучений она вернется в царство любви. Но оказалось, что вернулась она в царство ненависти. Лютой, жгучей, от которой судорогой сводит пальцы рук и перехватывает горло, слепой яростной ненависти.

* * *

Тяжелые сумки оттягивали руки, но Татьяна не злилась, напротив, ее даже радовала эта тяжесть. Обычно хозяйством занималась ее родственница, живущая вместе с ней сестра ее первого мужа, освобождая Татьяне время для основной работы и для хобби. Хобби у нее было занятным: Татьяна

Образцова, старший следователь Санкт-Петербургского УВД, в свободное от работы время писала детективы под псевдонимом Татьяна Томилина. И хотя занималась она этим уже несколько лет, все равно никак не могла привыкнуть к тому, что газеты называют ее «русской Агатой Кристи», книги на прилавках не залеживаются, а сама она входит в пятерку лучших детективистов страны. Ей казалось, что все это к ней не относится, а если и относится, то все равно это не более чем милая шутка. Она была хорошим следователем и искренне считала свою работу главным в собственной жизни.

Татьяна несколько дней назад вернулась из отпуска, который проводила на юге со своим третьим мужем и его девятилетней дочкой Лилей. Муж жил в Москве, и оставшиеся до окончания отпуска две недели Татьяна решила провести вместе с ним в столице, варя ему борщи и жаря котлеты. Занятие это ей нравилось, тем более что Владислав, которого Татьяна называла Димой, был благодарным потребителем ее кулинарных шедевров, ел с завидным аппетитом и не уставал нахваливать приготовленные блюда. Конечно, в Питере она этим ни за что не станет заниматься, потому что, во-первых, некогда, а во-вторых, у нее есть замечательная родственница Ирочка Милованова, добровольно взявшая на себя все заботы по домашнему хозяйству во имя процветания отечественной детективной литературы. Но здесь, в Москве, ухаживать за мужем и стоять у плиты было приятно, тем паче голова ничем особенным не занята, и можно, разделывая мясо и нарезая овощи для салата, обдумывать сюжетные повороты новой повести.

В это время дня народу на Калужско-Рижской линии метро было немного, и в вагоне Татьяне удалось сесть в уголке, пристроив на полу объемистые сумки с покупками. Рядом с ней села молодая женщина, которая сразу же уткнулась в книжку. Татьяна привычно скосила глаза на раскрытые страницы — ей всегда было интересно, какие книги люди читают в транспорте — и улыбнулась. Сидящая рядом пассажирка читала ее последнюю книгу, «Повернись и уйди». Такое иногда случалось, в городском транспорте Татьяне попадались люди, читающие ее книги, и каждый раз это почему-то невероятно волновало ее. Она начинала всматриваться в лица этих людей, стараясь угадать, сколько им лет, какой у них характер, чем они занимаются, нравится ли им то, что они читают, и вообще, почему они покупают ее книги. Татьяна даже заговаривала с продавцами книг, выясняя, кто по большей части покупает ее повести и романы. В целом категория ее читателей была примерно такой: все женщины, а мужчины — после сорока. Приверженцы классического психологического детектива с интеллектуальной загадкой и без чернухи. Люди, чей вкус сформировался под влиянием Агаты Кристи, Жоржа Сименона и братьев Вайнеров. Однажды Татьяне позвонил очень известный писатель, один из мэтров отечественного детектива, чтобы выразить ей свое восхищение. Представившись, он осторожно добавил:

— ... если это имя вам что-нибудь говорит.

— Господи! — изумленно воскликнула она. — Да я же выросла на ваших книгах!

— Что ж, вы хорошо росли и выросли в хорошего писателя, — с улыбкой ответил ей классик.

Комплимент был для нее особенно ценен, потому что именно на этого писателя она равнялась, считая его книги эталоном жанра.

Татьяна исподтишка разглядывала сидящую справа женщину. Молодая, очень красивая, кожа покрыта ровным светло-кофейным загаром. Самой Татьяне никогда не удавалось так загореть, кожа у нее была молочно-белой и моментально сгорала, так что на юге приходилось большей частью сидеть в тени, выползая под солнечные лучи только рано утром и ближе к закату. На читательнице был шелковый светло-зеленый костюм, красиво сочетавшийся с загорелой кожей и многочисленными золотыми украшениями. Длинные ногти, покрытые ярким лаком, выглядели несколько вульгарно, но в целом красавица была очень эффектна. «Интересно, — подумала Татьяна, — что может привлекать такую девицу в моих книжках?»

Девушка читала увлеченно, а Татьяна заглядывала в текст, пытаясь представить, какое впечатление производит на нее тот или иной абзац. Ну надо же, читает ее книгу и даже не подозревает, что автор сидит рядом с ней, даже их локти соприкасаются. Такие мгновения всегда будоражили Татьяну Образцову.

Наконец читательница собралась выходить. Она закрыла книгу и еще некоторое время сидела, держа ее на коленях и задумчиво глядя куда-то в пространство. Теперь прямо на Татьяну смотрела ее собственная фотография, помещенная на обложке. Фотография была удачной и даже нравилась самой Татьяне, хотя вообще такое случалось крайне редко. Несмотря на привлекательную внешность, она была на удивление нефотогенична и на снимках обычно получалась плохо. Милое округлое лицо выглядело оплывшим и опухшим, словно с перепоя, а глаза почему-то делались маленькими, поросячьими. Что поделать, камера любит не всех. «Любопытно, что будет, если девушка сейчас повернет голову и увидит меня? А потом бросит взгляд на обложку. Может получиться ужасно смешно».

Но девушка к Татьяне не повернулась. Она спокойно убрала книгу в сумочку и, когда поезд остановился у платформы, вышла из вагона. Сначала она показалась Татьяне высокой, но потом стало понятно, что у нее просто очень высокие каблуки.

Проводив ее глазами, Татьяна снова вернулась мыслями к своей новой повести. Примерно первая треть была уже придумана и выстроена по эпизодам, но это всегда было самой легкой частью работы. Начало писать нетрудно, придумывай в полное свое удовольствие, а вот после двух третей начинается самая морока. Все должно быть увязано, ни одна сюжетная линия не должна обрываться без каких-либо объяснений, судьба каждого персонажа должна быть так или иначе обозначена. И, конечно же, в последней трети текста предстояло решать самый главный вопрос: хороший будет конец или плохой? Всех преступников разоблачат и накажут или не всех? Или вообще ни одного, а милиция останется с носом?

Может, для трагизма убить кого-нибудь из «хороших», например, при задержании? А для равновесия и общей справедливости можно и кого-нибудь из «плохих» уложить рядышком. Но если сделать так, то не будет ли перебора по части трупов? Все-таки обилие убитых — признак дурного вкуса, но и когда их мало, тоже не годится. Очень трудно найти и точно соблюсти ту грань, которая разделяет психологический триллер и боевик. Так чем же закончить книгу? Какой нарисовать конец? Татьяна никогда не знала этого с самого начала. Большой опыт следственной работы говорил о том, что абсолютной победы почти никогда не бывает. Но есть ведь и законы жанра... Одним словом, вопрос о концовке произведения был для нее самым мучительным.

Погруженная в размышления, она не заметила, как добралась до квартиры в Черемушках. Мужа, естественно, дома еще не было, он явится не раньше восьми. Не успела Татьяна снять куртку и туфли, как зазвонил телефон.

— Татьяна Григорьевна? — раздался в трубке ледяной голос, принадлежащий первой жене Владислава Стасова Маргарите.

— Да, — вздохнула Таня, — я вас слушаю, Маргарита Владимировна.

— Я договаривалась со Стасовым, что он сегодня возьмет Лилю дней на пять, мне нужно ехать на кинофестиваль в Прагу.

— Раз вы договаривались, значит, возьмет. Не беспокойтесь, Маргарита Владимировна.

— Но мне через полчаса нужно выезжать в аэропорт, — возмутилась Маргарита, — а Лиля до сих пор дома. Что ваш муж себе думает?

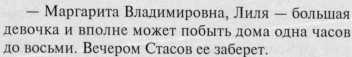

— Маргарита Владимировна, Лиля — большая девочка и вполне может побыть дома одна часов до восьми. Вечером Стасов ее заберет.

— Ну уж нет! — внезапно взорвалась бывшая жена. — Я должна быть уверена, что с моим ребенком все в порядке. Я хочу передать ее отцу с рук на руки и улететь со спокойным сердцем.

— Ничем не могу вам помочь, — хладнокровно отозвалась Татьяна. — Если через полчаса вы должны уезжать, то вам придется оставить Лилю одну. За полчаса я не смогу найти для вас Стасова и доставить к вам в Сокольники. Это нереально.

— Ну ладно, — сдалась Маргарита, обожавшая поскандалить и повыяснять отношения, но быстро теряющая запал и все-таки рано или поздно прислушивающаяся к голосу разума. — Я поеду пораньше и по дороге в аэропорт сама завезу к вам Лилю. Надеюсь, вас-то я дома застану?

— Застанете, — пообещала Татьяна, — я никуда не уйду.

Разговоры с первой женой своего третьего мужа невероятно развлекали ее. Красавица Маргарита с роскошным стройным телом и потрясающими ногами, знаменитыми на всю киношную общественность, никак не могла взять в толк, что нашел ее супруг в рано располневшей грузной Татьяне, в разговорах со Стасовым презрительно называла ее «коровой с поросячьими глазками» и всячески демонстрировала недоумение по поводу странного выбора Владислава, у которого, по ее представлениям, должен быть совсем другой вкус. К тому моменту, когда Стасов познакомился с Татьяной, он был в разводе с Маргаритой уже три года, но это вовсе не означало, что бывшая жена перестала лезть в жизнь бывшего мужа.

Разумеется, бывшая жена новую жену люто ненавидела, хотя поводов для этого не было никаких. У Риты был любовник, с которым она разъезжала по международным кинофестивалям, сходиться со Стасовым снова она и не думала, так что Татьяна вроде бы ничего у нее не отняла и не украла. Но сам факт, что после нее, признанной красавицы, вращающейся в самых элитных кругах киношной богемы, Стасов посмел выбрать себе «вот это», возмущал Маргариту Мезенцеву, в замужестве Стасову, до глубины души. И даже тот факт, что жениться на самой Маргарите после развода охотников не нашлось, а Таня, которая была на три года моложе ее, выходила замуж уже в третий раз, иными словами, пользовалась, что называется, повышенным спросом, так вот, даже этот факт Риту не вразумил и не заставил задуматься.

Если им приходилось общаться, дамы соблюдали парламентскую вежливость, называя друг друга не иначе как по имени-отчеству, при этом одна источала яд и презрение, а другая откровенно забавлялась. Сейчас Татьяне Образцовой было тридцать пять, и тринадцать лет следственной работы давно уже приучили ее не реагировать на эмоции собеседника. Иные подследственные обливали ее таким ядом и презрением, что рядом с ними выпады Маргариты выглядели не более чем выступлением пятилетнего ребенка на детсадовском утреннике по сравнению, например, с игрой Михаила Ульянова в шекспировском «Ричарде III».

Минут через сорок раздался звонок в дверь.

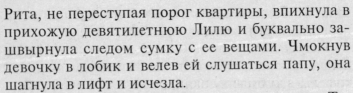

Рита, не переступая порог квартиры, впихнула в прихожую девятилетнюю Лилю и буквально зашвырнула следом сумку с ее вещами. Чмокнув девочку в лобик и велев ей слушаться папу, она шагнула в лифт и исчезла.

— Как дела в школе? — поинтересовалась Татьяна, с улыбкой наблюдая, как девчушка старательно расшнуровывает высокие ботинки.

— Как обычно. Две пятерки, по арифметике и по русскому. Тетя Таня, а что у нас сегодня на ужин?

— Еще не знаю. Продуктов много, надо решить, что из них готовить. А у тебя есть предложения?

— Сделайте, пожалуйста, картофельные пирожки с мясом, — попросила Лиля. — Я их ужасно люблю, а мама не умеет их делать.

— Можно, — согласилась Татьяна. — Папа тоже их любит. Хотя нам с тобой, Лилечка, не надо было бы этим увлекаться. При наших фигурах мясо с картошкой — далеко не самое лучшее.

Лиля была крупной девочкой, ростом пошла в двухметрового Стасова, а лишний вес появился у нее в раннем детстве как следствие неумеренного потребления бутербродов с белым хлебом и сырокопченой колбасой, а также конфет и пирожных. Как ни смешно, но внешне Лиля была куда больше похожа на Татьяну, чем на родных маму и папу.

— Да ладно, тетя Таня, один разочек-то можно.

— Ну если только разочек, — сдалась Татьяна.

Она отправилась на кухню, оставив Лилю в комнате с книжкой в руках. Если под рукой была библиотека, девочку можно было оставлять одну на сколь угодно долгое время, она не скучала и не требовала к себе внимания, лишь бы было что почитать. Места в однокомнатной квартире Стасова было маловато, зато библиотека огромная.

Когда мясо было уже приготовлено и Татьяна начала прокручивать через мясорубку сырой картофель, в кухне возникла Лиля.

— Тетя Таня, а может, вам лучше отправить меня к тете Ире в Петербург?

— С чего это?

— Чтобы я вам тут не мешала.

— Ты нам не мешаешь, — улыбнулась Татьяна. — Откуда эти странные мысли? Нам втроем всегда было хорошо, разве нет? Или тебя что-то не устраивает? Тебе, наверное, больше нравится, как Ира готовит. Ну-ка признавайся! Ты надеешься на то, что она будет каждый день печь для тебя пирожки с капустой, да?

— Дети не должны спать в одной комнате со взрослыми, — очень серьезно изрекла Лиля.

— Интересная мысль, — так же серьезно кивнула Татьяна, которая давно уже привыкла к неожиданным высказываниям падчерицы. — И откуда же ты ее выкопала?

— Не смейтесь, тетя Таня, вы сами знаете, что это правда. Вы с папой — муж и жена и должны спать отдельно, а не в одной комнате со мной.

— Но на юге мы же прекрасно спали в одной комнате.

— Это было неправильно, — упрямо возразила девочка.

У Татьяны запылали щеки, но она тут же одернула себя. Нет, им со Стасовым не в чем себя упрекнуть. За год, что они женаты, им неоднократно приходилось спать в одной комнате с Лилей, но они никогда ничего себе в этой ситуации не

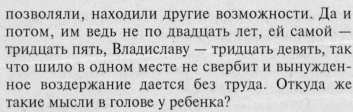

позволяли, находили другие возможности. Да и потом, им ведь не по двадцать лет, ей самой — тридцать пять, Владиславу — тридцать девять, так что шило в одном месте не свербит и вынужденное воздержание дается без труда. Откуда же такие мысли в голове у ребенка?

— Так, Лиля, — строго сказала она, — признавайся, что ты сейчас читаешь?

— «Замок Броуди» Кронина. Вы не думайте, тетя Таня, я там все понимаю. Папа сказал, что мне можно.

— Ну, раз папа сказал, тогда конечно. Только имей в виду, что нельзя равнять книжки и настоящую жизнь, понимаешь? Мы с папой тебя очень любим и всегда радуемся, когда нам удается побыть всем вместе. А все остальное просто выкинь из головы. И не смей никогда думать, что ты можешь нам помешать. Когда люди любят друг друга, они не могут мешать. Усвоила? А если ты скучаешь по Ирочке и хочешь побывать в Питере, то мы это и так устроим. Ты можешь приехать к нам во время каникул, например, в ноябре. Кстати, как тебе нравится Кронин?

— Нравится, — уклончиво ответила Лиля. — Но вы пишете лучше. Я вас больше всех писателей люблю.

Татьяна не выдержала и расхохоталась.

— Лилька, ты меня уморишь когда-нибудь своими оценками! Где Кронин, и где — я? Разные эпохи, разные страны, разная тематика, да разные жанры наконец. Разве можно нас сравнивать? Уверяю тебя, если бы я взялась написать роман о семье, где деспотичный отец калечит жизни своим дочерям в угоду собственному честолю-

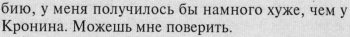

бию, у меня получилось бы намного хуже, чем у Кронина. Можешь мне поверить.

Разговаривая, Татьяна продолжала прокручивать сырой картофель, попутно помешивая фарш на сковородке. Почти все сделано, осталось совсем немного. Когда придет Стасов, нужно будет только быстренько слепить пирожки и бросить их в кипящую воду. Пока он будет мыть руки и есть грибной суп, как раз все и поспеет.

Стасов явился почти в девять, огромный, зеленоглазый и веселый. Он уже знал, что дома его ждет дочь, поэтому по дороге с работы купил специально для нее сырокопченую колбасу, которую Лиля обожала больше всех лакомств на свете. Он горячо нахваливал грибной суп, шумно радовался картофельным пирожкам и со смехом рассказывал о том, как разговорился с продавщицей книжного лотка, расположенного в том магазине, куда он заскочил за колбасой для дочери.

— У нее на прилавке четыре твои книжки лежат. Я делаю умное лицо и спрашиваю, дескать, как Томилина расходится. Она мне отвечает, что раскупается очень хорошо, и она сама твоя поклонница, и все ее знакомые, но у них есть к тебе претензии. Я, конечно, поинтересовался, какие именно. Продавщица в ответ спрашивает, а с чего это я так интересуюсь? Пришлось сказать, что я твой литературный агент.

— А почему не муж? — удивилась Татьяна. — Продавщица была молодая и красивая и ты решил построить ей глазки и скрыть свое женатое положение?

— Глупая ты. Мужу про жену воспитанные люди никогда ничего плохого не скажут. А литературный агент — это как раз та фигура, которой можно высказать критические замечания, если таковые имеются. Между прочим, продавщица была средних лет, хорошо за полтинник. Очень образованная тетка, кандидат филологических наук. И вместо того, чтобы преподавать русский язык и литературу в каком-нибудь институте, стоит целый день за прилавком, книгами торгует.

— Не отвлекайся, Стасов. Так какие ко мне претензии у читателей? Мало секса и насилия?

— Никогда не догадаешься. Даю тебе три попытки. За каждую неудачную попытку будешь класть на мою тарелку новый пирожок. Идет?

— Начали, — кивнула Татьяна. — Мало динамизма и много логических рассуждений.

— Давай одну штуку. Пока ты будешь думать над второй попыткой, я как раз его съем.

Татьяна задумалась. Сцен секса, мордобоя, погонь и головокружительных драк на крышах высотных домов в ее книгах почти не было, это и отличало их от боевиков, которые предназначались совсем другой читательской аудитории. Именно эти претензии она обычно и слышала от молодых мужчин. Что же могло не понравиться в ее произведениях тем, кто считает себя ее поклонниками?

— Грустный финал, — неуверенно предположила она.

— Давай второй пирожок. Осталась последняя попытка.

— А если я не угадаю?

— Если не угадаешь, поедешь завтра со мной по магазинам покупать кухонную технику. Всякие там кофемолки, кофеварки, мясорубки и прочие бытовые комбайны. Я знаю, ты считаешь кухонную технику барством и полагаешь, что все можно прекрасно приготовить при помощи рук и ножа. Это тебя Ирка избаловала, она же целый день дома сидит, времени у нее вагон, а чтобы приготовить еду на вас двоих, особо напрягаться не нужно. Так что в наказание за неотгаданную претензию поедешь со мной все это покупать, а потом будешь этим пользоваться. Ну так что, Татьяна Григорьевна? Придумала?

— Не все сюжетные линии доведены до логического конца.

— Ну, не знаю, — пожал могучими плечами Стасов. — Тебе виднее, конечно, но суть высказанных замечаний не в этом. Сдаешься?

— Сдаюсь.

— Только сиди на стуле крепко, а то упадешь. У тебя по ходу повествования есть сцены, когда кто-то готовит какую-то еду. Так вот, некоторые твои почитательницы попытались приготовить блюда по этим рецептам, и у них получилось невкусно. Ну не то чтобы совсем невкусно, но в целом невыразительно. А они были уверены, что получится шедевр кулинарии.

— Господи, Дима, да там нет никаких рецептов, там просто упоминание о том, что, например, некий персонаж готовит тушеные баклажаны с помидорами. И никакой технологии, никаких компонентов. Конечно, по такой скудной информации нельзя приготовить ничего путного. Это же детектив, а не кулинарная книга.

— Ну, дорогая, за что купил, за то и продаю. Книжная тетенька велела, чтобы я тебе это передал. Я и передаю. Так что сделай уважение своим

читателям, когда будешь описывать очередную сцену на кухне, укажи поподробнее, что из чего делается, в какой последовательности, на каком огне и в какой посуде. Спасибо, Танюша, все было очень вкусно. Лиля, ты уроки сделала?

— Да, папа, давно уже.

— Тогда катись в комнату, стели себе на диване постель и ложись в обнимку с книжкой. До десяти часов можешь почитать.

Когда девочка вышла из кухни, Татьяна внимательно посмотрела на мужа.

— Стасов, что ты затеял?

— Ты о чем?

— О кухонной технике. Зачем тебе все это? Я живу в Питере, Лиля — со своей матерью, ты прекрасно сам себя обслуживаешь при помощи, как ты выразился, рук и ножа. Чтобы приготовить еду на одного человека, вовсе незачем покупать всю эту дорогую технику.

— Таня, давай все-таки вернемся к нашим проблемам. Я хочу, чтобы ты жила здесь. Я очень этого хочу. Если ты не можешь бросить свою работу, то следователи и в Москве нужны позарез. Я знаю, ты мне сто раз говорила, что хочешь выслужить пенсию, чтобы не зависеть от превратностей судьбы. Пожалуйста, продолжай службу здесь. Хотя я лично считаю, что тебе нужно наконец снять погоны и спокойно сидеть дома и сочинять свои детективы.

— Легко тебе говорить. А вдруг у меня завтра вдохновение иссякнет и я не смогу больше написать ни одной новой книжки? На что я буду жить?

— У тебя есть муж, который будет тебя содержать. Надеюсь, ты не забыла о моем существовании? Я зарабатываю вполне достаточно, чтобы содержать и тебя, и себя, и Лилю. Я прошу тебя, Танюша, брось ты эти глупости, переезжай сюда, а? Ты даже представить себе не можешь, как я без тебя скучаю. В конце концов, если ты боишься, ты можешь работать вместе со мной. Тут уж от творческого вдохновения ничего не зависит, а заказы будут всегда. Получишь лицензию на право заниматься частной детективной деятельностью и будешь применять свои профессиональные знания. Представляешь, как нам хорошо будет здесь вдвоем? И Ирочку наконец отпустишь на свободу, оставишь ей квартиру, пусть устраивает свою жизнь. А хозяйство у тебя много времени не займет, мы же завтра поедем и купим все необходимое. И стиральную машину — полный автомат. Только кнопки нажимай. Если захочешь, я даже посудомоечную машину тебе куплю.

Эти разговоры велись на протяжении года систематически. Стасов очень хотел, чтобы его жена жила с ним, а Татьяну мысль о переезде в Москву как-то не вдохновляла. Но не зря же говорят, что капля камень точит. В последнее время она начала поддаваться на уговоры мужа. И сейчас, сидя в маленькой тесной кухне, накормив любимого мужа сытным вкусным ужином и слушая, как возится в комнате Лиля, старший следователь Татьяна Образцова внезапно приняла решение.

— Хорошо, Дима, — тихо сказала она. — Я перееду. Ты прав, семья важнее.

* * *

Верхний свет в комнате был погашен, горели два настенных бра и торшер на высокой ножке, но полумрак был приятным и позволял видеть большую фотографию на стене: двое мужчин в костюмах для верховой езды стояли рядом, держа под уздцы огромных мускулистых жеребцов с лоснящимися ухоженными шкурами. Лицо одного из мужчин было хорошо знакомо Миле, да и вряд ли нашелся бы в современной России человек, который не узнал бы известного политика, одного из кандидатов на недавно прошедших президентских выборах. Второй мужчина на фотографии был настоящим красавцем с мужественным, хорошей лепки лицом, и именно с ним Людмиле Широковой предстояло встретиться через каких-нибудь полчаса. «Какой самец, — в нетерпении думала она, разглядывая снимок, — просто роскошный. Хорошо бы еще характер оказался не склочным и без претензий. С таким потрахаться «в легкую» — одно удовольствие».

Она уселась на диван с удобными мягкими подушками, скинула туфли на высоких каблуках, поджала под себя ноги, устраиваясь поудобнее и стараясь при этом, чтобы задравшаяся юбка создавала впечатление в меру соблазнительное, но не слишком вызывающее. Черт его знает, какой характер у этого Дербышева, а вдруг он окажется скромником, каких свет не видывал. Не случайно же у него проблемы с женщинами, хотя, если судить по внешним данным, проблем этих быть не должно совсем. Даже в первом приближении. Значит, наличествует некий дефектец, червоточинка какая-то. Не все в порядке у этого выставочного экземпляра. Но Милу это не отпугивало, она была уверена в себе, в своей привлекательности и сексуальной технике. С ней проблем не возникало пока что ни у одного мужчины, а было их в жизни Людмилы Широковой не один десяток. Да что там десяток, количество ее партнеров, в том числе и случайных, разовых, давно перевалило за сотню.

Ей было слышно, как Алик возится то на кухне, то в ванной. Тоже любопытный экземпляр, очень своеобразный, но, к сожалению, к традиционному сексу не приспособленный. Если бы он не был гомиком, Мила с удовольствием скоротала бы с ним время до прихода Дербышева. Сексуальный аппетит у нее был непомерным и уже давно перешел границы обыкновенной неразборчивости. Даже втрескавшийся в нее по самые уши Стрельников не смог удовлетворить ее необузданное стремление к плотским утехам. Конечно, в первые недели, когда они только сошлись, Стрельников ее буквально из постели не выпускал, но так не могло продолжаться вечно. И дело тут вовсе не в его физической слабости, хотя, положа руку на сердце, не родился еще тот мужчина, который смог бы единолично удовлетворять Милу Широкову более или менее длительное время. Просто есть работа, есть дела, бизнес, необходимые встречи и переговоры. Стрельников не может проводить со своей венчанной женой целые сутки напролет. Но она от него этого и не требует. Ей вполне достаточно его фактурной внешности, его денег и того образа жизни, который он ей предло-

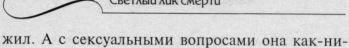

жил. А с сексуальными вопросами она как-нибудь сама разберется, опыт есть.

— Алик, чем вы там занимаетесь? — крикнула Мила.

— Так, кое-что по хозяйству. Вы отдыхайте, Мила, Виктор подъедет уже минут через двадцать. Сделать вам коктейль?

— Не надо, — откликнулась она, — я лучше потом выпью вместе с Виктором.

«Лучше». Ничего не лучше. Выпить хотелось смертельно, как всегда бывало перед первой встречей с новым партнером, но Мила держала себя в руках. Черт его знает, Дербышева этого, а вдруг ему не понравится, что от гостьи пахнет алкоголем. И ничего не получится. Жаль будет потраченного времени, да и обидно, мужик-то вон какой классный. Рост, фигура, лицо, верховой ездой занимается, с известными людьми дружит. Так что с выпивкой придется потерпеть.

Но Алик-то до чего забавный, просто сил нет! Плечищи — в дверь не пролезают, руки-ноги — сплошные мускулы, а разговаривает, как девица на выданье. Голосочек тоненький, интонации манерные, слащавые, гласные тянет. Умора, да и только! Конечно, Виктор Дербышев, по всему видать, не дурак, развлекать гостью до своего прихода поручил существу во всех отношениях безопасному, такому, который даму из стойла не уведет.

Внезапно Мила спохватилась. А кулон-то! Черт, надо же так, чуть не забыла. Она потянулась к сумочке, щелкнула замком, достала серебряную подвеску — маленького крылатого Купидона с луком и стрелой — и засунула поглубже между диванными подушками. Этим нехитрым приемом Мила пользовалась уже давно, и, несмотря на простоту, он всегда оказывался достаточно эффективным. Случалось, что партнер Миле очень нравился, но иногда она чутьем многоопытной женщины понимала, что он может сорваться с крючка, и это свидание будет первым и последним. Тогда, если через два-три дня звонка от кавалера не было, она звонила сама и извиняющимся голосом говорила, что потеряла в его квартире кулон. Дальнейшее было делом техники и практически всегда Миле удавалось. Если же партнер ей не нравился или необходимости в предварительном обеспечении следующего свидания не возникало, она перед уходом незаметно забирала подвеску.

— Мила, у вас все в порядке? Вам удобно? — послышался голос гомосексуалиста Алика. — Виктор приедет через пять минут.

Погруженная в свои мысли, Людмила не обратила внимания на то, что голос вдруг утратил забавную дурацкую манерность и писклявость, стал звучным, красивым и совершенно нормальным. Но каким-то не таким.

Глава 3

Настя Каменская даже не подозревала, что в Москве еще остались такие места, точнее — углы. Огромный пустырь, на котором красовалась куча выброшенного хлама. Правда, находилось это безобразие все-таки не в центре города, а совсем на окраине, неподалеку от трассы Кольцевой автодороги, и жилых массивов поблизости никаких не было, но все же...

Убитая — молодая красивая женщина в нарядном светло-зеленом шелковом костюме — лежала на земле лицом вниз. Группа работала на месте обнаружения трупа уже третий час, личность погибшей установлена — Людмила Широкова, 28 лет, работает администратором в гостинице «Русич». Эксперт Олег Зубов уже закончил свою часть работы, и теперь возле тела колдовал судебный медик. Судя по поверхностным следам, Широкова была задушена, ну а уж истинную причину смерти установят только после вскрытия. Может быть, ее предварительно отравили или еще что-нибудь эдакое вытворили. Давность наступления смерти медик определил примерно в 40 — 48 часов. Почти двое суток назад.

Конец октября был в этом году очень теплым, люди ходили без плащей и радовались затянувшемуся лету. Но Настя все равно мерзла. Она мерзла всегда, если температура была ниже 25 градусов. Сосуды плохие. Закутавшись в куртку и сунув руки поглубже в карманы, она медленно бродила вокруг места происшествия, пытаясь представить себе, что могло привести на эту помойку нарядно одетую красавицу в золотых украшениях. Что она здесь искала? Зачем пришла сюда? И, кстати, если пришла, то как? Неужели пешком? Городской транспорт здесь не ходил, от ближайшей автобусной остановки километров пять, не меньше. Если она приехала на своей машине, то где она, эта машина? А если ее привезли, то кто и зачем? Привезли, чтобы убить? По всему выходит, что именно так.

— Аська, — послышался удивленный голос оперативника Юры Короткова, — ты только по-

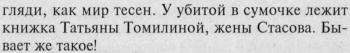

гляди, как мир тесен. У убитой в сумочке лежит книжка Татьяны Томилиной, жены Стасова. Бывает же такое!

— Бывает и не такое, Юрик, — вздохнула Настя. — Но все равно забавно. Надо будет обязательно Стасову позвонить и рассказать о мировой славе его жены.

— Нет, ты только подумай, — не унимался Коротков, — какой сюжет, а? У убитой в сумке находят книгу, написанную следователем, а этот следователь как раз и ведет дело об убийстве.

— Не фантазируй, Татьяна не может вести это дело хотя бы потому, что работает в Питере, а не в Москве. И вообще, насколько я знаю, она сейчас в отпуске, они со Стасовым куда-то ездили отдыхать и только недавно вернулись в Москву.

— Вот видишь, — торжествующе поднял палец Коротков, — значит, она все-таки в Москве. И по сути, не так уж далеко от обнаруженного здесь трупа. И вообще, Аська, скучно с тобой, помечтать не даешь, на ходу крылья подрезаешь. Ты жуткий прагматик. В тебе нет ни капли романтики. А Стасову я обязательно расскажу об этом, пусть повеселится. Я как раз должен сегодня ему звонить, он мне обещал помочь с ремонтом моего корыта на колесах.

Он полистал книгу и присвистнул.

— А дамочка-то недавно грелась под буржуинским солнышком и купалась в капиталистических морях. В качестве закладки она использовала посадочный талон, но не шереметьевский, какой-то иностранный. И загар у нее совсем свежий.

Настя взяла протянутый кусочек тонкого картона с обозначением даты, номера рейса и места в самолете. Позвонив из милицейской машины в Шереметьево-2 своему приятелю и попросив навести справки о рейсе и о пассажирах на соседних местах, она вернулась к Короткову.

— Интересно, что же она делала на помойке в таком наряде и в туфлях на шпильке, — задумчиво проговорила она и повернулась к эксперту Зубову. — Олег, что у дамочки на обуви?

— Помойка, — буркнул вечно хмурый и всем недовольный Зубов, — что еще там может быть.

— Значит, она была убита здесь. Если бы на обуви не было помоечной грязи, можно было бы предположить, что ее убили в другом месте, а сюда привезли на машине и выбросили. Жаль. Я надеялась, что будет поинтереснее.

— Ну и надежды у тебя, мать, — с упреком сказал Коротков. — Прогрессивная общественность надеется на светлое будущее и победу демократических реформ, а ты — на то, что потерпевшую убили где-то в другом месте, а не на помойке. Тебе-то не все ли равно, где именно ее убили?

— Не-а, — помотала головой Настя. — Убийство красотки на помойке пахнет дешевым шантажом и вымогательством, я так не люблю.

— Господи, Аська, ты действительно маленький уродец. При чем тут «люблю — не люблю»? Труп — он и есть труп. Один человек убил другого, это отвратительно, и любить тут совершенно нечего.

— Юрик, тот факт, что одни люди убивают других — это объективная реальность, изменить которую мы с тобой не можем. Так было, так есть и всегда будет. Надо смириться и не делать из этого трагедию. И коль уж трупы — это моя работа, при-

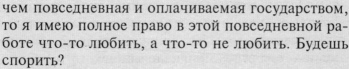

чем повседневная и оплачиваемая государством, то я имею полное право в этой повседневной работе что-то любить, а что-то не любить. Будешь спорить?

— С тобой поспоришь, как же, — усмехнулся в ответ Коротков, — дня не проживешь. Ну что там, Олег?

Эксперт Зубов, высокий и сутулый, с кислой миной сидел на земле, подстелив под себя полиэтиленовый пакет, и что-то рассматривал, держа при этом в руках туфли, снятые с убитой.

— Да хрень какая-то, как обычно, — процедил он сквозь зубы. — Не пойму, как она ухитрилась в этой краске аж до самой колодки туфли испачкать.

Неподалеку от Зубова валялась выброшенная кем-то банка, в которой оставалось еще немного голубой краски. Банка опрокинулась, и краска вытекла на землю.

— Грунт здесь довольно твердый, высота каблука одиннадцать сантиметров. Чтобы каблук ушел в землю полностью, убитая должна была весить килограммов сто, а в ней от силы пятьдесят пять — пятьдесят семь, это и на глазок видно. Я вам потом точный расчет сделаю, но и так понятно, что хрень какая-то.

— Может быть, она несла в руках что-то тяжелое? — предположила Настя.

— Сорок кил, а то и больше? — скептически прищурился Олег. — Умерь полет фантазии, Настасья. Ты посмотри на тело, дамочка ничего тяжелее бутерброда в жизни в руках не держала. Мускулатура совсем не развита.

— А как же тогда это объяснить?

— Ты не перекладывай с больной головы на здоровую. Объяснять — твоя работа, а моя — только констатировать. Ты придумай разные варианты, чего там эта дамочка на себе такого таскала, а уж я тебе скажу, годится твое объяснение или нет.

— Олег, а могла она в этом месте просто спрыгнуть с небольшой высоты?

— Ишь ты, резвая какая, — хмыкнул эксперт. — Теоретически — могла, каблук ушел бы в землю по самое некуда. А практически — откуда было ей прыгать? С табуретки, что ли? Так где она, табуретка эта?

— Ладно, не ворчи, я еще подумаю. А ты посмотри в лаборатории ее костюм повнимательнее на предмет микрочастиц. Если она несла такую тяжесть, то должна была прижимать ее к себе, не на вытянутых же руках она ее тащила. Следы должны остаться.

— Настасья, ты себя со следователем часом не перепутала? — огрызнулся Зубов, который терпеть не мог, когда ему давали указания, особенно если речь шла о вещах совершенно очевидных.

Конечно, по закону давать экспертам задания и ставить перед ними вопросы имеет право только процессуальное лицо, например следователь или судья, а оперативники могут только робко просить, жалобно заглядывая в глаза эксперту, в надежде на дружеское расположение. Но кто их соблюдает, законы эти? Про них уж и забыли давным-давно.

Начало смеркаться, и участники осмотра места происшествия стали потихоньку сворачиваться. Можно, разумеется, включить прожекторы, но все равно это будет уже не то. При искусствен-

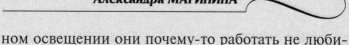

ном освещении они почему-то работать не люби-ли, предпочитали естественное.

— Анастасия Павловна! — послышался голос водителя одной из машин. — Вам тут звонят.

Настя бегом помчалась к телефону. Звонил ее приятель Георгий, сотрудник отдела милиции аэропорта Шереметьево-2, который и сообщил, что 13 октября означенная Людмила Широкова летела рейсом из Барселоны, занимая место 34 «В» в «курящем» третьем салоне. На месте 34 «А» сидел некто Стрельников Владимир Алексеевич, место 34 «С» было свободным.

Ну что ж, Стрельников так Стрельников. С него и начнем.

* * *

Основные сведения о погибшей удалось со-брать довольно быстро, она вела вполне легаль-ный образ жизни и практически ничего от окру-жающих не скрывала. К вечеру следующего дня стало известно, что Людмила Широкова после окончания колледжа по специальности «гости-ничный и ресторанный менеджмент» немного поработала в гостинице «Русич», построенной од-ной из турецких фирм, и в апреле уехала по при-глашению друзей в Турцию набираться опыта ра-боты в отелях международного класса. Вернулась в июне и снова продолжила работать в «Русиче». С этого же момента живет с Владимиром Стрель-никовым, который до недавнего времени был президентом Фонда развития и поддержки гума-нитарного образования, а с сентября текущего го-да работающим на ответственной должности в аппарате Госкомвуза. 13 октября возвращалась из Испании, где провела вместе со Стрельниковым две недели на модном курорте. Какие планы у нее были на 28 октября — день, когда ее убили, — никто ничего вразумительного сказать не мог. Родители Милы вообще были не в курсе ее жизни, так как дочь давно уже жила отдельно и их в свои проблемы не посвящала. С утра пришла на работу, отработала смену, попрощалась и ушла. Ничего необычного в ее поведении замечено не было, и о том, где она собирается провести вечер, ничего не говорилось.

По отзывам сотрудников гостиницы «Русич», Мила Широкова была большой любительницей секса в самых разнообразных его проявлениях. На мужиков не бросалась, но в этом и не было необходимости, они сами с воодушевлением искали знакомства с ней, белокурой голубоглазой красавицей, и ей только нужно было в каждый конкретный момент сделать выбор. В ней совершенно не было снобизма, порой присущего красивым женщинам, она не считала, что лечь с ней в постель достойны только красивые и богатые, а если не красивые и не богатые, то по крайней мере известные или на худой конец талантливые. Милу устраивали любые мужчины, лишь бы они ей нравились. Сегодня она могла прийти в «люкс» к южноафриканскому бизнесмену, приехавшему в Россию по алмазным делам, а завтра — уединиться в свободном гостиничном номере с грузчиком, обслуживавшим ресторан. Несмотря на такое поведение, относились к Миле ее коллеги по-доброму, потому что сердиться на нее было невозможно. Возвращаясь на рабочее место после

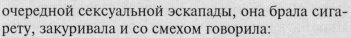

очередной сексуальной эскапады, она брала сигарету, закуривала и со смехом говорила:

— Нет, вы подумайте, девочки, опять я не удержалась. Ну что же я за блядь такая, а? У меня мозги, наверное, не в голове, а где-то в лобковой зоне. Ведь нарвусь когда-нибудь на крупные неприятности. Ой, девчонки, как же он мне нравится! Такой славный...

Мила спокойно и как бы удивленно произносила вслух все те слова, которые при другом раскладе сказали бы ей в лицо. И ни у кого не хватало сил злиться на нее. Да и за что злиться?

В Турцию Широкова уехала вместе с Любой Сергиенко, а вернулась одна. Люба до отъезда работала в той же гостинице, поэтому вполне естественно, что Милу спрашивали о подруге.

— Любка там неплохо устроилась, — с улыбкой отвечала Мила, — приедет — сама все расскажет.

На вопрос о Владимире Стрельникове реакция сотрудников гостиницы была неожиданной:

— Вы, наверное, перепутали, — сказала Короткову старший администратор, — Стрельников был женихом Любы, а не Милы.

— Вы точно знаете?

— Господи, да конечно же! Он и заезжал за Любой на работу много раз, и по утрам ее привозил, и вообще она даже не скрывала, что живет у него уже давно. Говорила, что он собирается разводиться и жениться на ней. Нет-нет, вы ошибаетесь, у Стрельникова роман с Любочкой, а не с Милой.

— А что же Сергиенко, до сих пор не вернулась? — спросил Коротков.

— Нет. Она бы обязательно появилась у нас, если бы приехала, я уверена.

Еще полдня проверочных мероприятий показали, что старший администратор гостиницы «Русич» оказалась не слишком информированной особой. Мало того, что она не знала о романе Людмилы Широковой с любовником ее же собственной подруги Любы Сергиенко, она и о возвращении Любы тоже не знала. Выяснилось, что Люба вернулась еще в начале октября, но в гостинице действительно не появлялась. Более того, домой она явилась только пять дней назад, хотя паспортный контроль в Шереметьеве-2 прошла без малого тремя неделями раньше.

— И где же это, интересно знать, она обреталась? — проговорила Настя Каменская, выслушав Короткова. — У нового возлюбленного, что ли?

— А что? Вполне может быть. Под южным солнцем какие только романы не начинаются. Познакомилась с кем-то за границей, вместе с ним вернулась и устроила себе три медовые недели. Ладно, Ася, не бери в голову, это мы выясним быстро. Завтра с утра буду разговаривать с Сергиенко.

— Юрка, ты неисправим. У тебя одна любовь в голове. А ты не думаешь, что Сергиенко вернулась, узнала о том, что лучшая подруга соблазнила любовника, и затаилась на три недели в подполье, готовя кровавую месть? Не трогай ее завтра, лучше потрать пару дней на разработку, чтобы уж наверняка. При таком раскладе Любовь Сергиенко у нас получается подозреваемой номер один.

— Подозревается Любовь! — патетически воскликнул Коротков. — Роскошное название для бестселлера, если написать «любовь» с маленькой буквы. Аська, не хмурься и не пытайся испортить мне настроение, оно у меня сегодня на редкость благодушное, а это бывает нечасто.

— Слушай, благодушный, кончай валять дурака, — улыбнулась Настя, — давай лучше делом займемся. Между прочим, к слову о бестселлерах, ты Стасову сказал про книжку, найденную при убитой?

— А як же ж. Он долго иронизировал по этому поводу и все строил планы, как бы ему позаковыристее эту новость Тане преподнести. Аська, ты, по-моему, заболела.

— С чего ты взял? Выгляжу плохо?

— Выглядишь на все сто, а кофе почему-то не пьешь. Я у тебя в кабинете сижу уже битый час, и за это время ты не выпила ни одной чашки. Как это понимать?

— Примитивно просто, сыщик Коротков. Кофе кончился. А купить новую банку не на что, деньги кончились одновременно с ароматным коричневым порошком. Вот и мучаюсь.

— Что же ты молчишь? Включай кипятильник, я сейчас принесу кофе.

— Откуда?

— Постреляю, поклянчу. Не твоя забота, на то и сыщик, чтобы искать и находить. В конце концов, украду у кого-нибудь из стола.

Настя включила кипятильник, достала из стола чашки и сахар, и в это время зазвонил телефон.

— Настасья Павловна, ты меня все еще любишь? — послышался веселый голос неунывающего Стасова.

— Страстно, — откликнулась Настя. — Привет, Владик.

— Здравствуй. Коротков сообщил мне потрясающий сюжет для детективного романа. Не врет?

— Нет, честное слово, так и было.

— А какую книжку нашли?

— «Повернись и уйди».

— Черная твердая обложка?

— Серо-голубая. Карманный формат, мягкий переплет. Интересуешься деталями?

— Это не я, а Танюшка. Она хочет с тобой поговорить. Ты очень занята?

— Стасов, для тебя и твоей жены я свободна всегда. Тебя я просто страстно люблю, а Татьяне еще и по службе обязана, она же мне помогла Палача раскрутить. Передай ей трубку.

— Добрый день, — раздался в трубке мягкий грудной голос.

— Здравствуй, Танюша. Как тебе отдыхается?

— Лучше, чем работается, — со смехом ответила Татьяна. — Скажи, пожалуйста, это правда, что убитая была в шелковом светло-зеленом костюме и в туфлях на шпильке?

— Истинная правда. Вот не сойти мне с этого места, — поклялась Настя.

— Красивая загорелая блондинка?

— Точно, — удивленно протянула она. — А как ты догадалась?

— Я не догадалась, это Коротков сказал. Настя, мне кажется, я видела ее.

— Где? Когда?!

— В понедельник, в метро. Она сидела рядом со мной и читала мою книгу, поэтому я ее запомнила. Очень похоже, что это была именно она,

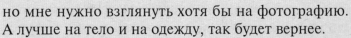

но мне нужно взглянуть хотя бы на фотографию. А лучше на тело и на одежду, так будет вернее.

— Неужели ты готова ехать в морг? — недоверчиво переспросила Настя. — Ты же в отпуске все-таки.

— А почему нет? Морг ничем не хуже других мест. Все равно Стасов на работе, Лиля в школе, а я свободна, как птица. Впрочем, может быть, я даже по фотографии тебе скажу, что это не она.

Вернулся Коротков, держа в руке свернутый из бумаги кулечек, куда добросердечные коллеги по одной-две ложечки отсыпали ему кофе.

— Вот, — гордо сказал он, протягивая Насте кулечек, — в трех местах отоварился. А ты всегда в моих способностях сомневаешься, неблагодарная.

— Я не сомневаюсь. Сейчас выпьем с тобой кофе и поедем.

— Куда это? — недовольно насупился Коротков. — Я целый день в разъездах провел, дай дух-то перевести. Да и время уже девятый час.

— Поедем мы с тобой, Юрик, к нашему общему другу Стасову и его любимой жене Татьяне. Очень может быть, что Татьяна видела Широкову за несколько часов до смерти.

— Вот это да! — выдохнул Коротков. — Стоит только мне выйти из комнаты, как обязательно что-нибудь случается.

* * *

Лариса Томчак и Анна Леонтьева были знакомы много лет, но по-настоящему близкими подругами так и не стали. И не то чтобы этому что-

то мешало или они не нравились друг другу, просто в сближении не было необходимости. Они регулярно перезванивались, благо поводов для этого было множество, поскольку мужья последние годы работали вместе.

Жена Стрельникова Алла тоже была их общей приятельницей, но только в тот период, пока сам Стрельников еще жил с ней вместе. После того как он ушел от жены и стал всюду возить с собой Любу, Ларисе и Анне пришлось резко перестраиваться. Алла нравилась им обеим, она была зрелой умной женщиной, их ровесницей, а Люба, которая была моложе их почти на двадцать лет, казалась им девчонкой, с которой даже поговорить не о чем. Детский сад, одним словом.

Труднее было, конечно, Ларисе, потому что Томчак и Стрельников в свое время купили соседние дачные участки. Приезжая на дачу, Лариса почти всегда встречалась с Аллой Стрельниковой и каждый раз с замиранием сердца ждала вопросов о новой возлюбленной Владимира Алексеевича. Собственно, дело было не в самих вопросах, а в том, что за этими вопросами стояло. «Мы с тобой были хорошими приятельницами, мы почти дружили, а теперь ты с легкостью отказалась от меня и принимаешь в своем доме моего мужа с новой бабой. Неужели ты не испытываешь неловкости, глядя мне в глаза?»

Лариса неловкость испытывала. И была безмерно благодарна Алле за то, что та никаких вопросов не задавала и вообще ни на что не намекала. Она вела с Ларисой Томчак отвлеченные разговоры о жизни вообще, о политической обстановке, о телевизионных передачах, о любовных историях общих знакомых и о способах засолки огурцов и капусты на зиму. Алла Стрельникова была бесспорно сильной и незаурядной женщиной, умеющей не показывать истинных чувств и не ставить собеседника в тяжелое положение. Владимир ушел от Аллы два года назад, и все эти два года Лариса Томчак и Анна Леонтьева не уставали удивляться, как можно было оставить Аллу ради Любы. Это же небо и земля! Алла — редкостная красавица, одна из тех женщин, которые с годами делаются все более привлекательными, ибо прожитые годы накладывают на тонкие черты лица печать грустной тайны и иронической улыбки. Мало того, что умная, привлекательная и умеет себя держать так, что с ней в любом обществе не стыдно показаться, так еще и одевается как картинка. Вкус безупречный, чувство стиля...

А Люба была попроще, и это еще мягко сказано. Хорошенькая, милая, спору нет, но с по-настоящему красивой Аллой ни в какое сравнение не идет. И держать себя не умеет, любая эмоция, любая мысль на лице написана, читай не хочу. Когда в былые времена друзья с женами собирались все вместе, жены принимали участие в разговорах наравне с мужьями, ибо были полностью в курсе всех дел в институте, хорошо понимали, чем отличается учебно-методическая разработка от научной, а диссертационный совет — от ученого совета. Люба же ничего этого не понимала, но поскольку ей тоже хотелось поучаствовать в беседе, то выглядело это смешно, а порой даже глупо. Не говоря уж о том, что она умудрялась, например, являться в институт в сарафане с открытыми плечами. Ты кто такая? Если ты считаешь себя

женой ректора, то будь любезна одеваться соответствующим образом, на тебя же студенты смотрят. А если ты никто, то и делать тебе здесь нечего.

Дамы в душе относились к Любе Сергиенко снисходительно и чуть насмешливо, но, разумеется, внешне никак этого не проявляли. Во-первых, они были хорошо воспитаны, а, во-вторых, их мужья, Вячеслав Томчак и Геннадий Леонтьев, раз и навсегда расставили точки над i: Володя — их близкий друг, и они убедительно просят своих жен вести себя интеллигентно, ибо оценивать и осуждать чужую личную жизнь неприлично.

Впервые что-то вроде сочувствия шевельнулось в их душе, когда они узнали, что Любина подруга Людмила Широкова заняла ее место возле Стрельникова. Но сочувствие было пока еще слабеньким, шаталось на тонких подгибающихся ножках, потому что казалось, что с самой Любой все очень даже в порядке. Не зря же она не вернулась вместе с Милой, стало быть, что-то ее держит за границей, что-то более сильное, чем любовь к Стрельникову. Догадка о романе с состоятельным турецким бизнесменом выглядела в тот момент более чем убедительной, тем более Мила эти домыслы хотя и не подтверждала впрямую, но и не опровергала. И только после возвращения Любы все встало на свои места. Она стала для Ларисы и Анны объектом не только сочувствия, но и покровительства и опеки. Они винили в случившемся как «подлую разлучницу» Милу, так и самого Стрельникова, хроническая нелюбовь к которому уже переросла к тому времени в ненависть, и потому готовы были защищать девушку при любых обстоятельствах.

Иногда Лариса и Анна собирались вместе просто для того, чтобы, как они сами говорили, «расслабиться». Процесс расслабления состоял в том, что они делали друг другу массаж лица и помогали подкрасить волосы и ресницы, подправить специальными щипчиками форму бровей, а потом лежали, нанеся на кожу лица косметические маски. Сегодня они тоже занимались наведением молодости и красоты. Они уже смыли с лица засохшую маску из минеральных грязей Мертвого моря, нанесли на кожу питательный крем и снова прилегли, ожидая, пока крем впитается. Обе они уже знали, что Мила Широкова погибла, но обсуждали эту тему крайне осторожно, словно прощупывая почву перед каждым следующим шагом.

— Как ты думаешь, Анюта, это очень дурно, что мне ее совсем не жаль? — начала Лариса.

— Да нет, — равнодушно ответила Леонтьева, — почему ты должна ее жалеть? Красивая хищница, хватает все, что плохо лежит. Она свой конец заслужила. Доблядовалась.

— Ты думаешь, ее убил один из случайных любовников?

— Уверена. И совсем не обязательно, чтобы этот любовник был случайным.

— Ты хочешь сказать..?

От неожиданности Лариса приподнялась с мягкого дивана и уставилась на приятельницу, которая по-прежнему лежала, закрыв глаза, с выражением безмятежности на блестящем от жирного крема лице.

— Ларочка, я понимаю, о чем ты думаешь, но кто знает, какие постоянные любовники были у этой дуры, кроме Стрельникова. Может быть, это

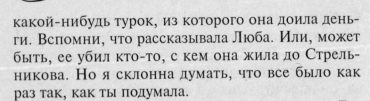

какой-нибудь турок, из которого она доила деньги. Вспомни, что рассказывала Люба. Или, может быть, ее убил кто-то, с кем она жила до Стрельникова. Но я склонна думать, что все было как раз так, как ты подумала.

— Что ж, Бог правду видит, — отозвалась Лариса, снова откидываясь назад и устраивая голову поудобнее. — Во всяком случае, это закономерный исход.

— Они этого не переживут, — по-прежнему спокойно сказала Анна, имея в виду своего мужа и мужа Ларисы. — Он для них — свет в окошке. Человек, который всегда прав, даже если не прав совершенно. Если их начнут таскать в милицию, они будут его выгораживать изо всех сил.

Некоторое время женщины лежали молча, обдумывая то, о чем только что говорили намеками и недомолвками. Потом Анна снова подала голос:

— Лара, а когда Люба вернулась домой?

— В субботу. А что?

— Значит, в понедельник ее уже не было у тебя?

Лариса резко поднялась и пристально посмотрела на Анну, которая по-прежнему не открывала глаз, давая мышцам лица полностью расслабиться.

— Что ты хочешь сказать?

— Пока ничего. Чего ты так разволновалась?

— И думать не смей, — твердо произнесла Лариса. — Выбрось из головы. Люба на это не способна.

— Да, пожалуй, — все так же равнодушно согласилась Анна. — Не такой у нее характер, чтобы мстить. Верно?

— Вот именно. Ты совершенно права, Анюта, у нее не такой характер. Она будет терпеть, плакать и молчать. Уж поверь мне, я за три недели на эту мягкотелость насмотрелась.

— Конечно, Ларочка, конечно, я и не сомневалась. Но согласись, для милиции она будет являть собой лакомый кусочек. Ведь Мила забрала деньги, которые они вместе заработали, и даже за жилье свою долю не заплатила. А потом и любовника увела. Мотив-то веский, согласись.

— Не вижу ничего особенного. Девушки поехали вместе, обе оказались обманутыми и искали пути заработать деньги, чтобы вернуться домой. Дороги их разошлись, каждая зарабатывала как умела. А любовь — что ж, любовь — дело такое... Хрупкое. Сегодня она есть, а завтра нет ее, прошла, скончалась от старости. Ведь и Люба когда-то увела Стрельникова от жены. Так что никаких счетов между девушками быть не может. Они друг другу ничего не должны. Разве нет?

— Да, не должны. Раз мы с тобой так думаем, Лара, значит, так и есть на самом деле. Верно?

— Абсолютно верно, — жестко сказала Лариса Томчак и потянулась за косметической салфеткой, чтобы снять с кожи остатки невпитавшегося крема.

Что ж, между ними все было сказано. Хорошо, что они поняли друг друга с полуслова и пришли к единому мнению.

* * *

Тем же вечером, придя домой, Лариса позвонила Любе.

— Я хотела тебе сказать... — неуверенно нача-

ла она, потом продолжила более решительно: — Я тебя видела.

— Да? — равнодушно отозвалась Люба. — И что теперь?

— Ты можешь не беспокоиться. Я ничего не скажу. Конечно, не надо бы тебе этого делать... Но все равно, это уже не имеет никакого значения. Ее больше нет, и это главное.

— Да, — эхом откликнулась Люба, — ее больше нет. А все остальное значения не имеет.

* * *

Выполняя совет Анастасии не трогать Любу Сергиенко без предварительной разработки, Юра Коротков решил разузнать о ней поподробнее у друзей Стрельникова. Вот тут-то и выяснилось, что почти три недели, а если быть точным — девятнадцать дней после возвращения из Турции она провела не у мифического нового любовника, а в квартире Томчаков. Сам Вячеслав Томчак, правда, в то время жил в основном на даче, но все же два или три раза приезжал в Москву, видел у себя дома Любу и знал ее печальную турецкую эпопею со слов жены.

— Она выглядела очень подавленной, — рассказывал он Короткову, — по-моему, она даже плохо понимала, что вокруг нее происходит. Я бы сказал, она была в шоке. Представьте себе, так настрадаться на чужбине, так мечтать о возвращении домой, и узнать такое... Мало того, что Володя ее не ждет, так он еще и связался с ее подругой, которая так подло обошлась с ней в Турции,

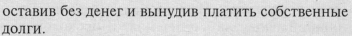

оставив без денег и вынудив платить собственные долги.

— Скажите, вы хорошо знали Широкову?

— Нет, совсем не знал. Когда Володя расстался с женой и стал жить с Любой, мы приняли ее как его будущую супругу и общались с ней довольно часто. А когда появилась Мила, мы первое время даже не знали, что это Любина подружка. Думали — так, легкое увлечение на время Любиного отсутствия, вполне простительное. Потом оказалось, что все не так просто, Мила крепко за него взялась, и Любе рядом со Стрельниковым места уже не оставалось. Все это произошло нынешним летом, а с первого сентября мы со Стрельниковым вместе не работаем. Так что о Миле у меня представление довольно смутное. Любу я знаю намного лучше.

— Как вам кажется, Люба Сергиенко могла бы мстить Миле?

— А почему нет? — усмехнувшись, откликнулся Томчак вопросом на вопрос. — Вполне. Мотив есть, и достаточно веский. Есть за что мстить. Тем более Любаша — существо на редкость злопамятное, обиды годами помнит, ничего не прощает. А вы что, всерьез ее подозреваете?

— Нет, что вы, — успокоил его Коротков. — Просто навожу справки. Как знать, может быть, и придется ее подозревать. А пока у меня таких оснований нет. Как вы думаете, Вячеслав Петрович, могла бы Люба рассказать мне о своей убитой подруге какие-нибудь полезные для следствия подробности?

Вопрос был совершенно идиотский, и задавал его Коротков вовсе не для того, чтобы услышать ответ по существу. Из того, что удалось на сегодняшний день узнать о Людмиле Широковой, вытекало, что убить ее могла не только Люба Сергиенко, но и сам Стрельников, если бы узнал о постельных похождениях своей возлюбленной. И если подозрения в адрес Стрельникова небеспочвенны, его верные друзья Томчак и Леонтьев сделают все, чтобы вывести настырных оперативников долой из своего круга. Пусть пасутся на чужих полях, нечего им нашу травку щипать. И если Томчак в глубине души подозревает, что его друг мог оказаться убийцей, он сейчас начнет уверять Короткова, что ничего нового, а тем более плохого Люба про свою погибшую подружку не расскажет.

— Разумеется, — ответил Томчак, — но только в определенных пределах. Насколько я понял, в последние полгода они не виделись и после возвращения из-за границы не встречались. Так что о жизни Милы в последние месяцы вряд ли Люба сможет рассказать что-то существенное.

Так и есть. Он пытается мягко дать понять Короткову, что с Любой разговаривать бесполезно, она все равно ничего интересного для дела не знает. Почему? Почему он не хочет, чтобы с Любой беседовали? Потому что она слишком хорошо знает самого Стрельникова и может порассказать о его характере и привычках нечто такое, что усилит подозрения. Или даже полностью их подтвердит.

— Но, с другой стороны, — продолжал Томчак, — она прекрасно знает характер Милы, и в этом смысле, безусловно, может быть вам очень полезной. Кроме того, я думаю, что у Милы могли сложиться с кем-то конфликтные отношения в период пребывания за границей, тогда Люба тоже может об этом знать.

Нет, не получается. Томчак не пытается оградить своего друга Стрельникова, он просто старается быть логичным и последовательным.

— И последний вопрос, Вячеслав Петрович. Как Алла Сергеевна Стрельникова относилась к факту появления Милы рядом со своим мужем?

— Никак не относилась, — быстро ответил Томчак. — Это давно уже перестало ее интересовать.

«Что-то больно быстро ты ответил, — подумал Коротков. — Ждал вопроса и заранее приготовил ответ?»

По убийству Людмилы Широковой версий было несколько. Первая и основная группа версий была связана с любовным треугольником «Стрельников — Широкова — Сергиенко». Можно было с равным успехом подозревать как Любу, отомстившую подруге, так и Владимира Стрельникова, если удастся доказать, что он узнал о распущенности своей новой любовницы. Были и другие версии, связанные с неразборчивым поведением Милы в части выбора партнеров по сексу. Третья группа версий уходила корнями в период пребывания Широковой в Турции. И все эти версии надо было отработать... А людей, как обычно, раздва — и обчелся.

* * *

Осень в Подмосковье всегда была красивой, но в этом году — особенно. Обычно в таких случаях говорят, что природа не пожалела красок, но в данном случае это было не совсем верно. Природа явно скупилась на золотисто-желтые и багровые тона, листва до сих пор стояла зеленая, словно был не октябрь, а все еще август. Вячеслав Томчак все дни проводил, либо гуляя по лесу, либо сидя на веранде в кресле-качалке, и бессмысленно рассматривал небо и деревья. На душе было тяжко и безысходно. Он понимал, что в его положении обязательно нужно найти кого-то виноватого, направить на него всю ярость, тогда придет облегчение. Но виноватого не было. Точнее, он не мог его найти. Кто виноват, что так получилось? Володя Стрельников? Разумеется, нет. Нельзя требовать от него, чтобы он занимался прискучившим ему делом только лишь потому, что его друзья являются его заместителями. Это глупо и несправедливо. Мужчина сам выбирает путь своей карьеры и способ ее развития, не оглядываясь на сентиментальные чувства. Может быть, виноват он сам, Вячеслав Томчак? Но в чем, в чем виноват? В том, что не отказал другу, когда тот его попросил о помощи?

Очень хотелось найти возможность хоть в чем-нибудь упрекнуть жену Ларису, но и тут ничего не получалось. Лариса постоянно предостерегала его, предупреждала о том, что события в конце концов будут поворачиваться именно так. Как ученый он загубил себя, как бизнесмен — не состоялся, а административная работа была ему настолько не по душе, что даже думать о ней не хотелось. Томчак отчетливо понимал, что депрессия и период безработного безделья пройдут и он вынужден будет заняться той самой административной работой, от которой у него скулы сводит, как от кислого лимона. Да и где ее взять, работу эту? Можно подумать, телефон раскалился добела от звонков, все наперебой зовут его работать. Как же! Еще придется ходить, просить, поднимать старые связи и робко спрашивать, нет ли подходящей должности, ну хоть какой-нибудь. Мириться с такой перспективой не хотелось, но и на научной работе можно было ставить крест.

Со стороны дороги послышался шум мотора, но Томчак даже не повернулся, чтобы посмотреть, кто из соседей явился в конце сезона на дачу. Ему не хотелось ни с кем разговаривать. Однако машина затормозила прямо у его калитки и нетерпеливо загудела. Томчак тяжело поднялся с кресла и неторопливо спустился с крыльца. На дороге стояла машина Стрельникова. Вячеслав поспешно открыл ворота.

Идя вместе с другом к дому, Томчак невольно любовался им. Немного осунулся, чуть-чуть седины прибавилось, но все такой же невозможно красивый, и шаг по-прежнему легкий и стремительный.

— Ты что это, Славка, себе позволяешь? — начал Стрельников без длинных предисловий. — Куксишься, на даче спрятался. Так не годится. Поставь-ка чайник, я тут привез кое-что.

Он небрежно швырнул дорогую куртку на перила крыльца и спустился к машине. Томчак вошел в дом, чтобы поставить на кухне чайник, а когда снова оказался на веранде, то увидел, как Стрельников вытаскивает из огромной сумки самые разнообразные продукты — от сырого мяса до фруктов и коробок с конфетами. Под конец на

столе появились бутылки дорогого коньяка, джина и хорошего вина.

— Ты что, Володя? Зачем это? — удивился Томчак. — Я тут с голоду не помираю, у меня все есть.

Ему было неприятно, потому что внезапный визит друга с этими продуктами очень напоминал жест жалости, словно Стрельников — щедрый благотворитель, а сам он, Вячеслав Томчак, — несчастный, убогий и нищий.

— Зато я помираю, — весело откликнулся Стрельников. — Я уже неделю перебиваюсь какими-то невразумительными бутербродами с черствым хлебом, жизнь пошла суматошная, никак не удается по-человечески поесть. И я решил на три дня про все забыть. Как ты думаешь, хватит нам этого на три дня, или съездить еще подкупить жратвы?

Сердце Томчака ухнуло и радостно забилось.

— Ты собираешься прожить здесь три дня? — недоверчиво спросил он.

— Если ты не возражаешь. Слава, нам давно пора поговорить, но сначала мы с тобой приготовим вот это мясо, выпьем по первой, а потом я скажу тебе все, что хотел сказать. Где твой знаменитый мангал?

Когда они закончили готовить шашлык, солнце уже село, и стало быстро смеркаться. Стол на веранде ломился от закусок.

— За что я люблю дачу осенью, так это за то, что можно смело включать свет на веранде, не боясь комаров. Что тебе налить, Славка? Коньячку или джин с тоником?

— Джин. Да я сам налью, не надо за мной ухаживать. Я же все-таки хозяин, а не гость.

— Ну уж нет, — решительно ответил Стрельников. — Сегодня ты — мой гость, почетный гость, просто так уж вышло, что я принимаю тебя на твоей территории, а не на своей.

Он взял рюмку с коньяком и встал. Томчак недоуменно посмотрел на друга.

— Ты что?

— Тосты полагается говорить стоя.

— Да ладно тебе, Володька, перестань. Садись. Мы же свои люди.

— Вот именно поэтому. Не спорь, Слава, сиди и слушай. Ни с кем другим я в такой ситуации вставать не стал бы, но ты — другое дело. Ты для меня очень много значишь, Славка, и если я произношу этот тост стоя, то только потому, что хочу показать тебе, как я тебя уважаю, как ценю тебя и люблю. Знаешь, друзья — это не те, с кем общаешься каждый день, а те, к кому бежишь как в убежище, потому что знаешь: там тебя примут, обогреют, не выгонят и не подведут. Я всегда именно так относился к тебе, а ведь мы с тобой знакомы больше четверти века. Ты только подумай, Славка, четверть века! И я был уверен, что ты тоже относишься ко мне именно так. Я всегда думал, что если тебе станет плохо, тяжело, то первым, к кому ты прибежишь, буду я. Мне жаль, что я ошибся. Ты не пришел ко мне, ты запер себя на даче и здесь в гордом одиночестве грызешь свою обиду. Слава, этот тост будет длинным, но ты потерпи, потому что для меня это очень важно. Я обязательно должен тебе сказать все, что собирался.

Стрельников немного помолчал, задумчиво глядя на рюмку в своей руке.

— Я должен извиниться перед тобой за свою ошибку. Я полагал, что мои близкие друзья похожи на меня, они такие же, как я, думают, как я, и чувствуют, как я. И если я в трудную минуту бегу к ним за помощью, то и они поступят точно так же. Ты не пришел ко мне, и я был уверен, что у тебя все в порядке и ты во мне не нуждаешься. Очевидно, я был не прав. Ты не такой, как я, и я должен был с этим считаться. Я всегда думал, что между друзьями не может быть обид и недоговоренностей, на то они и друзья, чтобы говорить правду сразу и прояснять все недоразумения, не ожидая, пока они перерастут в затяжной конфликт. Я наивно считал, что друзья открыты друг перед другом и ничего не таят, не держат камня за пазухой. Моя ошибка в том, что я всегда равнял тебя по себе. А ты оказался другим, но я, к сожалению, понял это с большим опозданием. И я прошу у тебя прощения, Слава. Я очень виноват перед тобой. Прости меня.

— Ну что ты говоришь, — растерянно забормотал Томчак. — Ты ни в чем не виноват...

— Виноват. И если ты меня прощаешь, просто чокнись со мной и выпей свою рюмку.

Друзья молча выпили, и Стрельников налил по новой. Он по-прежнему стоял, не позволяя Томчаку встать.

— Теперь, Славка, я скажу тебе еще одну вещь. Я знаю, ты обижаешься на меня за то, что я вас с Геннадием как бы бросил, оставил одних в Фонде, а сам ушел в другое место. Это не так. Если бы ты знал, как все было на самом деле, ты не стал бы на меня обижаться. Я очень виноват перед тобой, потому что этот разговор должен был состояться у нас раньше, но, я повторяю, я наивно полагал, что мы друзья, что ты относишься ко мне точно так же, как я отношусь к тебе, и если тебя что-то обижает или не устраивает, ты просто придешь ко мне и скажешь об этом. Но ты молчал, и я был уверен, что с тобой все в порядке. Так вот, Славка, я ушел из Фонда в комитет только потому, что мне предлагают очень интересную, ответственную и перспективную работу в правительстве, но уходить туда из бизнеса неприлично, нужно переходить из государственной структуры. Только поэтому я и ушел из Фонда. Только поэтому, поверь мне. И разумеется, все это время я имел в виду, что после того, как состоится мое новое назначение, я буду просить тебя и Гену перейти ко мне. Мне будет трудно без вас, и я собирался просить вас, чтобы вы не бросали меня на новой должности. Просто два месяца назад было еще преждевременно и немного страшно говорить об этом, тем более меня просили временно не распространяться об этом предложении. А теперь мое назначение уже вопрос недель, если не дней. И я прошу тебя, Слава, дать мне твердое обещание, что ты поможешь мне. Ты мне нужен, без тебя я как без рук.

— Не знаю, Володя, все это так неожиданно...

— У тебя есть лучшие предложения?

— Да нет, никаких других предложений пока нет вообще.

— Ну вот видишь. Подумай, Славка, и скажи мне свое решение. Я пробуду у тебя три дня, до

понедельника. И надеюсь перед отъездом услышать от тебя, что ты согласен.

— А Гена? Ты уже говорил с ним?

— Нет, ты — первый, — лучезарно улыбнулся Стрельников, сверкнув ослепительными ровными зубами. — Знаешь, замотан был ужасно, все не мог до вас добраться, а теперь вот несчастье с Милой...

Он залпом выпил содержимое своей рюмки и сел. После упоминания об убийстве за столом повисло молчание. Томчак не знал, как себя вести. Он понимал, что Стрельников снова втягивает его в очередную авантюру, но не находил в себе сил сопротивляться его напору. Володька любит его и нуждается в нем. Он может вести себя по-хамски до тех пор, пока не сталкивается с резкой реакцией. Тогда Стрельников останавливается и говорит такие вот теплые и проникновенные слова, как сейчас, которые все расставляют по своим местам. Винит себя, просит прощения. И при этом ухитряется сделать так, что Томчак сам чувствует себя виноватым. Ну в самом деле, чего он замкнулся в своей обиде, зациклился на собственных переживаниях? С друзьями так не поступают. Он должен был сразу же прийти к Володе и поговорить, и все было бы ясно уже тогда. Может быть, Томчак и Фонд не бросил бы, потянул вместе с Геной из последних сил, дождался бы нового назначения Стрельникова. А он повел себя как дурак. «Отдавай мои игрушки и не писай в мой горшок».

Напряжение, сковывавшее Томчака с того самого момента, как на даче появился его друг, исчезло, уступив место неловкому молчанию. А та легкость и радость, которая всегда присутствовала при встречах друзей, так и не появилась. Вячеслав без удовольствия доел мягкий сочный шашлык, думая о том, что он сам виноват во всем. Вот и старую дружбу чуть было не разрушил. Повел себя не по-мужски, обиделся. Прав Володька, во всем прав.

После ужина они убрали со стола, вымыли посуду.

— Давай костер разведем, — внезапно предложил Стрельников. — Вспомним молодость.

Их студенческая молодость пришлась на самое начало семидесятых, когда все поголовно увлекались бардами, авторскими песнями и пением под гитару у костра. Тогда все это было чудесно и очень романтично, а теперь казалось Томчаку смешным и немного нелепым. Но Володя — его гость, и хотя порыв Стрельникова казался Вячеславу непонятным и неуместным, он с готовностью направился к тому месту на участке, где было оборудовано «кострище».

Ночь была холодная, темная и очень тихая. Только ветер шелестел да сучья в костре потрескивали. Друзья молча сидели возле огня на перевернутых ящиках, которые Томчак притащил из сарая.

— В понедельник похороны Милы, — прервал паузу Стрельников. — Мне нужен твой совет, Слава.

— Совет о чем?

— Как ты думаешь, Люба придет на похороны?

— Не знаю. Наверное. Они же были подругами.

— Мне не хотелось бы с ней встречаться. Я думаю, ты меня понимаешь.

— Володя, какой совет я могу тебе дать? Ты венчался с Милой, она не просто твоя случайная подружка. Ты не можешь не идти на похороны. Так что тут обсуждать?

— А ты не знаешь, Люба придет?

— Не знаю. Ты хочешь это выяснить?

— Да. Если бы ты это выяснил, я был бы тебе благодарен.

— Я не могу этого выяснить. Здесь ведь нет телефона.

— У меня есть сотовая связь, ты забыл? Так как, Славка, ты сделаешь это для меня?

— Володя, но пойми же, это бессмысленно. Даже если окажется, что Люба собирается прийти на похороны, что от этого изменится лично для тебя? Ты все равно не можешь не присутствовать. И вряд ли кто возьмется уговаривать ее не приходить, чтобы не нервировать тебя. Твоя неловкость для нее не аргумент. Она все равно поступит так, как считает нужным. И если она хочет проститься с Милой, никто не может ей этого запретить.

— Но если выяснится, что она не придет, я по крайней мере не буду из-за этого переживать. Пожалуйста, Слава.

Томчак взял протянутую ему трубку и позвонил в Москву Ларисе. Выяснилось, что Люба на похороны подруги пока не собирается, хотя, конечно, за оставшиеся дни может еще передумать.

— Послушай, — сердито сказал Томчак, возвращая Стрельникову телефон, — о чем ты вообще думал, когда затевал всю эту историю? Ты что, надеялся, что Люба никогда не вернется? Ты же должен был понимать, что рано или поздно она приедет, узнает о том, что ты обвенчался с ее подругой, и тебе придется как-то смотреть ей в глаза при встрече. Ты прав, Володя, нам давно надо было поговорить. Просто как-то так у нас повелось в последнее время, что мы твои поступки не обсуждаем. С тех пор как мы стали работать вместе, то есть с того момента, как ты стал моим начальником, да и Генкиным тоже, мы не считали для себя возможным обсуждать твою жизнь с тобой. Ты волен поступать так, как считаешь нужным, ты уже взрослый мальчик и наших советов не спрашивал. Ты только давал указания и требовал их беспрекословного исполнения. Но история с Милой нас крайне удивила. Твой разрыв с Аллой мы восприняли более спокойно, хотя тоже недоумевали, но твой поступок по крайней мере не казался ничем из ряда вон выходящим. Разлюбил жену, с которой прожил двадцать лет, полюбил молоденькую — что ж, мало найдется мужиков, с которыми этого не случалось бы хоть раз в жизни. Но с Милой... Тут уж ты, извини, погорячился. Что на тебя нашло? Почему ты не дождался возвращения Любы и не свел ваши отношения на нет потихоньку, как делают порядочные люди? Ты избегал телефонных разговоров с ней, ты не снимал трубку, слыша через автоответчик ее голос. Может быть, тебе это не интересно, но она рассказывала Ларе, что голодала, отказывалась от обеда или ужина, чтобы хозяин дал ей деньги наличными. На эти деньги она покупала телефонную карточку, чтобы позвонить тебе. А ты не снимал трубку. На что ты рассчитывал? Ты же понимал, что рано или поздно она приедет и тебе придется с ней объясняться.

— Она голодала? — тихо переспросил Стрель-

ников. — Я этого не знал. Мила сказала, что у нее все хорошо, она прекрасно устроена, у нее интересная и прилично оплачиваемая работа. Выходит, она мне солгала?

— Не в том дело, что она тебе солгала, а в том, что ты ей поверил. Тебе хотелось поверить, и ты поверил. Ты даже не удосужился хоть раз снять телефонную трубку, когда звонила Люба, чтобы убедиться в правдивости Милы и в том, что у женщины, с которой ты прожил два года и на которой обещал жениться, действительно все в порядке. Я не хочу говорить плохо о покойнице, но ты не мог не видеть, что она лжива вся насквозь. Ну признайся, ты это понимал?

— Слава, я прошу тебя... Давай не будем обсуждать Милу. Какая бы она ни была, но ее больше нет. Не нужно тревожить ее память. Лучше посоветуй, как быть с Любой. Как мне себя вести, если я встречусь с ней на похоронах?

— Не знаю, — резко ответил Томчак.

Ему очень хотелось сказать что-нибудь грубое, вроде «ты заварил — ты и расхлебывай. Когда Милу в постель укладывал, ты у меня советов не спрашивал», но он понимал, что с друзьями так себя не ведут. Володя просит совета и помощи, и ему надо помочь, а не читать нравоучения.

— Если хочешь, мы с Ларисой возьмем Любу на себя, когда она появится. В конце концов, она нормальный разумный человек и не станет устраивать тебе сцены и выяснять отношения в такой момент.

— Ты уверен?

— Конечно. Если бы она считала, что ты должен с ней объясниться, она пришла бы к тебе, не дожидаясь, пока ее соперница...

Томчак запнулся. Что он говорит? Идиот. Его послушать, так получается, что Люба, может быть, и не думала объясняться со Стрельниковым, пока была жива Мила. Она ждала ее смерти. Ждала... Черт, бред какой-то. Люба не могла этого сделать. Хотя почему, собственно, не могла? Так ли хорошо он ее знает, чтобы с уверенностью это утверждать?

Стрельников снова умолк, глядя на огонь. В отблесках пламени его лицо казалось высеченным из камня, каким-то мертвенно-неподвижным и неожиданно жестким.

— У меня к тебе еще одна просьба, Слава, — негромко сказал он. — Меня уже допрашивал следователь. Его очень привлекает версия убийства из ревности. И два самых перспективных подозреваемых для него — это я и Люба.

— Ты? — удивился Томчак. — Ну, Люба — понятно. Но почему ты?

— Потому что Мила вела весьма активную жизнь за моей спиной. Но я этого не знал, честное слово, Славка, я клянусь тебе, я этого не знал. Мне об этом сказал следователь. У меня не было причин ревновать ее. Ты мне веришь?

— Верю. Значит, ты считаешь, что это сделала Люба?

— Не имеет значения, что именно я считаю. Я не убивал Милу. И ни в коем случае нельзя допустить, чтобы убийцей оказалась Люба. Ты меня понимаешь?

Да, Томчак это хорошо понимал. Одно дело, когда будущую жену убивает неизвестный убийца, и совсем другое — когда оказывается, что ты сам спровоцировал ситуацию и одна твоя любовница расправилась с другой. Ни о каком новом назначении после такого скандала и речи быть не может. Но если не будет нового назначения для Стрельникова, то не будет и новых хороших должностей для Вячеслава Томчака и Геннадия Леонтьева. Вот и весь расклад. Значит, нужно сделать все, чтобы выгородить Любу. Потому что никто, кроме нее, не мог убить Милу Широкову.

— Я тебя понимаю, Володя, — медленно произнес Томчак. — Надеюсь, что и Гена тебя поймет. И наши жены тоже. Ты можешь на нас положиться. Мы тебя не подведем.

Вот так и должно быть среди друзей. Долой обиды и недоразумения, долой бабские глупости и сопливые сантименты. Друг в беде, и ему нужна помощь. И он эту помощь получит.

Глава 4

Она никак не могла включиться в окружающую жизнь. Что-то с кем-то происходило, кто-то что-то говорил, люди куда-то ходили, но Люба не могла вникнуть в суть. Целыми днями она пыталась заставить себя встряхнуться, но не могла. Мила умерла. Она ее убила. «Этого не может быть, — твердила себе Люба, — я не могла этого сделать. Так не бывает. Я не могла, не могла, не могла. И все-таки сделала».

Перед родителями нужно было делать лицо, и она старалась изо всех сил. Больше всего, конечно, ее доставала мать.

— Ты все еще дома? — неподдельно удивилась

она, придя с работы через два дня после возвращения Любы. — Я думала, ты снова будешь жить у Володи. Почему ты не у него? Вы что, поссорились?

— Ничего мы не ссорились, — вяло откликнулась Люба. — Могу я пожить дома, в конце концов? Что в этом особенного? Или я вам мешаю?

Мать озабоченно склонилась над ней.

— Что случилось, Любочка? Ты с ним порвала? Он тебя чем-то обидел? Скажи мне.

— Ничего не случилось. Оставь меня в покое, пожалуйста. Мне нужно побыть без него какое-то время.

— Понимаю, — закивала мать, — у тебя новый роман. Ты с ним познакомилась в Турции? Почему ты мне ничего не рассказываешь?

— Нет у меня никакого нового романа, мама, оставь ты ради бога эти глупости. Просто мне нужно побыть без Володи. Можешь ты это понять?

Мать обиженно вздохнула и ушла на кухню готовить ужин. Отец, кадровый военный, вопросов о Стрельникове вообще не задавал, ему с самого начала не нравилось, что дочь живет у женатого любовника, зато его очень беспокоило, что Люба, вернувшись из-за границы, так и не начала работать. Он был человеком старой закалки, и домашнее безделье казалось ему чем-то из ряда вон выходящим.

— Когда тебе выходить на работу? — спросил он в первый же день, как только Люба появилась дома.

— На работу?..

Она растерялась. В самом деле, надо же где-то

работать. Наверное, в той же гостинице, в «Русиче», гендиректор обещал сразу же взять ее на старое место и даже с повышением, если она действительно пройдет стажировку в хорошем курортном отеле. Но ведь она ее не прошла. И кроме того, там все знают про Стрельникова. И будут ее жалеть... Или злорадствовать. Кто как. И с Милой придется видеться каждый день. Нет уж, только не это.

— Папа, я полгода работала без выходных, мне нужно хотя бы отоспаться.

— Но у тебя стаж прервется.

Отец все еще жил старыми понятиями, такими, как трудовой стаж, профсоюз, трудовая книжка.

— Не прервется. Про вахтовый метод слышал? Полгода работаешь без выходных, потом полгода отдыхаешь на законных основаниях.

— Голову ты мне морочишь, — ворчал он. — Смотри, будешь потом волосы на себе рвать да локти кусать, а ведь я тебя предупреждал.

Люба внутренне съеживалась. Всю жизнь она панически боялась своих родителей. Они никогда не били ее, но при каждом удобном случае говорили: «А мы тебя предупреждали... Вот, мы так и знали, что этим все кончится... Так тебе и надо, мы же тебе говорили...» Это было невыносимо. Ни разу в жизни Любе не удалось получить от них дельный совет, потому что сперва приходилось рассказывать о том затруднении, в которое она попала, и тут же начиналось: мы предупреждали, мы говорили, так тебе и надо, не надо было тебе... Конечно, если бы у нее хватало мужества вытерпеть эти нотации, дослушать, какая она глупая и непослушная, потому что ее сто раз предупреждали, а она все равно сделала по-своему, так вот, если бы она смогла дождаться окончания всего этого, то потом, может быть, и полезный совет услышала. Может быть. В том-то все и дело. Совет — он еще только «может быть» и «потом», а выговор — он уже сейчас имеет место быть. Лет с пятнадцати Люба Сергиенко решила, что лучше со своими проблемами к родителям не обращаться. Пусть думают, что у нее все хорошо. Не надо рассказывать им о своих неприятностях и давать повод порассуждать о том, какая она глупая и нехорошая и вообще сама во всем виновата. Господи, конечно, сама, кто же спорит. Можно подумать, она этого не понимает. Но ведь о неприятностях рассказывают не для того, чтобы тебе сказали «ты сам дурак», а для того, чтобы тебе посочувствовали и помогли. Только для этого. И почему люди таких простых вещей не понимают?

Мать порой сетовала на скрытность дочери.

— Почему ты ничего мне не рассказываешь? — обиженно говорила она, в очередной раз обнаружив, что в жизни Любы произошли какие-то события, о которых она не знала.

«Потому что ты не умеешь слушать, — каждый раз хотела ответить Люба. — Потому что ты начнешь причитать, предупреждать и читать мне мораль, вместо того, чтобы просто принять к сведению».

Вернувшись домой после полугодового отсутствия, Люба коротко, без подробностей, рассказала о том, как работала в четырехзвездном отеле, продемонстрировала сделанные покупки и на этом тему Турции для своей семьи закрыла. Все было прекрасно, просто превосходно, но теперь она здесь, дома, и говорить больше не о чем.

Сутки делились для Любы на два периода, каждый из которых был по-своему тягостен. День, когда родители уходили на работу и она оставалась предоставленной самой себе, и время с вечера до следующего утра, когда мать с отцом были дома и приставали к ней с разговорами и расспросами. От каждого сказанного ими слова ей хотелось завизжать, закрыть уши руками, кинуться опрометью в свою комнату, запереть дверь и не открывать ее. Никогда. Заснуть, проснуться и обнаружить, что все это только сон. Пусть кошмарный, но сон...

Она — убийца. Она позволила ненависти и злобе одержать верх над разумом, она поддалась неуемной жажде мести. Она хотела смерти для своей подруги. Она призывала эту смерть, она мечтала о ней, улыбаясь в темноте, как когда-то улыбалась, лежа в темной душной комнате и думая о Стрельникове, о своем возвращении к нему. Люба вложила в эту мечту всю душу, и когда оказалось, что Стрельников ее не ждет, все внутри нее готово было рассыпаться на мелкие кусочки, ибо стержень, на котором крепилось все остальное, рухнул. Но тут появился другой стержень — ненависть. Ненависть к самому Стрельникову и к Миле Широковой. Рассыпавшаяся было душа снова собралась вокруг прочного стержня. Появилась цель, появился смысл. Теперь есть, чего ждать и к чему стремиться, есть о чем мечтать. И вот Милы больше нет. Снова из Любиной души выдернут стержень, и все опять рушится, расползается по швам, разлетается вдребезги. Ей казалось, что она стоит на полу на коленях и беспомощно пытается собрать в одну кучку эти мелкие осколки, а они ускользают, не даются в руки и от каждого прикосновения только отлетают все дальше и дальше. Этот образ преследовал ее днем и ночью. «Лучше бы ты осталась жива, — беззвучно шептала Люба, — тогда я бы по крайней мере понимала, зачем живу и чего жду в этой жизни. А теперь я ничего не понимаю и ничего не жду. И жить мне незачем».

В понедельник, в день похорон Милы, Люба с утра отправилась в церковь, расположенную неподалеку от своего дома. После возвращения домой прошло чуть больше недели, и за это время Люба бывала там почти ежедневно. Она никогда не была набожной, но и воинствующей атеисткой тоже не была, всегда относилась к вопросу о Боге достаточно равнодушно. Но теперь, поддавшись жгучей, яростной ненависти, она готова была сделать все, чтобы отнять жизнь у Милы. У подруги. У соперницы. У воровки и шлюхи. Кто-то когда-то говорил, что если у тебя есть враг, нужно пойти в три церкви и во всех трех поставить свечи за его здравие и пожелать ему всяческих благ. Тогда то зло, которое от твоего врага исходит, тебя не коснется. Были и другие советы, связанные с применением черной и белой магии, заговоров, наведением порчи и прочими прелестями. Люба выполнила все. Еще живя у Томчаков, она начала ходить к бабкам, гадалкам, знахаркам и магам. А вернувшись домой, стала ежедневно заглядывать в церковь. Ставила свечки за Милу и исступленно шептала, глядя на пляшущее пламя:

— Я хочу, чтобы ты умерла. Пусть ты умрешь в

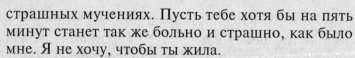

страшных мучениях. Пусть тебе хотя бы на пять минут станет так же больно и страшно, как было мне. Я не хочу, чтобы ты жила.

Но сегодня, в день похорон ненавистной подруги-соперницы, Люба надеялась, что на нее снизойдет хотя бы подобие спокойствия. Все свершилось. Все получилось так, как Люба хотела. Больше не нужна ярость и злоба, можно дать душе отдохновение.

Войдя в храм, она купила три свечи и направилась к ставшему уже привычным месту — иконе Николая-угодника. Здесь она посылала проклятия, здесь призывала смерть к Миле, здесь и прощения попросит у покойницы.

— Прости меня, Мила, я не ведала, что делаю. Я потеряла разум, я ничего не понимала, ненависть ослепила меня. Теперь я вижу, что лучше бы тебе было остаться в живых. Но уже поздно. Я хотела смерти для тебя, а убила себя. Так что ты жди меня, Мила, я здесь не задержусь. Скоро увидимся. До встречи.

Люба хорошо помнила, что раньше, постояв перед иконой и пошептав слова ненависти и проклятий, она успокаивалась и выходила из церкви почти умиротворенной. Настолько, что даже в течение нескольких часов готова была отказаться от мести. Ярость, бушевавшая в ней, утихала, и Люба даже становилась немного похожей на себя прежнюю. И она очень надеялась, что сегодняшний поход в церковь тоже принесет облегчение.

Но облегчения не было. Не было вообще ничего. Ни стыда, ни раскаяния, ни жалости, ни чувства вины. Осколки разлетелись так далеко, что теперь нужен был очень мощный магнит, который смог бы их собрать и удерживать душу в целостности. Люба Сергиенко с ужасом поняла, что таким магнитом может стать теперь только ненависть. Милы нет больше. Но ведь есть еще Стрельников.

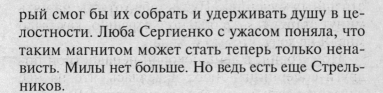

* * *

Дело об убийстве Людмилы Широковой довольно быстро обросло обширной информацией, в которой, однако, не было самого главного: ответа на вопрос, где и с кем она провела тот вечер, когда ее убили. Жена Владислава Стасова Татьяна была непоколебима: именно Широкова сидела рядом с ней в вагоне метро в тот день. Она села в поезд вместе с Татьяной на станции «Китай-город», вышла на «Академической», и было это в интервале от шести до половины седьмого вечера.

— И скорее всего из района «Академической» она больше никуда не уезжала, по крайней мере одна не уезжала, — сказала Татьяна.

— Почему ты решила? — удивилась Настя.

Татьяна задумчиво повертела в руках книжку в мягкой серо-голубой обложке, потом открыла ее на том месте, где лежала закладка — цветной картонный посадочный талон из аэропорта Барселоны.

— Закладка лежит почти на том же месте, на каком Широкова закрыла книжку, когда выходила из вагона. Я хорошо помню, какой именно эпизод она читала перед тем, как закрыть книгу. Сейчас закладка лежит на три листа дальше. Вы ее перекладывали?

— Конечно. Мы ее вынимали и осматривали.

Но потом положили точно на то место, где она была у Широковой. Ты не обратила внимания, она читала быстро или медленно?

— В среднем темпе. Давай посчитаем. Когда она открыла книгу, то была вот здесь, — Татьяна перелистала страницы и заложила на нужном месте чистую библиографическую карточку, которую взяла со стола у Насти, — а когда закрыла — вот здесь. От «Китай-города» до «Академической» сколько минут?

— Примерно двенадцать.

— За двенадцать минут она прочитала девять страниц, итого минута двадцать секунд на страницу. Три листа — это шесть страниц, стало быть, ей удалось еще почитать в общей сложности около восьми минут.

— Да, — кивнула Настя, — ты права, пожалуй. На «Академической» пересаживаться некуда, можно только выйти в город. Стало быть, самое большее — это восемь-десять минут на автобусе. За эти жалкие минуты далеко не уедешь. А может быть, она вообще никуда не ехала, а просто сидела на лавочке и ждала кого-то. Вполне естественно при этом читать книжку, особенно если до этого пришлось прерваться на интересном месте.

Она чуть откинулась на стуле и два раза стукнула кулаком в стенку. Через несколько секунд дверь открылась и на пороге возник идеально выбритый и подстриженный Коля Селуянов. Вдобавок он был в новом костюме, чем лишил Настю Каменскую дара речи примерно эдак секунд на пять.

— Господи, — пробормотала она, придя в себя, — Коленька, что случилось?

— Вот, — торжественно ответил Селуянов, с трудом сдерживая хохот, — я так и знал, что ты обязательно опозоришь меня перед мэтром российского детективного жанра. Вчера вечером Стасов мне сказал, что сегодня Татьяна Григорьевна будет здесь, и я ради такого случая постарался выглядеть поприличнее, чтобы произвести на знаменитость хорошее впечатление, а ты, Настасья, взяла и все испортила. Разрешите представиться, — церемонно обратился он к Татьяне, — майор Селуянов, в быту Николай, можно просто Коля. Горячий поклонник вашего таланта, как литературного, так и следственного.

— Очень приятно. Образцова, — мелодично пропела Татьяна, протягивая Селуянову руку, к которой он тут же припал губами в духе салонных манер девятнадцатого века.

Настя ошарашенно смотрела на них, не понимая, что происходит. Коля не похож сам на себя, никогда в жизни он дамам ручки не целовал и не прочел, насколько Настя знала, ни одного детектива. Селуянов вообще читал мало, поскольку времени у него на это удовольствие не было совсем, но если уж читал, то исключительно фантастику про каких-нибудь инопланетян и звездные войны. «Я читаю не для того, чтобы поумнеть, — говорил он, — а единственно для того, чтобы отвлечься от гадостей и мерзостей окружающей меня жизни. Поэтому я читаю только то, что совершенно не похоже на нашу жизнь». Настя могла бы поклясться, что ее коллега Николай не то что не прочел, но даже в руках не держал ни одной книжки Татьяны Томилиной.

— Коля, у меня к тебе просьба, — сказала она,

стараясь «не зависать» над неожиданным поведением Селуянова. — Куда можно минут за восемьдесят уехать на общественном транспорте от станции метро «Академическая»?

— Именно на общественном? — уточнил он. — Или на машине тоже?

— Нет, на машине не нужно. В машине люди обычно не читают книжки.

— А при чем тут книжка?

— Мы по объему прочитанного текста пытаемся определить, как далеко от метро уехала потерпевшая, если допустить, что читала она в транспорте, а не сидя на лавочке.

— Тогда придется делать разблюдовку на свободные маршруты и забитые. В переполненном автобусе или трамвае она могла ехать какое-то время в давке, и только потом, когда стало посвободнее, сумела сесть и открыть книгу.

— Все ты правильно говоришь, Николаша, — усмехнулась Настя, перехватив восторженный взгляд, который Селуянов исподтишка кинул на Татьяну. — Сделай, пожалуйста, как можно быстрее.

— В какое время ехала твоя потерпевшая?

— Около половины седьмого вечера.

— Самое время! — присвистнул он. — Час пик, практически все маршруты битком забиты. Но я посмотрю повнимательнее, может, там и пустые маршруты есть. Час-полтора тебя устроит?

— Вполне.

— Тогда я исчезаю. Татьяна Григорьевна, надеюсь, что когда я явлюсь с выполненным заданием в зубах, вы все еще будете здесь и я буду иметь счастье вас видеть.

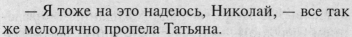
— Я тоже на это надеюсь, Николай, — все так же мелодично пропела Татьяна.

Когда за Колей закрылась дверь, Настя недоуменно повернулась к ней.

— Что у вас тут происходит? Спонтанно развивающаяся взаимная симпатия? Я немедленно вызову сюда Стасова, если ты не прекратишь строить глазки нашему Кольке.

Татьяна расхохоталась. Она смеялась самозабвенно, всхлипывая и вытирая слезы.

— Прости, Настюша, мы поспорили... Короче, я проиграла.

Фу-ты! Настя с облегчением перевела дух. И хотя она по-прежнему ничего не понимала, но главное было очевидно: Селуянов не пытался заигрывать с женой своего приятеля, а жена Стасова не строила глазки приятелю своего мужа. Остальное принципиального значения не имело, хотя, конечно, было любопытным.

— Много проиграла-то? — сочувственно спросила Настя.

— Ага. Праздничный обед на десять человек.

— А если бы выиграла?

— То же самое. Только готовил бы Коротков. А так мне придется.

— И кто входит в десятку счастливчиков?

— Ты с мужем, Коротков с Люсей, Селуянов с Валентиной, Миша Доценко и мы со Стасовым и Лилей.

— Ого! — Настя покачала головой и вытащила из пачки сигарету. — На такую ораву приготовить — не обрадуешься. И как же ты ухитрилась продуться? На чем погорела-то?

— Да на тебе, — Татьяна весело махнула рукой. — Вчера Коля вместе с Юрой Коротковым к нам в гости заезжал, так что я с ним еще вчера познакомилась. Зашел разговор о супружеских изменах, то да се, потом и до тебя дело дошло. Сцепились мы на вопросе о мужской и женской солидарности. Я утверждала, что если у тебя на глазах я начну флиртовать с кем-то, то ты меня поймешь и даже поощришь, несмотря на то, что Стасова ты знаешь намного дольше и лучше, чем меня. Стасов — твой друг, а я — так, жена друга. Согласись, Настюша, мы с тобой хорошие приятельницы, но не близкие подруги. Верно?

— А что утверждали твои оппоненты?

— Юра и Коля подняли меня на смех и сказали, что понятие женской солидарности тебе чуждо и что ты мне глаза выцарапаешь, если я только попытаюсь посмотреть в чью-то сторону. Правда, они не сошлись в вопросе о форме выцарапывания глаз. Коля утверждал, что ты сразу все заметишь, но затаишься и постараешься смоделировать ситуацию таким образом, чтобы я разочаровалась в поклоннике и у меня отшибло бы желание с ним флиртовать. А Юра считал, что это не в твоем стиле. Он сказал, что твое главное оружие — это убойная прямота, против которой нет защиты. Как против лома. Коротков спрогнозировал, что ты скорее всего немедленно попытаешься объясниться со мной и раскроешь перед моим изумленным взором всю глупость и неосмотрительность моего поведения. Так оно и вышло. Я с позором проиграла обед на десять персон. Но зато сделала для тебя полезное дело.

— Какое?

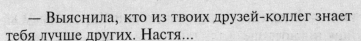
— Выяснила, кто из твоих друзей-коллег знает тебя лучше других. Настя...

— Да?

— Мне надо поговорить с тобой. Только я прошу тебя, не надо меня стесняться. Если ты захочешь мне отказать, сделай это, не раздумывая. Я понимаю, моя просьба будет выглядеть по-дурацки, и твой отказ будет для меня совершенно естественным. Я к нему готова.

— Да в чем дело-то? К чему такие длинные подходы?

— Понимаешь, Стасов настаивает на том, чтобы я переехала в Москву. В общем, он меня почти уломал. Я готова уехать из Питера. Но я должна понимать, что мне делать, переводиться на ту же следственную работу или плюнуть на погоны и уволиться совсем.

— Совсем уволиться? — недоверчиво переспросила Настя. — А не страшно? Ты же без пенсии...

— О том и речь. Стасов считает, что я должна сидеть дома и писать книги. Конечно, это было бы идеальным вариантом, но я все время боюсь, что каждая законченная вещь — последняя, что у меня больше не будет ни сил, ни вдохновения, ни таланта, и я больше ничего нового не смогу написать. Тогда на что я буду жить? Сидеть на шее у Стасова? Меня это категорически не устраивает. Я всю жизнь жила на собственные деньги, мне уже тридцать пять и менять привычки поздновато. Стасов считает, что я могла бы работать вместе с ним или в «Сириусе», в управлении безопасности, или взять лицензию и помогать ему выполнять частные заказы. Но мне хотелось бы

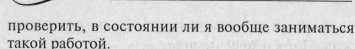

проверить, в состоянии ли я вообще заниматься такой работой.

— Таня, ты же следователь с огромным стажем, — удивилась Настя. — Какие еще доказательства тебе нужны? Ты такие дела раскручивала!

— Это не совсем то. Быть следователем, процессуальным лицом, официальным представителем системы правосудия, иметь право задавать вопросы и требовать на них ответы — это далеко не то же самое, что быть детективом, сыщиком. Вы, оперативники, — существа бесправные. Прости, Настюша, если я говорю обидные для тебя вещи, но по сути я права, и ты это знаешь. Вы же ни на что права не имеете. Только просить да уговаривать. Все на доброй воле, по согласию, а если нет — то хитростью, обманом, уловками. Ну, а когда придется, то и силой. Потому вам преступники много такого рассказывают, чего потом перед следователем ни за что не повторят. Уж преступники-то лучше всех знают, что сказать следователю «под протокол» означает дать показания, которые имеют силу, а честно признаться во всем оперу — ничего не означает. Признанием этим потом только подтереться можно. И опер будет до седых волос доказывать, что этот преступник сказал то-то и то-то и признался в совершении убийства, а преступник будет хихикать и говорить, что ничего этого не было, что опер все врет, а если и было, то он, преступник, просто пошутил. Это у него шутка юмора такая. Короче, я к тому веду, что психология деятельности у следователей и оперативников совершенно разная, и профессиональные требования тоже разные. Может быть, я и неплохой следователь, но в качестве

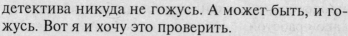

детектива никуда не гожусь. А может быть, и гожусь. Вот я и хочу это проверить.

— Ты хочешь поработать по убийству Широковой?

— Неофициально. Чтобы никому из вас не помешать и ничем не навредить. В идеале я бы хотела выполнять ваши поручения, а не действовать самостоятельно. Но я понимаю, что твой начальник этого не разрешит.

— А ты настаиваешь на том, чтобы я непременно поставила его в известность?

— Это тебе решать. Но скрывать бессмысленно, все равно ведь выплывет. Только лишние неприятности будут.

— Верно, — вздохнула Настя. — Думаю, что Гордеев запретит. Хотя в этом же ничего плохого нет. Но можно давать тебе такие поручения, чтобы твое участие никак не обозначилось. Например, под любым предлогом разговориться с жильцами какого-нибудь дома, выяснить, кто из них видел или знает то, что нас интересует, а потом уже конкретно к этим людям идет Коля или Юра Коротков, или даже я. И если дело паче чаяния доходит до Гордеева, свидетель честно говорит, что беседовал именно с этими оперативниками. А про тебя он и не вспомнит.

— Собираешься хитрить?

— Собираюсь. Гордеев — очень хороший начальник и очень хороший человек, но использовать твою помощь он не разрешит. Он инструкции знает и соблюдает их по мере возможности. Во всяком случае, он их без крайней нужды старается не нарушать, а труп Широковой — это отнюдь не крайняя нужда. Вот если выяснится, что ее убили, потому что хотели оказать давление на самого Стрельникова в связи с какими-то денежными делами, тогда другое дело. Это уже попахивает организованной преступностью, злоупотреблениями, взятками и растратами, тогда убийство Широковой попадает на контроль к начальнику ГУВД, а то и не дай бог к министру, и в этом случае ценятся каждые лишние руки и каждый помощник. Тут Гордеев на все глаза закроет и все разрешит. А пока убийство Широковой — не более чем труп красивой потаскухи на грязной помойке. Таня, ты считаешь себя красивой женщиной?

От такого неожиданного поворота Татьяна слегка растерялась и даже не нашла что ответить.

— Н-не знаю... Вряд ли.

— Плохо. Но ты по крайней мере вышла замуж в третий раз, стало быть, ощущения собственной непривлекательности у тебя быть не должно.

— А его и нет. Я знаю, что я толстая и у меня много лишних килограммов, но в то же время я знаю совершенно точно, что это еще ни разу не помешало мне завоевать мужчину, которого я бы хотела завоевать. Это все чушь про стройные талии и длинные ноги, можешь мне поверить. Это придумали сами мужики и наивно в это верят, а потом страшно удивляются, почему не могут бросить толстую некрасивую бабу, почему от стройных и длинноногих все равно возвращаются к ней и только рядом с ней чувствуют себя по-настоящему счастливыми. Ты когда-нибудь первую жену Стасова видела?

— Только по телевизору.

— И как она тебе?

— Да что мне-то? — удивилась Настя. — Я же не мужик. Но красивая, конечно, спору нет. Очень красивая.

— Она намного красивее меня, Настюша. И весит раза в два меньше, и ноги у нее раза в два длиннее, но женат Стасов все-таки на мне. Так что никаких комплексов у меня нет, потому что я знаю тайну.

— Тайну? О чем?

— О любви. О том, что удерживает мужчину возле женщины. Я уверена, что и ты эту тайну знаешь. Поэтому, несмотря на все мои килограммы и более чем серьезную профессию, я могу получить любого мужчину, какого захочу. Или какого надо.

При этих последних словах Татьяна подняла глаза и пристально посмотрела на Настю.

— Ты хочешь поручить мне Стрельникова?

— Да. Я хочу выяснить, знал ли он о распущенности своей венчанной жены. На допросе у следователя он очень натурально удивлялся и делал вид, что впервые слышит об этом. Но мы-то с тобой, Танюша, знаем цену и этому виду, и этому удивлению. Я не верю Стрельникову.

— Почему? Тебя настораживает что-то конкретное? Или просто общие ощущения?

— Ничего конкретного. Он дьявольски красивый мужик, и этого вполне достаточно, чтобы я ему не верила.

— Настя, — изумленно протянула Татьяна, — ты ли это? Где твоя прославленная легендарная объективность? С каких это пор ты судишь о людях по внешности?

— С тех пор, как внешность стала определять

характер человека. Мы все глупы и примитивны, даже самые умные и неординарные из нас. Мы все любим то, что радует глаз. И красивые дети сызмальства привыкают к тому, что им ни в чем нет отказа. А это трансформируется в представление о том, что у них все получается так, как они задумывают. Они хотят новую игрушку — они ее получают. Они хотят быть в центре внимания взрослых и слышать похвалы и ласковые слова — они это получают. Они слишком малы, чтобы понять, что это не их заслуга. И они вырастают уверенными в себе, легкими, напористыми, улыбчивыми и энергичными, потому что не боятся жизни. Чего им бояться, если у них все получается? А уж если им удается из красивого ребенка превратиться в красивого взрослого, то вообще туши свет. Этим людям нигде и ни в чем нет препятствий, у них все получается, им все удается, и их все любят. Ну и представь теперь, какой у такого человека может быть характер. Представила? Неужели честный и правдивый, искренний и прямой? Да никогда в жизни. Эти люди готовы идти по трупам, по чужим несчастьям, они с легкостью ломают чужие судьбы, потому что на самом деле для них не существует ничего, кроме них самих. У них есть собственные цели и собственные задачи, собственные стремления и приоритеты, и все должно быть положено на этот алтарь. А то, что у других людей точно так же есть цели, задачи, стремления и приоритеты, никакого значения не имеет. Владимир Алексеевич Стрельников убийственно хорош собой. И поэтому я не верю ни одному его слову. Но это, Танечка, слова, сказанные следователю Косте Ольшанскому. Я хочу знать, какие слова он скажет тебе.

— А почему не тебе? Ты считаешь, что я принципиально отличаюсь и от тебя, и от следователя Ольшанского?

— Да. Ты умеешь заставить людей видеть в себе красавицу. Во всяком случае, привлекательную женщину. Это всегда обезоруживает таких, как Стрельников. Стрельниковы полагают, что мир вообще существует только для красивых людей, а некрасивые — они так, недоразумение природы, недоработочка Господа Бога. Таким, как я или Костя Ольшанский, они лгут легко и не задумываясь, потому что мы, некрасивые, вообще не достойны того, чтобы выслушивать из их уст правду. С такими, как ты, им сложнее. Я хочу, чтобы ты, грубо говоря, «поставила Стрельникова раком». Войди с ним в контакт, придумай легенду, разработай его, заставь сказать, а лучше сделать такие вещи, которые впоследствии сильно затруднят ему процесс вранья при общении со следователем. Свяжи ему руки.

— Значит, ты уверена, что он знал правду о Широковой?

— Ни в чем я не уверена. Но я хочу знать, как все было на самом деле. Знать точно, а не полагаться на слова Стрельникова...

— ...которому ты не веришь, — добавила Татьяна.

— Да, которому я не верю. Который слишком красив для того, чтобы я ему верила, и слишком уверен в себе, чтобы я ему симпатизировала. И вообще, Танюша, в моей жизни когда-то была одна душераздирающая история, после которой краси-

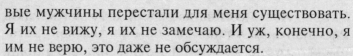

вые мужчины перестали для меня существовать. Я их не вижу, я их не замечаю. И уж, конечно, я им не верю, это даже не обсуждается.

— Да ладно тебе, — махнула пухлой рукой Татьяна, — Стасов мне рассказывал, какой у тебя муж. Не станешь же ты утверждать, что он урод.

— Не стану, — согласилась Настя, включая кипятильник и доставая из стола чашки, сахар и новенькую, только сегодня наконец купленную банку кофе «Капитан Колумб», — Чистяков не урод. Он во всех отношениях привлекательный мужчина. Но я знаю его с пятнадцати лет, иными словами — двадцать один год. Когда мы познакомились, он был рыжим, долговязым, нескладным кузнечиком. И абсолютно гениальным. Из гениального рыжего кузнечика он мог впоследствии превратиться в кого угодно, например в жуткого конопатого урода, или в роскошного мускулистого двухметрового безмозглого аполлона, или в сутулого сварливого несостоявшегося гения. Значение имело бы только качество мозгов, а никак не внешние данные. Просто мне повезло, потому что гениальные мозги он сохранил, а внешность его существенно улучшилась по сравнению с тем, что мы имели двадцать лет назад. Но если бы он стал конопатым уродом, я бы любила его так же сильно. Тебе чай или кофе?

— Чай. Может, мне пойти погулять? Я, наверное, тебе мешаю.

— Ничего ты не мешаешь, мы с тобой работаем. И, кроме того, ждем, когда нам Селуянов что-нибудь умное скажет.

Но до истечения обещанных Селуяновым полутора часов оставалось еще довольно долго. Настя молча пила крепкий горячий кофе и пыталась расставить по местам те обрывки мыслей, которые сумбурно копошились в ее голове. Плохо, когда в деле об убийстве не прорисовывается ни одна версия, объясняющая причину или мотив преступления. Но точно так же плохо, когда этих версий слишком много. Чем больше версий, тем больше приходится полагаться на интуицию, решая, чему отдать предпочтение, что отрабатывать в первую очередь, а что оставить на потом. И соответственно тем больше вероятность ошибки. Потому что выбирать первоочередное и определять второстепенное приходится всегда, когда не хватает людей и времени. А когда такое было, чтобы их хватало?

Стрельников Владимир Алексеевич. На вечер, когда было совершено убийство Широковой, имеет алиби, но дохленькое. Коротков сейчас занят проверкой этого алиби, но попутно нужно ведь еще и мотив доказать. Мотив у Стрельникова мог быть только один — безудержная и неразборчивая сексуальность Людмилы. Но знал ли он о ней? Этим должна заняться Татьяна.

Любовь Сергиенко. Мотив налицо. Алиби нет. За ней постоянно наблюдают, и результаты этого наблюдения говорят о том, что ведет она себя не так, как ведет себя человек пусть и обиженный, обманутый, но с чистой совестью. У нее налицо тяжелейшая депрессия, причем поведение резко изменилось с момента гибели Широковой. Сергиенко, конечно же, кандидат номер один. Настя припомнила протокол ее допроса, который она прочитала у следователя Ольшанского:

«ВОПРОС: С какого момента ваши отношения с Широковой стали неприязненными?

ОТВЕТ: Они только могли бы стать неприязненными. Я всегда прекрасно относилась к Миле, мне не в чем было ее упрекнуть. Вернувшись из Турции, я узнала, что она вступила в близкие отношения с Владимиром Стрельниковым, но восприняла это без истерики. После возвращения из-за границы я с Милой ни разу не виделась.

ВОПРОС: И по телефону не разговаривали?

ОТВЕТ: Нет.

ВОПРОС: Вас не удивила и не оскорбила ситуация, когда двое близких вам людей фактически обманули вас, предали?

ОТВЕТ: Я была к этому готова. Миле давно нравился Стрельников, она даже не скрывала этого от меня. А мои отношения с Владимиром Алексеевичем в последнее время стали охладевать, я поняла, что перспективы у нас нет, иначе он давно уже оформил бы развод. Собственно, именно это и подтолкнуло меня к тому, чтобы уехать на несколько месяцев за границу поработать. Я хотела привести свои чувства в порядок и дать Стрельникову возможность сделать то же самое. Так сказать, бархатный разрыв. Я ни минуты не сомневалась, что после возвращения из Турции вернусь к себе домой, а не к нему. Так было бы проще и естественней. Мила перед возвращением в Россию навестила меня, это было в июне, и я сказала ей, что все поняла про себя и Стрельникова и приняла решение больше с ним не жить. Она в шутку спросила, можно ли считать его свободным? Я ответила, что, пожалуйста, он в полном ее распоряжении. Мне он больше не интересен.

ВОПРОС: Но если все было так, как вы рассказываете, то почему вы не общались с Широковой после возвращения? Ведь она ваша подруга, а вы, если верить вашим же словам, вовсе не были на нее в обиде.

ОТВЕТ: Это не совсем так. То, что случилось, нельзя считать изменой со стороны Стрельникова и предательством со стороны близкой подруги. Но это меня, конечно, задело. Знаете, когда расстаешься с человеком, потому что не можешь больше быть с ним вместе, — это одно, а когда узнаешь, что он быстро утешился и нашел себе другую, — это совсем, совсем иное, поверьте мне. Разумеется, никакой трагедии, но задевает, обижает. Правда, это быстро проходит, буквально месяц-другой — и все. По опыту знаю.

ВОПРОС: Почему вы не поехали домой, прибыв из Турции, а жили у Томчаков?

ОТВЕТ: Ну я же вам объяснила: меня все это задело. Я не хотела показываться на глаза родителям расстроенная. И потом, я была... Не совсем здорова. А мои родители такие, что если бы я вернулась из-за границы больная, разговоров было бы на целый год. Мне проще было отлежаться у Ларисы Томчак, зализать раны и явиться домой бодрой и веселой, чтобы не нервировать мать с отцом. Они и без того были изначально настроены против моей поездки.

ВОПРОС: Чем вы были больны?

ОТВЕТ: Я не готова это обсуждать.

ВОПРОС: Что вы делали в понедельник, 28 октября?

ОТВЕТ: Сидела дома. Дважды выходила погулять.

ВОПРОС: В котором часу?

ОТВЕТ: Днем, часов в двенадцать и примерно до двух, и вечером, с восьми до полуночи.

ВОПРОС: И где вы гуляли с восьми вечера до полуночи?

ОТВЕТ: По улицам. Дошла пешком до Загородного шоссе, между Загородным шоссе и Серпуховским валом есть зеленый массив, там походила. Потом по Серпуховскому валу и улице Орджоникидзе дошла до Ленинского проспекта и вернулась к себе на улицу Шверника.

ВОПРОС: Вы гуляли одна?

ОТВЕТ: Да, одна.

ВОПРОС: Кто может подтвердить, что вы гуляли именно в это время и именно по этому маршруту?

ОТВЕТ: Никто. Только родители могут подтвердить, что я ушла около восьми и вернулась около полуночи...»

Сергиенко жила на улице Шверника. Совсем недалеко от метро «Академическая». Уж не с Милой ли Широковой она гуляла по улицам и парку? Якобы гуляла. Потому что она могла встретиться с Милой и куда-то с ней уехать. А после убийства вернуться домой.

Но если девушки договорились о встрече, то когда? В течение понедельника по телефону? Люба Сергиенко была дома, Мила Широкова — на работе. Неужели никто в гостинице «Русич» не слышал, как Широкова договаривается с Любой? Ну пусть не знали, что она разговаривает именно с Любой, пусть не весь разговор слышали, но хоть что-то... Хоть слово, хоть обрывок слова...

Этим пусть займется Миша Доценко, это его хлеб.

* * *

Настя уже собиралась уходить домой, когда позвонил следователь Ольшанский. Голос у него был недовольный и какой-то растерянный.

— Слушай, Каменская, дело Широковой перестает мне нравиться. По-моему, мы залезли в банку с пауками. Или в клетку со змеями, как тебе больше нравится.

— Мне никак не нравится, ни с пауками, ни со змеями, я их всех боюсь. А что случилось, Константин Михайлович?

— Окружение Стрельникова начало менять показания. На прошлой неделе говорили одно, а выходные прошли — и они городят уже совсем другое. Ты еще на работе побудешь?

— Да я вообще-то домой собиралась, но если надо...

— Наоборот, не надо. Выходи и иди вниз по Петровке, встречаемся на углу, где раньше «Товары для женщин» были. Помнишь, где это?

— Помню.

— Вот и ладушки. Я тебя там подберу и довезу до «Семеновской», мне к теще надо заехать. По дороге поговорим.

В начале ноября в восемь вечера было уже совсем темно, и Настя двинулась по Петровке в сторону Кузнецкого моста, внутренне поеживаясь. Она была ужасной трусихой и темных улиц боялась панически, так как знала совершенно точно, что ни убежать от злоумышленника, ни оказать ему сопротивление не сможет. Тренировки нет, навыков нет, дыхалки хватит только на три метра. Правда, Петровка — это не окраина, а

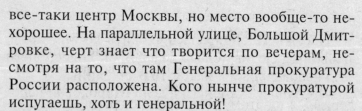

все-таки центр Москвы, но место вообще-то нехорошее. На параллельной улице, Большой Дмитровке, черт знает что творится по вечерам, несмотря на то, что там Генеральная прокуратура России расположена. Кого нынче прокуратурой испугаешь, хоть и генеральной!

Она снова начала мерзнуть, потому что лето кончилось, и теперь ей не будет тепло до самого мая будущего года. Мимо Насти проезжали красивые иномарки с красивыми молодыми мужчинами за рулем и красивыми молодыми женщинами рядом с ними, и она, как всегда в таких случаях, внезапно испытала острое чувство жалости к ним, молодым, красивым и, как правило, глупым. В последние два-три года ей не раз приходилось видеть такие вот красивые сверкающие автомобили, из которых извлекали тела расстрелянных в упор молодых красивых водителей. Иногда в этой же машине оказывались и подруги водителей, которые тоже погибали, потому что либо попадали под шальную пулю, либо машина, оказавшаяся неуправляемой, разбивалась. И всякий раз Настя представляла себе, как все это было за десять, за пять, даже за одну минуту до трагедии. По улице ехала красивая блестящая иномарка, за рулем которой сидел молодой красивый мужчина, а рядом с ним — роскошная длинноногая девица. И за тридцать секунд до конца, и за десять, и даже ровно за одну секунду до первого выстрела все выглядело именно так. И вызывало зависть и тупое дурное стремление непременно добиться, чтобы вот так же... и на такой же блестящей иномарке... и чтобы такая же телка рядом... Глупые. Им не завидовать, их жалеть надо. Потому что все это куплено на «быстрые» деньги, а где «быстрые» деньги, там криминал. Если ты очень молод и очень богат, это значит, что ты крутил деньги слишком быстро, а коль так, то и разборок вокруг этих денег «наварилось» слишком много, чтобы ты задержался на этом свете. В наше время и в нашей стране быть очень молодым и очень богатым означает принадлежать к группе повышенного риска. Очень молодые и очень богатые в наше время и в нашей стране долго не живут.

Настя добрела до угла Петровки и Кузнецкого моста и сразу увидела голубые «Жигули» Ольшанского. Нырнув в прогретое нутро автомобиля, она поспешно захлопнула за собой дверь, чтобы не выпустить наружу тепло, и тут же скрестила руки на груди, спрятав пальцы под мышками.

— Замерзла, что ли? — удивился следователь. — Температура же плюсовая. Рано еще мерзнуть.

— Мне в самый раз, — пробормотала Настя, стуча зубами. — Вы не обращайте внимания, я сейчас согреюсь.

— Может, налить?

— Д-давайте, т-только чуть-чуть.

Ольшанский достал из «бардачка» крохотную темно-зеленую бутылочку коньяка «Реми Мартен», явно захваченную из самолета, с какого-нибудь международного рейса, ловко отвернул крышку и протянул Насте.

— Посуды нет, извиняй. Глотни из горла.

Она терпеть не могла коньяк, даже самый лучший, но признавала, что для расширения сосудов и избавления от озноба этот напиток вполне пригоден, поэтому зажмурилась и сделала один приличный глоток. Ела она в последний раз довольно давно, в желудке было пусто, и эффект от единственного глотка не заставил себя ждать. Пальцы потеплели, мышцы спины перестало сводить судорогой, и по ней уже не бегали омерзительные знобкие мурашки.

— Ну как, полегчало?

— Угу. Спасибо, Константин Михайлович. Так что там с окружением Стрельникова?

— Они все кинулись вытаскивать Сергиенко. То есть я имею в виду бывших заместителей Стрельникова, Томчака и Леонтьева. На прошлой неделе их жены дружно выгораживали Любу, а мужья ее преспокойненько подставляли. А сегодня и мужья кинулись вслед за женами. Но, Настасья, тянут они все в разные стороны. И я, честно тебе скажу, совершенно в этом клубке запутался. По-моему, это и есть их цель — заморочить мне голову и окончательно меня запутать. Это говорит только о том, что они знают, кто убийца, и пытаются дружно помешать следствию. Стало быть, убийца из их круга.

Всю дорогу до метро «Семеновская» следователь подробно излагал Насте Каменской расхождения в показаниях свидетелей. Картина получалась действительно какая-то мутная.

На прошлой неделе Вячеслав Томчак говорил Короткову, а затем и следователю о том, что у Любы Сергиенко были очень веские основания ненавидеть свою подругу Милу Широкову. Мила гадко поступила с ней в Турции, когда исчезла, забрав причитающиеся им обеим деньги за месяц работы и не заплатив свою долю за жилье. Не говоря уж о том, что воспользовалась глупой, но вполне типичной мужицкой слабостью и окрутила

Стрельникова. Сегодня при повторном допросе Томчак от всего отказался, сослался на эмоциональный всплеск, вызванный внезапной гибелью Милы, вследствие чего он якобы многое додумал, а кое-что и просто выдумал, беседуя с Коротковым и с Ольшанским. На самом деле ничего плохого Люба Сергиенко про свою подругу не рассказывала. А роман Любы со Стрельниковым был и до ее отъезда в Турцию на последнем издыхании. Сам факт ее поездки был воспринят всеми, да и на самом деле являлся изящной и необидной формой полного разрыва. «Я назвал Любашу злопамятной? Да неужели? Ну что вы, это я погорячился, это я под влиянием стресса брякнул. Любочка очень мирное существо, она совершенно не переносит конфликтов и всегда старается как можно быстрее помириться». И так во всем. Все с ног на голову. Или с головы на ноги? Черт его разберет, когда он врал, а когда говорил правду.

Геннадий Леонтьев вел себя в точности так же, как Томчак, с той только разницей, что подробностей о пребывании Любы в Турции он с самого начала практически не знал, поэтому эту часть собственных показаний ему опровергать не пришлось.

Жена Томчака Лариса и жена Леонтьева Анна ни слова не произнесли про конфликт Сергиенко и Широковой, случившийся в Турции, зато очень много говорили о распущенности Широковой и о том, что Стрельников вряд ли стал бы это терпеть. Они тоже утверждали, что Сергиенко не была раздавлена известием о венчании бывшего любовника и подруги. Расстроена, конечно, задета, не без этого, но, знаете, точно так же женщина может быть расстроена, когда покупает без примерки юбку, а дома обнаруживает, что она ей мала в бедрах. В таких ситуациях даже не знаешь, от чего больше расстраиваешься, от того, что в новой юбке не пойдешь завтра на работу, или от того, что, оказывается, поправилась. Неприятно, но отнюдь не смертельно. Отнюдь.

Жены и мужья расходились в своих предположениях относительно того, кто же мог убить Милу Широкову. Мужья никаких соображений на этот счет не имели, а жены считали более чем вероятным, что это сделал Стрельников.

Но все они в один голос отвергали возможность того, что Людмилу Широкову убила Люба Сергиенко. И показания давали соответствующие.

— Константин Михайлович, а ни у кого в показаниях не выплыла фигура официальной жены Стрельникова?

— Ты про Аллу Сергеевну? Да нет пока. Сам жду не дождусь. Молчат, как сговорились. Вы-то сами с ней работаете?

— Конечно. Интересная она дама, доложу я вам. Алла Сергеевна Стрельникова — директор Дома моделей. Несколько лет назад у нас было убийство манекенщицы из этого Дома моделей. Тоже, между прочим, задушена. Мы одного убийцу под суд отдали, но все время у нас подозрение было, что он действовал все-таки не один. Он, конечно, не раскололся, сообщника не выдал, пошел под статью в гордом одиночестве, но подозрения у нас остались.

— И что, подозрения были насчет Стрельниковой?

— Ага. Эта особа очень не любит, когда у нее отнимают деньги, которые она уже мысленно положила в свой карман. Смерть манекенщицы позволила Алле Сергеевне положить в карман изрядную сумму, потому что так был составлен контракт. Она сама его составляла, и девушка его подписала, потому что была глупой и неопытной. А сейчас, Константин Михайлович, у нее отнимают деньги, которые ей ежемесячно давал Стрельников. Вам, может быть, это неизвестно, но все время после ухода от жены Владимир Алексеевич Стрельников обеспечивал ее более чем щедро. Подозреваю, что Люба Сергиенко этого не знала. А Мила Широкова узнала. И я думаю, что она потребовала от Стрельникова прекратить жить на два дома и вообще как можно скорее оформить развод и зарегистрировать новый брак. Это Алле Сергеевне могло совсем не понравиться. Одно дело считаться мужней женой и получать ежемесячно хорошие деньги, не имея хлопот с приготовлением обедов, мытьем посуды и стиркой носков и сорочек, и при этом вести свою личную жизнь по собственному усмотрению, и совсем другое — считаться разведенной и не иметь денег. Это уже несколько иные ощущения.

— Ладно, Настасья, подождем, раз вы за Аллой присматриваете, то никуда она не денется. Допросить ее я всегда успею. Пока что прижать мне ее нечем, а проводить формальный допрос и попусту воздух сотрясать мне не хочется. Где она была в вечер убийства?

— А нигде.

— То есть?

— Никто не знает. В приватной беседе с обаятельным Коротковым Алла Сергеевна Стрельникова заявила, что в тот день была сначала на работе, а потом дома, вечер провела со своим другом, имя, правда, назвать отказалась, но установить данные ее постоянного любовника было нетрудно, это ж не бином Ньютона. Так вот, ЭТОТ любовник в тот вечер у нее не был. Весь вопрос в том, нет ли у нее другого сердечного друга, или даже нескольких, про запас.

— Настасья, а тебе не кажется, что алиби Алле Сергеевне вообще не нужно?

— Кажется. Вы хотите сказать, что алиби нужно ее любовнику, и она старательно его создает. Да?

— Ну что-то в этом роде я и хотел сказать. Даже если допустить, что она решила устранить не в меру оборотистую Широкову, не сама ведь она кинулась ее душить, правда же? А вот любовника своего вполне могла на это дело навострить. Кстати сказать, любовничек мог даже оказаться более заинтересованным в устранении Широковой, чем сама Алла.

— Это вы бросьте, — решительно сказала Настя. — Для того чтобы вы оказались правы, любовник Стрельниковой должен быть юным наркоманом или каким-нибудь придурком с каким-нибудь придурочным хобби, на которое он денег заработать не может, а жить без него тоже не хочет. Тогда ему деньги, ежемесячно отстегиваемые Стрельниковым, очень даже нужны. У Аллы Сергеевны любовник совсем не такой. Ему стрельниковские деньги — как лисе незрелый виноград, он купюры лопатой гребет. Другое дело, что, может быть, Алле Сергеевне он не очень-то нравится. Она, вполне вероятно, предпочитает что-нибудь помоложе и постройнее, а на это обычно уходит очень много денег. Очень много, Константин Михайлович.

Они подъехали к зданию метровокзала на станции «Семеновская», и Ольшанский остановил машину.

— Ты так и не придумала никакого объяснения насчет голубой краски на туфлях Широковой? — спросил он на прощание.

— Нет. Ума не приложу, что она могла нести в руках такое тяжелое. Экспертиза еще не готова, но Олег Зубов на двести процентов уверен, что общий вес должен быть никак не меньше ста трех килограммов.

— Черт знает что, — буркнул следователь. — Голову тут сломаешь с вашими трупами.

Он резко тронул автомобиль и скрылся за поворотом.

* * *

Стрельников всегда спал крепко, и разбудить его могли, как правило, только будильник или телефон. На все остальные звуки он обычно не реагировал. Но в эту ночь, в ночь после похорон Милы, он внезапно проснулся и даже не сразу понял, отчего. Что-то его разбудило. Впрочем, что может разбудить ночью после ТАКОГО дня? Нервы, конечно, что же еще.

Он повернулся в постели, протянул руку за часами со светящимся циферблатом. Четверть четвертого. Владимир Алексеевич собрался было повернуться на другой бок и снова закутаться в одея-

ло, когда до него донесся совершенно отчетливый звук. По квартире кто-то ходил.

«Мила!» — собрался было в ужасе крикнуть он. В эту секунду Стрельников готов был поверить в то, что души умерших и их призраки возвращаются в свои дома, к своим любимым. Звуки застряли в горле, раздался только невнятный хрип. Шаги послышались снова, они приближались к двери той комнаты, где спал Стрельников. Ему стало страшно. Кто это? Вор? Глупости, воры приходят в отсутствие хозяев. Хотя если у этого вора была хорошая наводка, он мог рискнуть и прийти именно сегодня. После похорон бывают поминки, а на поминках главные действующие лица имеют обыкновение много пить. И после этого крепко спят.

Владимир Алексеевич пожалел, что не имеет привычки класть оружие на ночь под подушку. Пистолет у него был, и разрешение было, но лежал ствол в письменном столе. Конечно, если бы ночью кто-то позвонил в дверь, Стрельников вышел бы в прихожую вооруженным, это несомненно. Но к тому, что злоумышленник проникнет в квартиру самостоятельно, он почему-то готов не был.

Стрельников сел на диване и собрался было уже спустить ноги на пол, чтобы на цыпочках подойти к столу и взять пистолет, когда дверь распахнулась и в проеме возникла неясная фигура. Как ни напрягал глаза Стрельников, он не мог различить лица, да к тому же и напуган он был изрядно.

— Не спишь, — прошелестел голос. — Это хорошо. Значит, грехи тебе спать не дают. Души не-

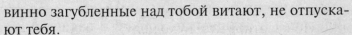

винно загубленные над тобой витают, не отпускают тебя.

— Кто ты? — с трудом сумел выдавить Стрельников.

Он потянулся к выключателю, собираясь включить бра над головой, но только сухие щелчки доносились до него. Свет так и не вспыхнул.

— Не трудись, грешник, — продолжал шелестеть голос, — там, где я, там света нет. Ты хочешь видеть мое лицо? А разве ты хотел видеть лица тех, кого ты уничтожал и разрушал? Страшный грех на тебе, Владимир, и не искупить тебе его никогда. До самой смерти будешь ты нести крест за невинно убиенную Людмилу, рабу Божию.

Стрельников наконец справился с собой и сумел разорвать сковавшее его оцепенение. Одним прыжком выскочив из постели, он молнией подлетел к темной безликой фигуре, собираясь вцепиться в горло ночного гостя, но внезапно был откинут назад мощным ударом. Гость не был призраком. Совсем напротив. Это была поистине гора мышц, железных и вполне осязаемых.

Хлопнула дверь. И в квартире снова воцарилась тишина.

Глава 5

Татьяна стояла перед зеркалом и, прежде чем наносить на лицо макияж, критическим взглядом окидывала свое отражение. Да, лишние килограммы никуда не спрячешь, если они присутствуют в таком количестве. Она с детства была толстушкой, поэтому ей незнакомо было то чувство ужаса, отчаяния и горького сожаления, которое, бывает, охватывает женщин, помнящих себя тоненькими и изящными. Тонкой и изящной она никогда не была и почти всю свою жизнь, то есть двадцать пять лет из прожитых тридцати пяти, прилагала усилия к тому, чтобы чрезмерная полнота не бросалась в глаза и не казалась уродливой. В этом искусстве Таня Образцова достигла истинных высот, о чем недвусмысленно свидетельствовал тот факт, что поклонники, как, впрочем, и мужья, у нее не переводились. Первая и главная заповедь: показывай самое лучшее, чтобы отвлечь внимание от живота и бедер. Самым лучшим в ней были волосы, кожа, голос и обволакивающая, гипнотизирующая мужчин женственность. Поэтому, несмотря на постоянную занятость сумасшедшей работой следователя и написанием в оставшееся время детективных повестей, Татьяна ухитрялась выкраивать часы для систематических посещений парикмахерской и косметологов.

Но главная трудность состояла, конечно, в правильном подборе одежды. Ничего светлого, никаких кружочков, цветочков, горизонтальных полосочек и прочего «веселенького» антуража. На работе — деловые костюмы с прямыми юбками чуть ниже колена и длинными, до середины бедра, пиджаками, вне работы — облегающие голень и щиколотки брюки или джинсы и длинные свободные свитера. Несмотря на полные бедра, щиколотки у нее были изящными, и если скрыть под длинным свитером то, что хочется скрыть, то возникала иллюзия вполне стройных ног.

Готовясь к первому разговору с Вячеславом Томчаком, Татьяна выяснила, что ехать ей придется за город, так как Томчак в настоящее время живет на даче. Подбираться к Стрельникову она решила со стороны его ближайших товарищей. И легенду себе придумала: она — писательница, узнала, что у убитой девушки в сумочке нашли ее книгу, эта ситуация ее взволновала как автора... И так далее. А обращаться к полузаконному мужу погибшей господину Стрельникову она не рискнула, так как полагает, что он убит горем и к разговорам не очень-то расположен. Откуда узнала про книжку? Да из газет, откуда же еще! Татьяна и газету на всякий случай припасла с соответствующей заметкой, а о том, чтобы заметка появилась, побеспокоились заблаговременно.

Нужно постараться, чтобы Томчак поверил и ничего не заподозрил. Джинсы, свитер, волосы распустить, чтобы вид был несерьезный и слегка богемный, как и положено писательнице. Глаза сильно не красить, ресницы намазать погуще, чтобы красиво оттенить темно-серые глаза, а от подводки надо, пожалуй, воздержаться. Так, что еще? Ах да, бижутерия. Ее для такого случая должно быть побольше и желательно побезвкуснее. Эдакая толстушка-простушка, пишущая несерьезные дамские романчики. Да, и книжку не забыть, хотя бы одну, для убедительности. Подарить Томчаку с авторской надписью — вроде бы знак вежливости, но в то же время подтверждение, что действительно писательница, не самозванка какая-нибудь. Какую же книжку взять?

Татьяна взяла с полки несколько своих книг и придирчиво оглядела обложки. Эту нельзя, здесь рядом с фотографией помещены сведения об авторе, где красивым округлым шрифтом написано, что автор Татьяна Томилина в свободное от творчества время служит следователем и черпает свои сюжеты из собственной практики. Не пойдет. А вот эту можно, здесь про следователя ничего не написано. Можно было бы и вот эту, здесь вообще нет сведений об авторе, но и фотографии нет, а без фотографии неубедительно получится. Мало ли чью книжку принесла самозванка. На обложке стоит «Татьяна Томилина», а по паспорту она Образцова, поди докажи, что она и есть автор.

Кажется, все. Оделась, причесалась, накрасилась, книжку взяла. Может, диктофон прихватить? Нет, не стоит, Томчак может испугаться, диктофон — это уже попахивает журналистикой, он разоткровенничается, а материал, того и гляди, в эфир попадет или на страницы газет. Лучше по старинке, с блокнотом и ручкой. Не очень молодая и не очень преуспевающая писательница старой школы... Да, вот так будет правильно.

Выбрав образ, Татьяна накинула куртку, втиснула ноги в удобные «прогулочные» туфли на низком каблуке и отправилась на вокзал.

* * *

Едва ступив на крыльцо добротного деревянного дома, она поняла, что в доме этом поселилась тоска. Татьяна даже не смогла бы сказать определенно, откуда появилось это ощущение, но оно появилось и было очень четким, почти осязаемым. Дверь ей открыл светловолосый мужчина, который когда-то был, вероятно, блондином, а теперь стал почти полностью седым. Он был небрит, наверное, дня два, и лицо его было хмурым и неприветливым.

— Что вам угодно?

— Вы — Вячеслав Петрович Томчак?

— Да. А вы кто?

— Меня зовут Татьяна, я... — Она отрепетированно замялась, словно стесняясь того, что собирается произнести. — Видите ли, я пишу книги... Одним словом, я узнала из газет, что мою книгу нашли в сумочке убитой девушки...

— И вам стало любопытно? — резко оборвал ее Томчак.

По его тону Татьяна поняла, что такого рода любопытство он никоим образом не одобряет.

— Это нельзя назвать любопытством. Тут другое. Вы позволите мне войти?

Томчак молча посторонился, пропуская ее в дверь. Татьяна зашла на веранду и бросила сумку на стул.

— Вячеслав Петрович, если бы я была обыкновенной любопытной нахалкой, гоняющейся за «жареными» фактами, я пришла бы не к вам, а к Стрельникову. Но я с уважением отношусь к его горю и не смею тревожить его в такое тяжелое время. Поймите, мне как автору небезразлична история девушки, которая читала мою книгу, может быть, за несколько минут до того, как трагически погибла. Вероятно, вам это кажется нелепым...

— Присаживайтесь, — предложил хозяин, и Татьяне показалось, что он немного смягчился. — Я понимаю, что вы хотите сказать, но не понимаю, почему вы пришли с этим ко мне. Было бы более правильным поговорить с подругами Милы, а я... Я ведь знал ее совсем мало. Можно сказать, почти не знал.

— Это не так просто, как вы думаете, — заметила она с улыбкой. — Я ведь не следователь, для меня получать информацию — большая проблема. Вот в этой заметке, — Татьяна достала из сумки сложенную вчетверо газету и развернула на нужной странице, — сказано, что погибшая Людмила Широкова была невестой господина Стрельникова, в недавнем прошлом — президента Фонда поддержки и развития гуманитарного образования. Я пришла в Фонд, и там мне назвали Геннадия Федоровича Леонтьева и вас как ближайших друзей и помощников Стрельникова. А где работала девушка — здесь не сказано. Вот, собственно, поэтому я и пришла к вам.

— А почему не к Леонтьеву?

— Не знаю. — Татьяна обезоруживающе улыбнулась. — Наверное, потому, что вы сейчас живете на даче, то есть у вас есть время со мной поговорить. И потом, если бы я сначала пришла к Леонтьеву, он задал бы мне точно такой же вопрос: а почему не к Томчаку? Пятьдесят на пятьдесят.

На самом деле она умышленно выбрала именно Томчака. Обиженный и расстроенный, он мог рассказать о Стрельникове гораздо больше интересного, чем Леонтьев, который, уйдя из Фонда, преподавал одновременно в четырех или пяти коммерческих вузах, крутился как белка в колесе, мотаясь из одного конца Москвы в другой, сильно уставал и вряд ли нашел бы время и желание вести с незнакомой писательницей неспешные беседы.

— Ну хорошо. Так о чем вы хотели меня спросить?

— Расскажите мне хоть что-нибудь об убитой

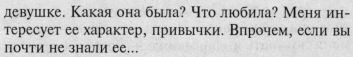

девушке. Какая она была? Что любила? Меня интересует ее характер, привычки. Впрочем, если вы почти не знали ее...

— Да, здесь я вам вряд ли могу быть полезным. Похоже, вы напрасно потратили время на поездку сюда.

— Может быть, вы знаете, где она работала?

— Нет, не знаю.

Знает, подумала Татьяна. Не может не знать. Вся их компания прекрасно знает, что бывшая и нынешняя любовницы Стрельникова были подругами и работали вместе. Чего ж ты темнишь, господин Томчак?

— А где она жила? Адрес знаете?

— Тоже нет.

— Как же так, Вячеслав Петрович? — удивленно протянула Татьяна. — А мне сказали, что вы и Леонтьев — ближайшие друзья Стрельникова. И при этом ничего не знаете о его невесте?

— Представьте себе. Это вы, женщины, все сразу же рассказываете подругам со всеми подробностями.

В его голосе зазвучало неприкрытое раздражение.

— А у вас, мужчин, это не принято? — усмехнулась Татьяна. — Хорошо, Вячеслав Петрович, не буду больше к вам приставать. Позвольте подарить вам мою последнюю книгу. Маленький презент в виде компенсации за доставленное беспокойство.

Она достала из сумки книжку карманного формата в яркой обложке. На титульном листе уже заранее была сделана дарственная надпись. Томчак взял книгу, рассеянно повертел в руках, но на фотографию все-таки внимание обратил и сведения об авторе прочел.

— Так вы — автор множества бестселлеров? — недоверчиво переспросил он. — Или это обычный рекламный трюк?

— Ну, как сказать, — снова улыбнулась Татьяна. — Кто как считает. Для одних и три книги — много, для других — и тридцати мало.

— А у вас сколько книг вышло?

— Четырнадцать.

— И о чем они?

— Детективы. Вы любите детективы?

— Нет, — Томчак брезгливо поморщился, — терпеть не могу и никогда их не читаю. Но в любом случае человек, написавший столько книг, достоин уважения хотя бы за трудолюбие.

— Что ж, и на том спасибо, — усмехнулась Татьяна.

Томчаку, похоже, стало неловко за допущенную бестактность, потому что он вдруг решил предложить гостье чаю.

— С удовольствием выпью, — тут же согласилась она.

Через несколько минут на столе, стоящем на веранде, появились дорогие конфеты в коробках и импортные кексы в нарядных блестящих упаковках.

— Никогда бы не подумала, что человек, живущий затворником на даче и по три дня не бреющийся, покупает такое количество сладкого, — пошутила Татьяна. — Одно с другим как-то не сочетается.

— А вы, конечно, подумали, что если я живу на даче и не бреюсь, то непременно пью по-чер-

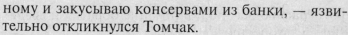

ному и закусываю консервами из банки, — язвительно откликнулся Томчак.

— Нет, я подумала, что вы заняты какой-то работой, может быть, научной, и вообще забываете порой купить продукты. Я и сама такая, когда пишу.

— Простите, я не хотел вас обидеть. Но вообще-то вы правы, все это не я покупал. Друг привез, он приезжал ко мне на выходные. Кстати, тот самый Стрельников. Это было как раз накануне похорон Милы, и Володя хотел немного прийти в себя и собраться с духом. Здесь безлюдно, спокойно, никто не дергает.

— Конечно, — тихо сказала Татьяна. — Я понимаю. Он, должно быть, совсем раздавлен горем.

— Ну, это сильно сказано. Володю раздавить невозможно, это очень сильный человек, очень мужественный и стойкий. Но горе для него огромное, это несомненно. Вам покрепче?

— Нет, средний. Спасибо. Но раз уж я все равно осталась и пью с вами чай, расскажите мне хоть что-нибудь о Миле. Я даже не знаю, сколько лет ей было.

— Сколько лет? Что-то вроде двадцати семи или двадцати восьми... Может быть, чуть меньше или больше. Не знаю точно.

— Чем она занималась, работала или училась?

— Работала. Кажется, — тут же уточнил Томчак. — Я точно не знаю.

— Она раньше не была замужем?

— Понятия не имею.

— А как они со Стрельниковым познакомились?

— Я уже объяснял вам, мне такие детали неиз-

вестны. Я знал только, что Володя любил ее и собирался на ней жениться, вот и все.

Они проговорили еще минут двадцать, ровно столько, сколько нужно было, чтобы соблюсти приличия и выпить по чашке чаю. Татьяна задавала вопросы, на какие-то из них получала ответы, но большей частью Вячеслав Томчак уклонялся от подробностей. Одно было совершенно очевидным: он тщательно избегал упоминания обо всем, что было так или иначе связано с Любой Сергиенко. Татьяна понимала, что и на вопрос о том, где работала Мила Широкова, он не ответил из этих же соображений.

Допив чай, она вежливо попрощалась и пошла на электричку.

* * *

— Вот, — торжествующе сказала Настя, — я так и чувствовала, что этому Стрельникову верить нельзя. Таня, ты добыла бесценную информацию.

— Ты имеешь в виду приезд Стрельникова на дачу к Томчаку?

Они сидели на кухне в квартире Стасова. Татьяна пила чай, а Настя за обе щеки уплетала изумительно вкусные голубцы.

— Танюша, ты — мой кумир, — говорила она с набитым ртом. — Мало того, что ты грамотный следователь и талантливый писатель, ты еще и готовить умеешь. И женщина красивая. Мне до тебя никогда не дотянуться. Я буду есть твои голубцы и завидовать тебе страшной завистью.

— Не передергивай, — засмеялась Татьяна, — от того, что я умею готовить, ничего никому не прибавляется. В Питере этим занимается моя свояченица, а здесь я просто дурака валяю, изображаю перед Стасовым примерную жену, но он прекрасно знает, что это одна видимость. У меня на готовку нет ни сил, ни времени. А насчет красоты — тоже обман зрения. Просто я хочу быть красивой, для меня это важно, поэтому стараюсь. А ты не хочешь, потому и не стараешься. И не заговаривай мне зубы, пожалуйста, давай вернемся к Стрельникову. Еще положить? — спросила она, глядя на вмиг опустевшую тарелку.

— Нет, я сейчас умру от обжорства. Так вот, что касается красивого и элегантного Стрельникова, то мне очень хотелось бы знать, зачем он приезжал к Томчаку.

— Может быть, действительно хотел побыть в тяжелый момент в обществе близкого друга? — предположила Татьяна.

— Танечка, если это так, то он не только красивый, но и абсолютно бессовестный тип. Ты вспомни, как он в буквальном смысле слова «кинул» своего близкого друга, уйдя из Фонда. Я же тебе давала слушать пленку с беседой Короткова и Ларисы Томчак.

— Да, пожалуй, в этом случае Стрельников должен быть уверен в абсолютной преданности Томчака. Какая бы тяжелая минута ни была, я бы не рискнула идти со своим горем к человеку, которого обидела или подвела. Даже будучи абсолютно, как ты говоришь, бессовестной, я бы просто подумала о том, что обиженный мною человек не сможет меня утешить и морально поддержать, а начнет выяснять отношения и склочничать. Ты права, он приезжал не за этим. И обрати внима-

ние, в разговоре с Коротковым Томчак рассказывал о Любе Сергиенко, а со мной он эту тему даже близко боялся затронуть. Вероятно, Стрельников приезжал, чтобы его обработать. Что ж, ему это удалось. Теперь друзья будут молчать про любовные перипетии своего шефа. Еще бы, репутация-то его пострадает, если предать эту историю огласке.

— Пострадает, — вздохнула Настя. — Но я подозреваю, что тут есть еще что-то.

Татьяна подняла голову от чашки с дымящимся чаем и внимательно посмотрела на Настю. Она была опытным следователем и без всяких дополнительных объяснений понимала ее.

— А следователь тебя поймет? — спросила она.

— Надеюсь. Костя Ольшанский — хороший человек.

— Хороший человек это не профессия, — заметила Татьяна.

— Да, конечно, но я имею в виду, что он мне доверяет и обычно прислушивается к логическим доводам. Конечно, это мы, оперативники, работаем в основном на голой интуиции, а он, как и ты, должен опираться на факты, но от здравых соображений он обычно все-таки не отгораживается.

Настя потянулась к телефону и быстро набрала номер.

— Константин Михайлович, это я. Только что стало известно, что Стрельников в пятницу приезжал на дачу Томчака.... Не знаю... Вот и я о том же... Да? Ладно, подумаю.

Она положила трубку и молча налила себе кофе. Татьяна насмешливо наблюдала за ней, одновременно перекладывая голубцы из кастрюли в глубокую сковороду.

— Спорим, я знаю, что тебе следователь сказал. Он велел тебе придумать, что наврать прокурору, чтобы получить санкцию на обыск на даче Томчака. Угадала?

— Точно. Ты жутко проницательная.

— Да просто все следователи одинаковые, — расхохоталась Татьяна. — Я бы на его месте сказала то же самое. Уж кто не знает слова «интуиция», так это прокуроры. Я могу безгранично доверять операм, которые со мной работают, полностью полагаться на их профессионализм, опыт и интуицию, но когда мне нужно идти к прокурору за какой-нибудь санкцией, я все свое доверие складываю в кучку на рабочем столе и вместо него беру с собой какое-нибудь изящное и совершенно непроверяемое вранье, которое будет звучать для прокурора убедительно.

Настя сосредоточенно водила черенком вилки по гладкой пластиковой поверхности стола, рисуя какие-то одной ей видные схемы, кружочки и ромбики. Татьяна не мешала ей, вымыла посуду, что-то мурлыкая себе под нос, приготовила жидкое тесто для блинов, которыми будет потчевать вернувшегося с работы мужа, и замариновала в подслащенном уксусе репчатый лук. Наконец Настя подняла голову, подмигнула Татьяне, позвонила следователю и уехала домой.

* * *

Живя на даче, Томчак поздно ложился и поздно вставал. Просыпался утром и подолгу лежал под одеялом, не вставая. Раньше за ним такой привычки не водилось. Только теперь, впервые в жизни оказавшись без любимой или хотя бы интересной и нужной работы, он стал оттягивать по утрам тот момент, когда нужно будет начать новый день, полный тоскливого безделья и бездеятельной тоски. Вячеслав Томчак понимал, что нельзя сиднем сидеть в загородном доме, нужно брать ноги в руки и бегать в поисках работы, предлагать себя, обзванивать приятелей и бывших сослуживцев... Он все понимал. И при этом ничего не делал. Ему никак не удавалось преодолеть навалившуюся депрессию и вялость. Через неделю после добровольного ухода из Фонда Томчак с удивлением обнаружил, что его домашний телефон почему-то не разрывается от беспрерывных звонков с предложением новой работы. «Наверное, новость еще не разошлась широко», — утешил себя Вячеслав Петрович. Через две недели он понял, что никому не нужен. Выполняя долг мужской дружбы, он потерял научное лицо и научную квалификацию, которые создавал и шлифовал много лет, а репутацией хорошего управленца обзавестись не успел. Все было просто, примитивно и в точном соответствии с прогнозами жены Ларисы.

Да, конечно, несколько дней назад приезжал Володька Стрельников и говорил насчет своего нового назначения и новой работы для Томчака и Леонтьева. Но Вячеслав Петрович в это не верил. Все это одни пустые разговоры в пользу бедных. Опять Володя рвется к новым вершинам и опять собирается делать грязную работу по расчистке собственного пути руками своих верных друзей. Господи, да сколько же можно! Не случись этого несчастья с Милой, он бы, может быть, и не приехал на дачу и не стал обещать работу Томчаку. Даже и не вспомнил бы о нем. Или вспомнил, но только тогда, когда назначение состоится и нужны будут помощники. Рабы. Как он умеет находить слова, после которых ему невозможно отказать! Даже если и будет эта новая работа, все вернется на круги своя: полная зависимость от внезапных решений Стрельникова, скандалы с Ларисой, еще больший отход от науки. Хотя куда уж дальше...

Он перевернулся на другой бок и снова прикрыл глаза. Начинать новый день не хотелось. Может быть, удастся еще немного подремать? Со стороны дороги послышался шум автомобильного двигателя. Томчак даже прислушиваться не стал, все равно ведь не к нему, кому он нужен в будний день с утра пораньше? Однако он ошибся. Двигатель замолк как раз возле его участка, послышались голоса, а спустя минуту раздался громкий и уверенный стук в дверь.

— Вячеслав Петрович! Откройте, пожалуйста! Вы дома?

— Минуту! — крикнул Томчак, неохотно откидывая одеяло и выползая в холодный осенний день, в котором не будет ни работы, ни радости, а только одна сплошная тоска. Ну, еще, может быть, неприятности. Но ничего приятного уж точно не будет.

Он натянул спортивный костюм, всунул ноги в пляжные тапочки и пошел к двери. На пороге стоял сутулый мужчина в мятом костюме и в очках, вид у него был смущенный, растерянный и совершенно нелепый. Чуть дальше, за его спиной, маячили еще четверо. Одного из них Томчак

узнал, это был тот самый оперативник, который беседовал с ним после убийства Милы.

— Старший следователь Мосгорпрокуратуры Ольшанский, — представился сутулый нелепый человечек, — зовут меня Константином Михайловичем. Вы позволите мне войти?

— Да, — растерянно пробормотал Томчак, — проходите.

К его удивлению, следователь вошел и сразу же прикрыл за собой дверь. Остальные четыре человека остались на улице, причем даже не сделали попытки войти в дом. Как будто так и надо!

— Сейчас, уважаемый Вячеслав Петрович, вы будете допрошены в качестве свидетеля по делу об убийстве Людмилы Широковой, невесты вашего близкого друга. По результатам допроса я приму решение о проведении обыска на вашей даче.

Ольшанский неторопливо уселся за стол на веранде, достал из портфеля папку и начал заполнять какой-то бланк.

— Паспорт принесите, пожалуйста, — негромко, словно себе под нос, сказал он.

— Зачем?

— Так положено.

— А если у меня нет? Я же на даче, в конце концов, зачем мне здесь паспорт?

— Так положено, — терпеливо повторил следователь. — Я не имею права допрашивать свидетеля, не установив достоверно его личность.

— Значит, если у меня нет паспорта, вы не будете меня допрашивать? — почему-то обрадовался Томчак.

— Ну почему, буду, — Ольшанский скупо улыбнулся, только краешками губ. — Вашу личность подтвердит майор Коротков, он вас уже допрашивал несколько дней назад по моему поручению. А паспортные данные я перепишу из предыдущего протокола.

— Но вы же сами сказали, что не имеете права...

— Вячеслав Петрович, здесь нет предмета для обсуждения. Если бы мы не могли допрашивать всех тех, у кого с собой нет документов, мы бы выглядели весьма смешно и довольно бледно в глазах и преступников, и всего населения. Не понимайте мои слова буквально. Итак, Вячеслав Петрович, когда вы в последний раз виделись с Владимиром Алексеевичем Стрельниковым?

— Недавно.

— Поточнее, пожалуйста.

— Ну... Он приехал в пятницу во второй половине дня и уехал отсюда в воскресенье.

— Утром, днем?

— Ближе к вечеру.

— Для чего Стрельников приезжал к вам?

— А для чего приезжают к друзьям? — зло отпарировал Томчак.

— По-разному, — пожал плечами Ольшанский, — кто как. Одни — чтобы что-то рассказать, другие, наоборот, чтобы выслушать ваш рассказ, третьи выполняют долг вежливости и навещают больных или страдающих. Если повысить уровень обобщения, то в одних случаях к друзьям приходят, чтобы оказать им помощь, а в других — чтобы эту помощь получить. К какому из этих двух случаев относился последний визит Стрельникова к вам на дачу?

— Он хотел собраться с силами перед похоронами Милы, неужели это непонятно?

— Почему же, вполне понятно. Стрельников обращался к вам с какими-либо просьбами или поручениями?

— Нет. Он просто хотел побыть в тишине, подальше от людей и телефонных звонков.

— Вячеслав Петрович, подумайте, пожалуйста, и скажите, есть в этом доме или на территории вашего участка какие-либо предметы, принадлежащие Стрельникову?

— Нет. Если вы имеете в виду то, что он привез с собой...

— А что он привез с собой?

— Продукты, спиртное.

— И больше ничего?

— Больше ничего.

— Дача самого Стрельникова находится где-то рядом?

— Да, вон там, ее из окна видно.

— Почему же он провел эти дни не у себя на даче, а у вас?

— Он... Он ушел от жены, это случилось давно... Дачу оставил ей. Он там вообще никогда не появляется, кроме тех случаев, когда Алла сама просит его приехать. Починить что-нибудь или помочь на участке.

— В этот раз он на свою дачу не заходил?

— Нет.

— Вы совершенно уверены?

— Разумеется. Мы все время были вместе.

— А ночью? Мог он выйти из дома так, чтобы вы этого не заметили?

— Вряд ли. Мы спали в одной комнате. Я бы

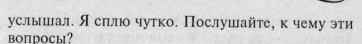

услышал. Я сплю чутко. Послушайте, к чему эти вопросы?

Ольшанский проигнорировал вопрос Томчака.

— Оставлял ли Стрельников в вашем доме что-нибудь?

— В каком смысле? — не понял Томчак.

— Может быть, дал вам что-то и просил сохранить. Не было такого?

— Не было. Он ничего у меня не оставлял.

— Ну что ж, Вячеслав Петрович, вам предлагается добровольно выдать следствию все не принадлежащие вам предметы, в том числе те, которые принадлежат Владимиру Алексеевичу Стрельникову.

— Но я же сказал вам, у меня нет...

— Я понял, Вячеслав Петрович, я прекрасно вас понял. Еще раз предлагаю вам добровольно выдать то, что у вас оставил Стрельников. В противном случае на вашей даче будет произведен обыск.

— С какой стати?! — возмущенно выкрикнул Томчак. — Это произвол!

— Отнюдь. Это процессуальное действие. И у меня есть санкция прокурора.

— Но я не понимаю... — Томчак сбавил тон, но все равно было видно, что он возмущен до крайности. — Что Володя мог у меня спрятать? Вы что, подозреваете его в убийстве Милы? Это же полный бред.

— Вячеслав Петрович, я не обязан отчитываться перед вами в своих подозрениях и тем более в своих действиях. В последний раз спрашиваю вас: будем оформлять добровольную выдачу или производить обыск?

— Да делайте вы что хотите, — махнул рукой Томчак. — Все равно у меня ничего нет. Только время потеряете. Глупость какая-то...

— Хорошо, — вздохнул Ольшанский, вытаскивая из папки лист бумаги. — Вот постановление о производстве обыска, ознакомьтесь, и мы приступим.

Он вышел на крыльцо и позвал в дом остальных. Обыск начался. Томчак демонстративно попытался было устраниться от оскорбляющей его процедуры и с обиженным видом уединиться на кухне, но следователь настоятельно попросил его присутствовать вместе с понятыми. Не прошло и часа, как Коротков обратился к присутствующим:

— Понятые, прошу подойти сюда. Константин Михайлович, есть.

— Что вы там нашли? — недоуменно вскинулся Томчак.

Коротков стоял возле старого дубового комода, ящики которого были уже выдвинуты.

— И вы, Вячеслав Петрович, тоже подойдите. Это ваш пакет?

Томчак подошел ближе и увидел среди старых теплых вещей обернутый в полиэтилен пакет. Он видел его впервые.

— Нет... То есть я не знаю... Может быть, Лариса... — неуверенно пробормотал он.

— Открывайте, — скомандовал Ольшанский.

К комоду подошел эксперт Олег Зубов, долговязый и вечно хмурый. Натянув на руки перчатки, он аккуратно вынул пакет из ящика и открыл. Это были конверты с письмами.

— Так, письма, адресованные Людмиле Широковой, — удовлетворенно констатировал следователь. — И как же они к вам попали, уважаемый Вячеслав Петрович? Подойдите поближе и взгляните. Вы когда-нибудь видели эти письма?

Томчак метнулся к столу, на котором лежали конверты. Нет, он никогда их не видел. Но, боже мой, как они сюда попали? Неужели Володька?.. Но зачем? Почему?

Эксперт тем временем при помощи пинцета вытащил из одного конверта листок бумаги.

— Посмотрите, Вячеслав Петрович, — сказал Ольшанский, — вам знаком этот почерк?

— Нет, — твердо ответил Томчак.

— Это не почерк Стрельникова? Подумайте как следует, посмотрите внимательно.

— Я уже сказал — нет. Я впервые это вижу. И потом, как Володя мог писать эти письма? С тех пор как он познакомился с Милой, они и не расставались, насколько мне известно. Зачем бы он стал писать ей?

— Действительно, зачем, — усмехнулся Коротков. — Ладно, посмотрим, кем эти письма подписаны. Вот это писал некто Бакланов Сергей. Кто такой Бакланов?

— Понятия не имею, — пожал плечами Томчак.

— Так, вот это письмо от гражданина Лопатина Николая Львовича. И этого не знаете?

— Нет, не знаю.

— А вот это от гражданина Дербышева. Тоже не слыхали?

— Нет.

— Что ж, Вячеслав Петрович, будем подводить итоги. Ваш друг Стрельников привез и спрятал у вас на даче переписку своей невесты с некими

посторонними мужчинами. Вы как-нибудь можете это прокомментировать?

— Нет. Я ничего не понимаю... Как это произошло?

Томчак растерянно топтался посреди комнаты, переводя затравленный взгляд со следователя на Короткова.

— Ничем не могу вас утешить, — сухо ответил Ольшанский. — Я тоже пока мало что понимаю, кроме одного: Стрельников знал, что его невеста вела переписку с этими мужчинами, и по каким-то причинам хотел скрыть этот факт от следствия. А это уже достаточно веская причина, чтобы его подозревать.

Оставшись один, Вячеслав Томчак обессиленно сел на диван и закрыл лицо руками. Так вот зачем Володя приезжал на дачу! Спрятать письма. Мила до знакомства со Стрельниковым была шлюхой, шлюхой и осталась, правильно Любаша говорила, ничего не преувеличила. Володя нашел эти письма и не стал отдавать их следователю, не хотел, чтобы имя Милы смешивали с грязью после ее гибели. Но если он их нашел не после ее смерти, а раньше, значит, он знал... Значит, у него был повод для ревности. И для убийства... Да нет, чушь все это, не может этого быть! Не мог Стрельников убить Милу.

Приехал, наговорил кучу слов о дружбе и доверии, извинялся, обещал новую должность, а на самом деле ему нужно было просто спрятать письма... Гадость, какая гадость! А он, Томчак, слюни распустил, поверил. Помощь обещал. Дурак. Неужели Ларка права, они с Геной Леонтьевым смотрели Володьке в рот невидящими глазами, а он ими манипулировал, как манипулируют вещью, предметом обихода: когда нужно — достают из ящика и используют, а когда не нужно, то о ней и не вспоминают.

И все равно, Стрельников не может быть убийцей. А если все-таки?..

* * *

Звонок в дверь показался Любе оглушительно громким. Она была дома одна, родители на работе, и никого она не ждала. С трудом стряхнув с себя оцепенение, в котором она пребывала почти все время с тех пор, как умерла Мила, Люба поплелась к двери. Посмотрела в глазок и увидела приятное женское лицо.

— Кто там? — спросила она на всякий случай.

— Откройте, пожалуйста, — раздался голос из-за двери. — Я из общества евангелистов.

Люба торопливо открыла дверь. Все, что было связано с церковью, вызывало у нее доверие и какую-то почти болезненную тягу. Перед ней стояла молодая женщина с выражением бесконечного терпения на гладком округлом лице и с добрыми глазами.

— Простите за беспокойство, — сказала она, робко улыбаясь, — вы позволите задать вам несколько вопросов?

— Да, пожалуйста, — с готовностью откликнулась Люба.

— Верите ли вы в то, что Бог — един для всех?

— Да, — быстро ответила она.

— А как вы думаете, чем же тогда объяснить существование нескольких религий? Вы полагае-

те, что наш, христианский Бог, и, к примеру, Аллах, — это один и тот же Бог?

— Да, я думаю, что это так.

— Но ведь их учения совсем разные. И даже противоречат друг другу. Означает ли это, что одна из религий — правильная, а остальные — неправильные?

— Нет, — твердо сказала Люба, — все религии правильные. Просто они создавались в разных условиях, я имею в виду разную цивилизацию, культуру, да климат наконец! Каждая религия правильная для того народа, который ее исповедует.

— А вы сами веруете?

— Да.

— Тогда позвольте подарить вам наши книги. Вам будет интересно прочитать рассуждения теологов по этому поводу. Мы распространяем наши книги бесплатно, мы хотим, чтобы люди задумались, тогда, быть может, они обратятся к Христу и найдут в Его учении ответы на многие вопросы, которые их терзают.

Девушка протянула Любе две книжечки, одну совсем тоненькую, другую потолще, в ярко-красной обложке.

— Спасибо, — улыбнулась Люба, втайне радуясь, что непонятный и слишком сложный для нее разговор так быстро и легко закончился. Открывая дверь, она и не предполагала, что ей придется вести беседу о том, о чем она никогда, в сущности, не задумывалась и что ее совсем не интересовало. Она думала, что у нее будут просить пожертвования на бедных, сирых и нищих, и готова была дать денег, тем самым сделав хоть что-нибудь, чтобы вымолить у Него прощение. А оказалось, что ей предлагают чуть ли не теософскую дискуссию.

— Вы позволите мне зайти через несколько дней, чтобы узнать, понравились ли вам наши книги? Может быть, у вас появятся вопросы, которые мы могли бы с вами обсудить. Если содержание книг вас заинтересует, я с удовольствием приглашу вас на собрание нашего общества...

— К сожалению, вы вряд ли застанете меня, — торопливо сказала Люба. — Днем я обычно на работе и прихожу очень поздно. Сегодня вы меня совершенно случайно застали, у меня отгул.

— Очень жаль, — огорчилась девушка. — Простите за беспокойство и спасибо вам за беседу.

Люба с облегчением закрыла дверь и вернулась в комнату. Усевшись на диване, она стала рассматривать книги. Одна из них, красная, оказалась Новым заветом, вторая, тоненькая, называлась «Лучший подарок — жизнь» и имела подзаголовок «Евангелие от Иоанна». Она почувствовала, как внутри у нее все оборвалось. Лучший подарок — жизнь. Жизнь — самое лучшее, самое ценное, самое прекрасное, что Бог может подарить человеку. А она, Люба, посмела в этом усомниться и пожелать смерти другому человеку. Бог решил дать жизнь Миле Широковой. Он же не мог не видеть, какой стала эта жизнь и сколько страданий она причиняет другим людям, но не отнял ее у Милы, потому что на то была Его воля, его разумение. А Люба посмела своей волей изменить Его решение. Нет ей прощения...

Она читала наугад раскрытую книгу, и ей казалось, что с глаз спадает пелена. Не посторонние люди заставляют нас страдать по злому умыслу, нет, это Господь посылает нам испытания, чтобы мы закалились, укрепились духом, заглянули внутрь себя и увидели, что на самом деле важно и ценно, а что — ветхо и преходяще. Страдание очищает, и это означает, что посланное Им испытание призвано изменить нас, сделать нас лучше, сильнее, добрее. Господь наш все видит, в Его воле не допустить наших страданий, и если Он их допускает, значит, на то есть Его воля. Ему виднее, как правильно. Ему виднее, кому посылать эти испытания. Она испытания не выдержала, сломалась, пала духом и пошла по тому неверному пути, от которого всегда предостерегал Господь: по пути возмездия. Нельзя желать смерти другому человеку, ибо только Всевышний знает, кому давать жизнь и у кого и когда ее отнимать.

Нет ей прощения... Нет и быть не может.

Глава 6

Лариса Томчак сидела на полу посреди комнаты в квартире своего свекра и, поджав под себя ноги, листала очередной семейный альбом. Вокруг нее лежали пачки фотографий, а она все никак не могла выбрать самую лучшую. Недавно Томчак похоронил мать, подошло время ставить памятник, и Вячеслав Петрович попросил жену порыться в семейных фотографиях, в том числе и старых, и найти самый удачный снимок. Лариса к своей свекрови относилась всегда очень хорошо, искренне горевала, когда та скончалась, и теперь ей хотелось, чтобы на памятнике лицо матери мужа было именно таким, каким было в жизни: ласковым, постоянно готовым к улыбке и добрым.

В последние десять лет свекровь много болела, поэтому, несмотря на веселое выражение лица, выглядела она на фотографиях все-таки плохо. Лариса решила поискать более ранний снимок, когда свекровь еще была здоровой цветущей женщиной, модницей и хохотушкой. Постепенно перебирая снимки, Лариса добралась и до альбомов двадцатилетней давности, когда Слава, ее муж, учился в институте, а свекрови было чуть больше сорока пяти — самый расцвет зрелой женственности. В этом альбоме множество снимков лежало между страницами, и она старательно их просматривала. Какие они были молодые, и Слава, и Генка Леонтьев, и Стрельников! Все трое учились на одном курсе и очень дружили. Даже на фотографиях они почти всегда были вместе: на даче, на картошке, на студенческих вечерах, на военных лагерных сборах, на соревнованиях по волейболу... Веселые, улыбающиеся, беззаботные. Сейчас Слава уже совсем седой, Гена потерял почти всю шевелюру, лысиной сверкает, один только Стрельников по-прежнему хорош, не берут его годы.

Лариса прикрыла глаза и окунулась в воспоминания. Был момент, когда Стрельников ей больше чем нравился. Да что там душой кривить, влюблена была как кошка, взгляд его ловила, вздрагивала, когда слышала его голос. Она уже встречалась с Томчаком, но о замужестве речь тогда еще не шла, так, молодежное ухаживание. Как ей хотелось тогда, чтобы Стрельников «увел» ее от Томчака... Она даже не выдержала однажды и прямо намекнула ему на свои ожидания. А он? Ларочка, ты чудесная девушка, в иных обстоятельствах я был бы счастлив, но Славка — мой друг, и все остальное даже не обсуждается. Вот если он сам тебя разлюбит и бросит, тогда можно будет вернуться к этому разговору. Джентльмен. Друг. Томчак ее, конечно, не бросил и не разлюбил. Но и она после этого разговора остыла к Стрельникову. Лариса всю жизнь интересовалась только теми мужчинами, которые сами интересовались ею. Роль настойчивой завоевательницы ей никак не подходила. В ее отношении к Стрельникову не осталось ни капли обиды, в те годы романтизм юношеской дружбы казался ей совершенно естественным и даже как бы приподнял Володю в ее глазах. А заодно и самого Томчака: ну как же, если такой парень, как Володька Стрельников, дорожит дружбой со Славой, бережет ее и не хочет портить с ним отношения ради девушки, значит, сам Томчак — не пустое место в этой жизни. Короче, ситуация рассосалась к обоюдному удовольствию сторон.

Лариса снова взялась за фотографии. Внезапно одно из лиц на снимке привлекло ее внимание. Красивая рослая девушка с темными длинными волосами о чем-то увлеченно разговаривала с другой девушкой, пониже ростом, не замечая, как за ее спиной трое друзей строят страшные рожи и поднимают над ее головой плакат: «Плоды эмансипации». Лариса совершенно определенно видела когда-то эту девушку, и не просто видела, а разговаривала с ней о чем-то серьезном. Да, точно, это была она, и даже свитер на ней был тот же самый, она его хорошо помнит, белоснежный, длинный, с огромным вышитым на правой стороне груди цветком...

* * *

... Ей было тогда двадцать лет, она закончила медицинское училище и работала медсестрой в женской консультации. Врач-гинеколог Альбина Леонидовна, вместе с которой работала Лариса, была теткой грубой и бесцеремонной, к будущим матерям относилась с нежностью и заботой, а с теми, кто собирался прерывать беременность, обращалась по-хамски, как со скотиной, которая доброго слова не стоит.

Девушка в белом свитере с большим вышитым цветком пришла на прием в марте. Лариса помнила, что день был холодным, ветреным и дождливым. Волосы у девушки были мокрыми, видно, она шла без зонта, и даже за время ожидания в очереди они не успели просохнуть. Альбина безошибочно определила с первого же взгляда, что пациентка не относится к категории будущих матерей.

— Что у вас случилось? — неприветливо спросила она, открывая медицинскую карту.

— У меня, по-видимому, какое-то нарушение, — спокойно ответила девушка. — Месячные задерживаются.

— Когда была последняя менструация?

— В середине декабря.

— Половой жизнью живете?

— Нет.

— Сколько вам лет?

— Девятнадцать.

— Боли, недомогания?

— Голова болит и тошнота. А так ничего не беспокоит.

— Снимайте свитер.

Врач встала и начала прощупывать молочные железы пациентки.

— Раздевайтесь и на кресло, — хмуро скомандовала Альбина.

Девушка зашла за ширму и начала раздеваться. Альбина продолжала делать записи в карте, потом швырнула ручку на стол и пошла к креслу. Звякнули инструменты, потом до Ларисы донесся возмущенный голос врача:

— Что ты мне голову-то морочишь?

— Я не морочу, — растерянно ответила девушка. — У меня действительно какая-то задержка...

— Какая-то задержка у нее! — фыркнула Альбина. — Беременность у тебя, а не задержка. Тоже мне, девицу из себя корчить будешь. Ты что, в цирк пришла? Развлечений тебе надо? Кого ты обдурить-то хочешь?

— Да нет же, вы ошибаетесь. Беременности не может быть. Я никогда... Это, наверное, опухоль...

— Одевайся, — резко сказала врач. — И не учи меня. Уж как-нибудь опухоль от беременности я могу отличить. У тебя уже десять-одиннадцать недель.

Она как фурия вылетела из-за ширмы, уселась за стол и снова взялась за карту.

— Совсем обнаглели, — громко ворчала она, быстро делая записи, — врачей за полных дураков держат. Как же, никогда она... Святым ветром ей надуло. Развратничают небось прямо с детского сада, а потом удивляются, что задержка... Что за поколение растет, нет, я не понимаю, что это за поколение!

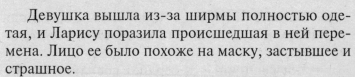

Девушка вышла из-за ширмы полностью одетая, и Ларису поразила происшедшая в ней перемена. Лицо ее было похоже на маску, застывшее и страшное.

— Это правда? — спросила она каким-то мертвым голосом. — Я действительно беременна?

— Нет, я пошутила, — огрызнулась Альбина Леонидовна. — Тебе же сказано: десять-одиннадцать недель. Русского языка не понимаешь? Садись, сейчас направление выпишу.

— Какое направление? — тупо спросила девушка.

— На анализы. Небось аборт будешь делать?

— Аборт? — повторила та, словно плохо понимая, что ей говорят.

— Ну да. Или рожать будешь?

— Не знаю.

Она встала и пошла к двери. Это было так неожиданно, что ни Альбина, ни Лариса слова сказать не успели. Первой пришла в себя врач.

— На, — сказала она, протягивая Ларисе бланки направлений на анализы, — догони ее и отдай. Так или иначе, анализы делать все равно нужно.

Лариса сорвалась с места и выскочила в коридор. Девушки нигде не было видно. Лариса добежала до крыльца и увидела ее, стоящую под дождем без пальто, оцепеневшую, с опущенными плечами.

— Послушай, — Лариса осторожно тронула ее за плечо, — ты что, в самом деле не знала?

Она молча покачала головой.

— Как же так могло получиться?

— Я знаю, — тихо ответила девушка. — Это было в Новый год. Мне пить совсем нельзя, я вроде

и не пьянею, а потом отключаюсь и засыпаю. И ничего не чувствую. Это могло случиться только тогда.

— Вот сволочи! — в сердцах воскликнула Лариса. — Ты хоть знаешь, кто это сделал?

Девушка снова покачала головой.

— Может, твой парень? — предположила медсестра. — Ты с ним Новый год встречала?

— Нет, в компании. У меня нет парня.

— Господи, бедная ты, бедная. Но все равно можно выяснить, кто. Ты же всех их знаешь, правда?

— Конечно. Они из моего института. Но я не буду ничего выяснять.

— Почему? Надо найти его и сказать...

— Нет.

Девушка сказала это так резко и твердо, что Лариса невольно осеклась.

— Ничего не нужно. Я не буду его искать.

— И ты это так оставишь? Тебя же изнасиловали, ты это понимаешь? Тебя лишили девственности, да еще и беспомощным состоянием воспользовались. Это же уголовная статья! Сегодня же пойди в милицию и напиши заявление, слышишь?

— Нет. Никуда я не пойду. Спасибо вам за участие. До свидания.

Она повернулась и пошла прочь.

— Погоди! — крикнула ей вслед Лариса. — Ты же без пальто!

Девушка молча вернулась в здание и через несколько секунд вышла на улицу уже в пальто. Так же молча прошла мимо Ларисы и исчезла за поворотом.

Вот и все. Как же ее звали? Нет, Лариса не вспомнит. Даже если обратиться в консультацию, то медицинскую карту теперь не найдешь. Столько лет прошло, карта наверняка уже уничтожена. Да и консультации этой скорее всего уже нет, за двадцать семь лет столько изменений всяких произошло...

Но трое молодых веселых студентов, один из которых стал мужем Ларисы, наверняка знают, кто эта девушка и где ее искать.

* * *

Немного поразмыслив, Лариса Томчак пришла к выводу, что все не так просто, как ей показалось с самого начала. Она была весьма хладнокровной женщиной и никогда не пыталась сама себя обманывать, поэтому быстро сообразила, что воспользоваться состоянием опьяневшей и крепко спящей девушки мог кто угодно в той новогодней компании, в том числе и один из троих друзей. Думать о том, что это мог сделать и сам Томчак, было неприятно, но исключать такую возможность Лариса не могла. Конечно, самым идеальным вариантом было бы точно установить, что это сделал Стрельников, вот тогда можно было бы наконец свернуть ему шею и расквитаться за все, что ей пришлось вытерпеть из-за его дружбы со Славой. Но как бы там ни было, спрашивать о девушке в белом свитере у мужа нельзя. Если несчастную девочку изнасиловал кто-то из троих друзей, толку от таких расспросов не будет, нечего и пытаться. Слава назовет ее имя только в том случае, если они ко всей этой истории отношения

не имеют и вообще не знают о ней. Надо бы все-таки постараться и вспомнить ее фамилию.

Лариса была уверена, что сможет вспомнить имя, если ей его назовут. Сколько лет было девушке? Она сказала — девятнадцать. Значит, второй-третий курс, скорее даже второй. А что, если попробовать узнать в институте? Она подумала, что в институте, как правило, дружат группами, значит, девушка скорее всего училась в одной группе со Славой, Геной и Володей. Уже легче. Только вот дадут ли в институте такую справку? Списки студентов хранятся в архиве, и мало кто захочет за просто так копаться в старых пыльных бумагах.

Купив огромную коробку конфет и бутылку дорогого коньяка, она отправилась в деканат института, который в 1972 году закончили Томчак, Леонтьев и Стрельников. Получить нужную информацию оказалось вовсе не так сложно, как она предполагала, конфеты и коньяк оказались действеннее самых слезных и красноречивых просьб, и уже часа через два Лариса получила список студентов того курса, на котором в 1969 году училась ее муж. Она хорошо подготовилась к походу в деканат и заранее подумала о том, что девушка могла и не заканчивать институт вместе со всеми, если решила рожать ребенка и брала академический отпуск. Поэтому спрашивать следовало не списки выпускников, среди которых ее могло и не оказаться, а более ранние списки, например, второго или даже первого курсов. Кроме того, Лариса по собственному институтскому опыту знала, что если на последнем курсе начиналась специализация, то группы переформировывались, и студенты, первые три или четыре курса

отучившиеся в одной группе, на последнем году обучения оказывались в разных группах.

Получив требуемые списки и отыскав глазами знакомые фамилии, Лариса убедилась, что все трое друзей — Томчак, Леонтьев и Стрельников — учились в группе номер четыре, и стала внимательно вчитываться в женские имена. Имя девушки в белом свитере вспомнилось легко, как только Лариса наткнулась на фамилию Цуканова. Да, конечно, именно Цуканова. Надежда Романовна Цуканова. Еще тогда, двадцать семь лет назад, она отметила про себя, что зовут пациентку так же, как директора медучилища, которое заканчивала сама Лариса, та тоже была Надеждой Романовной.

Значит, Цуканова Надежда. Что ж, уже легче. Фамилия не очень распространенная, год рождения есть, имя-отчество тоже. Можно попытаться. Конечно, очень не хочется, чтобы виновником той некрасивой истории оказался Томчак. Может быть, лучше вообще не знать об этом? Они прожили в браке двадцать четыре года, прожили хорошо, почти без ссор, правда, детей не было, но все равно брак их был крепким, устойчивым и по-человечески теплым... Стоит ли рисковать всем этим ради призрачной надежды «удавить» ненавистного Володю Стрельникова?

Стоит, решила Лариса. Всегда лучше знать правду.

* * *

Письма, обнаруженные на даче у Томчаков, привели следователя Ольшанского в полное изумление. Это была не любовная переписка, а скорее, так сказать, ознакомительная.

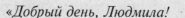

«Добрый день, Людмила!

Ваш адрес мне дали в агентстве «Купидон». Несколько слов о себе: мне 42 года, я был когда-то женат, но неудачно, детей у меня нет. Всю жизнь я искал женщину, которая соответствовала бы моему идеалу: ласковую, спокойную в жизни, но необузданную в любви. К сожалению, мне пока не везло, но я надеюсь, что встреча с вами станет праздником, которого я так долго ждал. В агентстве мне сказали, что вы хотели бы познакомиться с мужчиной не моложе 35 лет, который готов к сексуальным экспериментам. Хочу верить, что этим вашим требованиям я полностью отвечаю. Посылаю вам свою фотографию. Теперь решение за вами.

Николай Лопатин».

Два других письма были точно такими же по содержанию, отличаясь только некоторыми деталями и подписью.

— Ничего себе, — присвистнула Настя, когда Ольшанский показал ей письма, вернее, их ксерокопии, потому что сами письма находились на экспертизе. — Выходит, мадемуазель Широкова пользовалась услугами брачного агентства. Интересно, зачем? Судя по рассказам ее знакомых, она не страдала от отсутствия внимания со стороны мужчин. Скромницей она тоже не была, и на такое внимание всегда с готовностью откликалась. Может, ей замуж очень хотелось, а никто не брал, все только постелью ограничивались?

— Может быть, — кивнул Ольшанский, — если бы не одно «но». Посмотри на дату письма, которое прислал некто Дербышев.

Настя взяла письмо, и брови у нее полезли

вверх. Письмо было датировано сентябрем. К этому времени Мила Широкова уже жила со Стрельниковым и даже была обвенчана с ним.

— Ничего не понимаю. Неужели она была настолько не уверена в своих отношениях со Стрельниковым, что готовила запасные варианты?

— Вот и я о том же. Ты вдумайся: Стрельников ради Широковой за каких-нибудь два-три месяца делает то, чего не сделал за два года ради Любы Сергиенко: подал на развод с женой Аллой Сергеевной и затеял венчание, пусть и чисто символическое и бессмысленное с точки зрения гражданского права, но все-таки чрезвычайно значимое с точки зрения души. Это ли не свидетельство серьезности его намерений? Дальше уж, по-моему, просто некуда. А Широковой все неймется. Как ты это объяснишь?

Настя задумчиво покрутила в руках письмо и осторожно положила его на стол перед следователем. Ей хотелось закурить, но она знала, что у Ольшанского от табачного дыма болит голова, и сдерживалась. Впрочем, Константин Михайлович почти всегда бывал снисходителен к ее слабостям и курить все-таки разрешал, предварительно открыв настежь окно, даже если на улице был двадцатиградусный мороз. «Согреться потом проще, чем избавиться от головной боли», — говорил он в таких случаях.

— У меня есть два варианта, — осторожно начала Настя, с вожделением поглядывая на стоящую на подоконнике пепельницу. — Первый: Широкова знала, что ее отношениям со Стрельниковым что-то угрожает, что-то достаточно серьезное, и эти отношения могут в любой момент пре-

рваться, поэтому на всякий случай не оставляла попыток найти себе подходящего мужа через брачное агентство. Мне этот вариант нравится хотя бы потому, что эта неизвестная нам с вами угроза вполне могла быть причиной убийства Широковой.

— А второй вариант?

— Второй — совсем дурацкий, мне даже говорить неловко, поэтому я лучше сначала его проверю.

— Анастасия, — сердито произнес Ольшанский, — на заре нашего с тобой знакомства я, помнится, ясно тебе объяснил, что утаивать информацию от следователя нельзя. Объяснил?

— Объяснил, — понуро подтвердила Настя.

— И о том, что никогда не буду работать с оперативником, который пытается объехать меня на хромой козе, предупреждал?

— Предупреждал.

— Так что же ты дурака валяешь?

— Я торгуюсь с вами, а не валяю дурака. Вы что, не поняли?

Ольшанский звонко расхохотался, сняв очки и сжав пальцами переносицу. В этот момент Настя в очередной раз подумала, как же это мужчина с таким привлекательным лицом, большими глазами и ровными белыми зубами ухитряется всегда выглядеть затюканным недотепой в вечно мятом костюме. Чудеса какие-то!

— Ну и чего же ты хочешь, торговка базарная? — спросил он, отсмеявшись.

— Закурить.

— Да кури, черт с тобой. Говори, что за второй вариант?

— Я думаю, что у Широковой был слишком большой сексуальный аппетит, поэтому ей постоянно нужны были мужчины. Сначала она трахалась со всеми подряд без оглядки, а потом что-то случилось. Что-то такое, что ее остановило. Короче, она стала бояться случайных знакомств. Может быть, заразу какую-нибудь подцепила или на откровенного подонка нарвалась. Вот и стала искать знакомства через агентство. Это все-таки надежнее, можно к человеку хоть чуть-чуть присмотреться, да и адрес его в агентстве есть, случись что. Понимаете? Она искала не мужа, а партнеров по постели, поэтому сам факт венчания со Стрельниковым никакого значения не имел. Даже выйдя за него замуж, она продолжала бы делать то же самое. Я, Константин Михайлович, другого не понимаю.

— Чего же, интересно?

— Зачем Стрельников хранил эти письма и даже спрятал на даче у Томчака? Почему не уничтожил их? Это ведь и проще гораздо, и безопаснее.

— Значит, эти письма ему нужны.

— Для чего?

— Ну мало ли... Например, шантажировать этих мужиков.

— Господи, да чем же тут можно шантажировать? Что предосудительного в попытках найти себе жену через брачное агентство?

— Не знаю, Анастасия, не знаю. Я только высказываю предположение. А твоя задача — найти этих женихов и посмотреть на них повнимательнее. Задание понятно? Все, красавица, бегом — марш!

Настя с тяжелым вздохом поднялась из-за стола, закрыла окно, натянула куртку и отправилась выполнять задание следователя. Разумеется, не бегом. Бегать Анастасия Каменская не умела и учиться категорически отказывалась.

* * *

Николай Львович Лопатин, подвижный, энергичный и совершенно не похожий на собственную фотографию, встретил Юру Короткова радушно и с готовностью ударился в воспоминания об очаровательной сексуальной Милочке, с которой он два раза встречался в июле нынешнего года. Юру даже покоробила такая открытость. Ну ладно, не можешь ты самостоятельно найти себе женщину, пользуешься услугами агентства — это, в конце концов, твое личное дело. Но откровенничать с совершенно посторонним человеком, пусть даже и сыщиком с Петровки...

— Получив ее адрес в «Купидоне», я написал ей. И через неделю примерно получил ответ, в котором Милочка выразила готовность встретиться и указала свой телефон. Я позвонил, мы встретились... Ну и все.

— Она вам понравилась?

— Очень, очень понравилась. Но только в первый раз.

— Вот как? — заинтересовался Коротков. — А во второй?

— А во второй — уже нет. Поэтому мы больше и не встречались.

— Что же вам не понравилось, Николай Львович?

— Она была чрезмерно... Как бы это сказать... Требовательна в постели. Да, я указал в своем письме, что готов к сексуальным экспериментам. Но, заметьте себе, именно к экспериментам, а отнюдь не к излишествам. Отнюдь. Вы понимаете разницу между экспериментом и излишествами?

— То есть вы хотите сказать, что Широкова требовала от вас больше, чем вы реально могли ей предложить? — уточнил Коротков.

— Вот именно. Знаете формулу идеальной жены? Леди в гостиной, кухарка на кухне и проститутка в постели. В первый раз мне показалось, что Милочка как раз такая, а во второй раз я понял, что, кроме постели, ее ничто не интересует. Разумеется, я мог поднапрячься и удовлетворить все ее запросы, но что потом? Ни леди в гостиной, ни кухарки на кухне. Я ищу жену, а не любовницу. Вы понимаете?

— Кажется, да, — кивнул Коротков. — А вы ей понравились?

— Естественно, нет! — фыркнул Лопатин. — То есть опять-таки в первый раз мы расстались вполне довольные друг другом, а во второй раз я ясно дал ей понять, что рассчитываю не только на постель. Предложил ей сходить в театр. Вы бы видели, какое отвращение было у нее на лице! Бог мой, как будто я предлагал ей провести ночь на кладбище или перестирать годовой запас грязного белья. Конечно, в постели она была хороша, что и говорить, но я, знаете ли, уже не в том возрасте, чтобы уделять сексу столько внимания.

— Погодите, Николай Львович, но вы же сами писали в своем письме, что всю жизнь искали женщину, необузданную в любви.

— Необузданность в любви для меня подразумевает качество, а не количество. Я люблю хороший секс, изобретательный, долгий, но этого, скажем так, сеанса мне хватает на неделю. А Милочке это было неинтересно, она любила быстрый секс, простенький, без затей, но зато часто. У нее желание возникало каждые два-три часа. Понимаете разницу?

— Николай Львович, а вас не удивило, что такая привлекательная молодая женщина не может устроить свою жизнь и вынуждена обращаться к профессиональным свахам?

— Нет, ничуть не удивило! Ничуть! Я, знаете ли, пользуюсь услугами «Купидона» уже три года и могу вам сказать, что большинство неустроенных женщин как раз и есть молодые и привлекательные. Уж не знаю, почему так получается, но это факт. Видели бы вы, с какими красотками я встречался по рекомендации «Купидона»! Кинозвезды, фотомодели! А вот поди ж ты... Мужа найти не могут.

— Давайте уточним, — терпеливо сказал Юра, который уже понял, что больше всего на свете Николай Львович Лопатин любит говорить о себе. — Из разговоров с Широковой вы ясно поняли, что она ищет мужа? Или, может быть, она искала партнеров для легких, ни к чему не обязывающих отношений?

— Не могу вам сказать. У нас и разговоров-то практически не было. Один сплошной секс.

— Значит, она ничего вам о себе не рассказывала?

— Ничего.

— И вы не спрашивали?

— Спрашивал. Но не очень настойчиво. Вы же понимаете, всего две встречи и много секса...

Такое настойчивое упоминание обильных сексуальных упражнений, на которые оказался способен Лопатин, заставило Короткова мысленно усмехнуться. Не так уж, видно, силен Николай Львович, больше помечтать горазд. Однако, похоже, что Людмила Широкова и в самом деле мужа себе не искала. Иначе в театр обязательно пошла бы.

* * *

Отправитель второго письма, Сергей Бакланов, оказался полной противоположностью разговорчивому Лопатину. Сутуловатый, высокий, с хмурым лицом, разговаривал он неохотно, и каждое слово приходилось из него буквально клещами вытаскивать. Номер абонентского ящика Людмилы Широковой он тоже получил в «Купидоне», написал ей, оставил свой телефон. Встречались они только один раз, у него дома, и после этого он Милу больше не видел. Она обещала позвонить, но ни разу не позвонила. Более того, Сергей написал ей не меньше десятка писем с просьбой о встрече, красивая и раскованная в постели молодая женщина ему очень понравилась, но ответа так и не дождался. Коротков понял, что этот жених Милу разочаровал, потому она и телефон свой ему не оставила, чтоб не доставал настойчивыми звонками. А письма, приходящие на абонентский ящик, просто-напросто выбрасывала.

Но самым ошеломляющим оказался результат встречи с автором третьего письма, Виктором Дербышевым.

— Я никогда не встречался с этой девушкой, — решительно заявил он. — И никогда ее не видел.

— Но вы пользуетесь услугами агентства «Купидон»? — на всякий случай уточнил Коротков, подумав, что, может быть, произошло недоразумение и он вместо нужного ему Виктора Дербышева нарвался на однофамильца с похожей внешностью.

— Да, я пользуюсь услугами этого агентства.

— Давали ли вам в этом агентстве номер абонентского ящика Людмилы Широковой?

— Нет, не давали. Я никогда не слышал этого имени.

— Вспомните, Виктор Александрович, вспомните как следует. Людмила Широкова, красивая блондинка. Это было совсем недавно, в сентябре.

— Да не было этого, сколько можно повторять! Вы что, русского языка не понимаете?

Коротков молча вытащил из папки копии письма и вложенной в него фотографии, на которой был запечатлен, несомненно, Дербышев собственной персоной.

— Вы писали это письмо?

Дербышев нетерпеливо схватил листок и фотографию, потом поднял на Короткова недоумевающий взгляд.

— Я никогда этого не писал.

— А почерк ваш?

— Почерк? Да... Кажется... Очень похож на мой. Пожалуйста, вы можете проверить...

Он схватил чистый лист бумаги и начал торопливо писать. Да, почерк действительно казался точно таким же. Но это еще экспертиза должна посмотреть, мастера менять и подделывать почерк такие бывают, что вам и не снилось. Может быть, письмо написал и не Дербышев, просто кто-то подделал его почерк. А может быть, письмо написал он сам, а сейчас нарочно меняет стиль написания букв. Все может быть.

— А фотография? — спросил Коротков. — Вы себя на ней узнаете?

— Да, — растерянно кивнул Дербышев. — Это я.

— Ну и что же у нас с вами получается, Виктор Александрович?

— Не знаю... Я ничего не понимаю.

— Вам придется поехать со мной, — вздохнул Коротков.

— Зачем?

— Сами видите, ситуация у нас с вами непонятная складывается. Убили девушку, мы находим адресованное ей письмо, подписанное вашим именем и даже с вложенной в него вашей фотографией, а вы утверждаете, что никогда этого письма не писали. Придется разбираться.

— Но я не могу сейчас ехать с вами! — возмутился Дербышев. — Я занят, я, между прочим, нахожусь на службе, у меня неотложные дела, у меня назначены важные встречи... Я никуда с вами не поеду.

— Я тоже на службе, — устало ответил Коротков, который не мог уже вспомнить, когда в последний раз ел хоть что-нибудь. От голода и усталости начал болеть желудок, надо бы таблетку принять, а лучше — поесть. Да разве тут поешь, с этими женихами, которых приходится по всей Москве отлавливать. — И у меня тоже важные дела и неотложные встречи со свидетелями, которые могут пролить хотя бы слабый свет на убийство молодой женщины. Поверьте, Виктор Александрович, я с огромным удовольствием пришел бы сейчас домой, поел и лег спать. Неужели вам безразлично, что кто-то воспользовался вашим именем и вашей фотографией с непонятными и, вполне вероятно, преступными целями? Если вам наплевать на смерть молодой женщины, то подумайте хотя бы о себе. Рядом с вами ходит некто, кто в любой момент может нанести вам удар в спину. Не боитесь?

— Ладно, — зло сказал Дербышев, поднимаясь из-за стола и натягивая плащ, — поехали.

* * *

Брачное агентство, а точнее, бюро знакомств «Купидон» располагалось в самом конце проспекта Мира на территории огромного автокомбината, который пришел в упадок и сдавал свои площади в аренду множеству коммерческих структур. Пройти в здание оказалось не так-то просто, внизу сидели двое охранников в форме и на Настино служебное удостоверение никак не отреагировали, потребовав, чтобы за ней непременно спустился кто-нибудь из той фирмы, в которую она пришла. Они были абсолютно убеждены, что женщина с милицейским удостоверением явилась в «Купидон», чтобы найти мужа, а вовсе не по служебным делам, и никакого исключения из правил ради нее не сделали. Настя бесцельно слонялась по просторному холлу, пока наконец за ней не пришли.

«Купидон» занимал всего две комнаты. В одной стоял компьютер и было множество железных картотечных шкафов, а другая, обставленная дешевой, но приличной с виду мягкой мебелью, предназначалась, по всей видимости, для разыгрывания спектакля «Задушевная беседа с целью как можно лучше понять клиента». Женщина, спустившаяся за Настей и проводившая ее в помещение агентства, оказалась одновременно владельцем фирмы и ее единственным сотрудником. Звали ее Тамарой Николаевной, и вид у нее был не очень-то преуспевающий, хотя Настя и понимала, что это может быть лишь видимостью.

— Чем могу быть полезной уголовному розыску? Неужели с кем-то из моих подопечных случилась неприятность?

— И еще какая, Тамара Николаевна. Одна из женщин, пользовавшихся вашими услугами, убита. Поэтому мне хотелось бы узнать о ней все, что можно.

— Понятно, — спокойно ответила владелица агентства. — О ком идет речь?

— Людмила Широкова. Вы, наверное, не помните всех своих клиентов наизусть...

— Верно, но Милу я помню очень хорошо. Ее трудно не запомнить.

— Вот как? Что же в ней такого выдающегося?

— Мое агентство существовало в основном за ее счет, — скупо улыбнулась Тамара Николаевна, — если вам понятно, что я имею в виду.

— Нет, мне непонятно.

— Мила Широкова была самой активной моей подопечной. Вы, может быть, удивлены, что я не ахаю и не охаю, но я всегда ждала, что рано или поздно это случится.

— Что случится?

— То, что случилось с Милой. Я читала о ее убийстве в газете. И в общем-то ждала, что вы придете ко мне. Она была ненасытной, недели не проходило, чтобы она не брала у меня новый адрес. Конечно, мне это было выгодно, ведь за каждого абонента я получаю деньги, но я неоднократно предупреждала ее, что нельзя так часто менять мужчин. До добра это обычно не доводит.

— Значит, вы уверены, что Широкова погибла из-за неразборчивости в связях?

— Конечно, — Тамара Николаевна удивленно взглянула на Настю, — а из-за чего же еще?

— Не знаю. Вы можете дать мне список абонентов, которых вы рекомендовали Широковой, и список тех, кому вы рекомендовали ее?

— Разумеется, все это есть в компьютере. Вас еще что-нибудь интересует?

— Меня интересует все. Все, что вы можете о ней рассказать. С самого начала. Каким образом вы познакомились?

— Самым обыкновенным. Она пришла в агентство.

— Что, прямо вот так, с улицы? Или кто-то порекомендовал ей воспользоваться вашими услугами?

— Не знаю. Она ничего не говорила о рекомендациях. Я постоянно даю рекламу в газетах, и люди ко мне приходят, в этом нет ничего необычного. Для того и существует реклама, чтобы дать знать о себе.

— Понятно. Людмила рассказывала вам о своих проблемах, говорила, что хочет найти мужа, который соответствовал бы определенным стандартам, да?

— И да, и нет. Она, конечно, говорила все это, но я видела, что она, мягко говоря, вводит меня в заблуждение.

— Да что вы?

— Видите ли, я — профессиональный психолог. Не думайте, что если я занимаюсь подбором пар для знакомства, то больше ничего в этой жизни не умею. То есть я хочу сказать, что именно это я как раз и умею делать достаточно профессионально. Если вы посмотрите процент знакомств, закончившихся браком, по разным агентствам, то смею вас уверить, моя фирма окажется далеко впереди всех остальных. Глядя на мою контору, этого не скажешь, верно?

— Пожалуй, — осторожно согласилась Настя. — Вид у вашего офиса действительно не очень презентабельный.

— Все очень просто. Здание автокомбината покупает один крупный банк, так что жить мне в этом помещении осталось от силы два-три месяца. Эта тягомотина с продажей здания и переездом тянется уже почти год, я живу практически на чемоданах, потому и ремонт не делаю, и новую мебель не покупаю.

Тамара Николаевна включила компьютер и начала искать сведения, которые были нужны Насте. Работала она быстро, и было видно, что эта грузноватая и не особенно холеная женщина обращается с электронной техникой легко и привычно.

— Вы разрешите мне позвонить?

— Пожалуйста, — откликнулась владелица бюро знакомств, не отрывая глаз от экрана монитора.

Телефон Гордеева был плотно занят, Настя

сделала четыре или пять попыток дозвониться до начальника, но безуспешно. Наконец Тамара Николаевна закончила формировать списки, и из жужжащего принтера стала выползать длинная лента распечатки.

— И все-таки, Тамара Николаевна, почему Людмила пользовалась вашей помощью? Я не могу этого понять. Ведь она вела весьма активную личную жизнь. Зачем ей нужны были еще и партнеры, которых вы ей подбирали?

Тамара Николаевна отвела глаза, но всего на несколько мгновений.

— Да, вы правы, все было несколько иначе. Меня этот вопрос тоже заинтересовал. И дело тут вовсе не в том, что Мила была молодой и очень красивой, таких клиенток, как она, у меня более чем достаточно. Но у них у всех есть некий дефект характера, понимаете? У кого-то застенчивость, у кого-то замкнутость и неумение знакомиться. Некоторые не могут найти себе мужчину из-за образа жизни, который ведут, например, работают в чисто женском коллективе, много времени тратят на дорогу от дома до работы и поэтому фактически не видят в жизни ничего, кроме служебного помещения, общественного транспорта и родной квартиры. Им и познакомиться-то с мужчиной негде. У всех по-разному. И у Милы была своя причина. Правда, я узнала о ней далеко не сразу.

— И что это за причина?

— Ее избили и ограбили. До этого прискорбного случая она легко и не задумываясь вступала в отношения со всеми, кто ей нравился, знакомилась на улице, в метро — да где угодно. И однажды привела к себе домой случайного партнера, который связал ее, избил, заткнул рот кляпом и вынес из квартиры все деньги и ценности. После этого она и решила прекратить такие знакомства. Испугалась очень. С теми мужчинами, которых я ей рекомендовала, было намного безопаснее, потому что у меня есть их адреса и паспортные данные. А того мерзавца и найти-то невозможно было, она даже имени его не знала. То есть он какое-то имя, конечно, назвал, но ведь наверняка не настоящее. А про фамилию и говорить нечего.

— Тамара Николаевна, неужели все ваши клиенты действительно хотят вступить в брак?

— Чем вызван ваш вопрос?

— Ну, у меня сложилось впечатление, что они в основной своей массе ищут не супруга, а человека для души. Любовника или любовницу, одним словом. Я не права?

В комнате повисло молчание, прерываемое только жужжанием принтера. Потом Тамара Николаевна слегка улыбнулась.

— Вы правы. Но это касается не только моего агентства. Это повсеместная практика. Как ни странно, есть достаточно большое количество мужчин, которые не могут найти себе подходящих женщин в своем окружении. Можно долго рассуждать о причинах этого явления, но поверьте мне, это именно так. Они хотят строить какие-то романтические отношения, ухаживать, заниматься любовью, это ведь так по-человечески понятно. Далеко не все из них стремятся к браку, но иметь устраивающую их женщину хотят все. Это нормально. Это закон природы. Заметьте себе, процедура знакомства через посредника, то есть в данном случае через меня, подходит для этого как нельзя лучше. Встретились, посмотрели друг на друга, не понравилось — разошлись. И все. Никаких обид и претензий. А попробуй так легко обойтись с женщиной, с которой знакомишься сам, да еще в своем окружении. Есть общие знакомые или ежедневные встречи на работе, и из быстро возникшей связи уже так просто не выберешься. Это психологически совсем другая ситуация, намного более тяжелая и болезненная. Ведь не случайно мы никогда не даем нашим клиентам номера телефонов рекомендуемых партнеров. Это железное правило, абсолютно непреложное. Мы даем только номер абонентского ящика. Хочешь — напиши. Пошли свою фотографию. Если твое письмо и внешность заинтересовали контрагента — он тебе ответит. Тоже письменно и тоже на абонентский номер. Бывает, такая переписка длится месяцами, пока люди не решат, что, пожалуй, можно и встретиться. А бывает, что прерывается на первом же письме. Но мои клиенты гарантированы от того, что человек, который им не подходит, будет обрывать их телефон. Разве при непосредственном знакомстве такое возможно? Там все сразу начинается с телефонного номера или с домашнего адреса, и потом люди не знают, куда деваться от этого.

— Разумно, — согласилась Настя. — Надо ли понимать так, что те мужчины, которых вы рекомендовали Широковой, тоже не стремились к брачным узам?

— Конечно. Зачем же создавать заведомо негодные знакомства? Милочкин номер я давала только тем, кто искал себе подругу, а не жену.

Вот, пожалуйста. — Она выдернула из принтера длинную бумажную ленту, которая тут же свернулась в рулон. — Здесь список тех, кому я давала ее номер, и список тех, чей номер я давала Миле. Еще что-нибудь нужно?

Настя быстро глянула в списки. Они были составлены в алфавитном порядке, и она сразу увидела, что номер Виктора Дербышева был в списке тех, кого рекомендовали Людмиле Широковой для романтического знакомства. И дата стояла: август 1996 года. Неужели Дербышев говорит неправду? Зачем? Должен же был понимать, что все это можно проверить в «Купидоне», и ложь так или иначе обнаружится. Она покрутила рулон и нашла второй список: клиенты, которым давали номер Широковой. Среди них фамилии Дербышева не оказалось.

— Тамара Николаевна, у вас информирование клиентов идет взаимное? Или вы кому-то даете номер абонентского ящика, например, номер той же Широковой, а с самой Широковой это никак не согласовываете?

— Когда как, — пожала плечами профессиональная сваха. — Зависит от пожелания клиента. Например, у меня стоит на учете женщина, которая хотела бы познакомиться с мужчиной, имеющим дачу или вообще живущим за городом. Она любит возиться с садом-огородом и мечтает жить на природе чуть ли не круглый год. Как только появляется клиент-мужчина, соответствующий этому требованию, я даю ему номер ее абонентского ящика, но ее в известность не ставлю, чтобы не будить напрасных надежд. Может быть, он

номер возьмет, деньги заплатит, а писать не станет. Так чтобы не ждала зря.

— А с Широковой как было?

— По-разному. Я достаточно часто давала ее номер мужчинам, потому что большинство все-таки хочет, чтобы женщина была молодая и привлекательная. На нее спрос был высокий. И ей не сообщала. Зачем? Получит письмо — сама разберется. Но поскольку Милочка была активной клиенткой, для нее я делала некоторые исключения.

— Например?

— Например, если появлялся мужчина, ну, скажем, особо интересный, то я в первую очередь давала его номер ей. Понимаете?

— Не совсем. Я плохо ориентируюсь в вашей механике.

— Да что ж тут сложного? Обычные законы конкуренции. Кто первый — тот и прав. Кто не успел — тот опоздал. Если я даю клиенту сразу три номера, то еще большой вопрос, с кем из трех кандидаток он встретится в первую очередь. Поэтому если кто-то из женщин у меня на особом положении, я сначала даю только ее номер, а потом уж, если с ней не складываются отношения, даю номера остальных. А в некоторых случаях, как, например, с Милой, я вообще не даю сразу такому мужчине никаких номеров, чтобы не зависеть от его сиюминутного настроя. А вместо этого даю его номер Милочке. Тут уж я уверена, что она ему непременно напишет. Ну а дальше — как сложится. Теперь понятно?

— Да, теперь более или менее понятно. Вот у вас тут написано, что вы давали Широковой номер некоего Виктора Дербышева. А Дербышеву вы Милу не рекомендовали. Это как раз такой случай?

— Конечно. Давайте-ка посмотрим карточку, чтобы было нагляднее.

Тамара Николаевна выдвинула один из картотечных ящиков, порылась в нем и достала карточку из плотного картона, на которую была приклеена фотография.

— Вот, пожалуйста, взгляните. Красавец мужчина, менеджер фирмы, торгующей недвижимостью. Холост. Состоятелен. Требование только одно — внешняя привлекательность и молодость партнерши. Представляете, сколько дамочек хотело бы познакомиться с ним? Конкуренция была бы бешеная. Поэтому в первую очередь его номер попал именно к Миле. А уж если бы у них не срослось, тогда я рекомендовала бы ему других клиенток. Но ему я ни одного номера не дала бы, пока все мои подопечные, которые у меня находятся на особом положении, не попытали бы своего счастья.

— А кто может оказаться у вас на особом положении? Что для этого нужно?

— Нужно мне понравиться. Что, цинично звучит? Что ж, расценивайте это как вам угодно. Видите, я с вами предельно откровенна. Есть женщины, которым я искренне хочу помочь и потому выделяю из всех остальных. А есть женщины, которые оставляют меня равнодушной. Есть по-настоящему несчастные и неудачливые, а есть просто щучки-потребительницы. Я ведь не механически выполняю свою работу, а стараюсь вникнуть во внутренний мир своих клиентов.

— Дербышев давно является вашим клиентом?

— Нет. Видите, на карточке стоит дата его первого обращения — август этого года. До этого, насколько я знаю, он пользовался услугами других агентств.

— И Широкова была первой, кому вы дали его номер? — уточнила Настя.

— Совершенно верно.

— А потом что? Они встречались?

— Не знаю. Но я честно выдержала паузу, как и обещала Милочке. Две недели я никому не давала его номер, чтобы Мила успела написать ему и получить ответ. Потом, конечно, рекомендовала его другим клиенткам.

— Что ж, Тамара Николаевна, спасибо вам за разъяснения. Можно я еще раз позвоню?

— Конечно, конечно, звоните.

Настя снова набрала номер Гордеева. На этот раз долго не снимали трубку. Наконец она услышала усталый, раздраженный голос начальника.

— Виктор Алексеевич, это я.

— Где тебя носит?

— Я в «Купидоне», по делу Широковой. Мне возвращаться на Петровку или можно ехать домой?

— Езжай немедленно на улицу Шверника к Сергиенко. Ольшанский и Игорь Лесников уже там.

— Что случилось?

— Самоубийство.

Глава 7

Подъезжая на такси к дому, где жила семья Сергиенко, Настя увидела и милицейские машины, и карету «Скорой помощи», и старенькие голубые «Жигули» следователя Ольшанского. На лестничной площадке перед квартирой было не протолкнуться, любопытствующие соседи атаковали дверь в надежде увидеть или услышать хоть кусочек чужого горя, пусть даже только запах мимолетный его ощутить, чтобы с облегчением вздохнуть потом и перевести дух: не у меня, у других случилось, а у меня все в порядке, меня Бог миловал.

Бесцеремонно растолкав сгрудившихся возле двери соседок, Настя вошла в квартиру и сразу же наткнулась на толстого говорливого пожилого судмедэксперта Айрумяна.

— О, вот и рыбка моя вуалехвостая приплыла, — загудел, как обычно, Айрумян, дружески тыкая Настю локтем в бок, так как руки в специальных перчатках держал на весу.

Настя поняла, что старик Гурген закончил осмотр тела и шествует в ванную «размываться». Она воровато оглянулась и, убедившись, что никто из коллег ее не видит, юркнула в ванную следом за ним.

— Гурген Арташесович, — зашептала она, — ну что там?

— А, от любопытства умираешь, птичка моя пестрокрылая. Открой-ка мне воду, не хочу в перчатках за краны браться. Ну что тебе сказать, попугайчик мой, повесилась наша девушка Люба Сергиенко. На первый взгляд вполне самостоятельно это проделала, следов насилия я не обнаружил поверхностным осмотром. Конечно, надо будет анализы сделать, может, ей препарат какой-нибудь мощный подсунули, после которого и насилие-то не нужно было. Посмотрим. А так пока

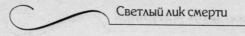

все чисто. И записочка предсмертная наличеству-ет, все как у больших.

— И что в записке?

— Ничего особенного. Простите, дескать, ви-новата, больше не могу, сил нет, и все в таком ду-хе. Обычный текст. Там твой приятель Зубов кол-дует, сходи посмотри на его кислую физиономию. Если ты, кошечка моя пушистая, когда-нибудь найдешь мой хладный труп с признаками насиль-ственной смерти, то знай: это сделал эксперт-криминалист Олег Зубов. Других подозреваемых даже не ищи.

Настя тихонько хмыкнула. Действительно, трудно было представить себе людей более несхо-жих. Гурген Арташесович, что называется, рта не закрывал, ухитряясь балагурить и шутить посто-янно, даже во время осмотра трупа. Никто никог-да не видел его в плохом настроении, грустным, подавленным или молчаливым. Что бы в его жиз-ни ни случалось, Айрумян «держал стойку», улы-бался и шутил, обильно пересыпая свою речь раз-личными ласковыми и уменьшительными обра-щениями. Что же касается Олега Зубова, то он был полной противоположностью толстому по-жилому армянину, вечно хмурился и ворчал по любому поводу. И если Айрумян кислую мину Олега воспринимал весело и делал из нее повод для постоянных шуток, то Зубов шуточек судеб-ного медика не переносил совершенно, начинал моментально раздражаться и злиться, чем ввергал Гургена Арташесовича в еще большее веселье. Хо-рошо еще, что встречаться обоим экспертам при-ходилось далеко не каждый день.

Выйдя из ванной, Настя быстро подошла к

Ольшанскому. Тот сидел на краешке дивана, медленно листая какую-то книжку в глянцевой яркокрасной обложке.

— Добрый вечер, Константин Михайлович.

— А, привет, — рассеянно кивнул следователь. — Тебя тоже дернули?

— Нет, я сама. Была в «Купидоне», разговаривала с владелицей, потом позвонила Гордееву, чтобы доложиться. Он и сказал про Любу. Что здесь произошло?

— Мать пришла с работы и застала такое вот зрелище. Где-то через полчаса отец появился. Жена без сознания на полу лежит, дочь в петле висит. В общем, весело. Мать Любы уже увезли в больницу, там, судя по всему, дело очень неважно. Отец — ничего, держится молодцом. Он сейчас на кухне, с ним ваш Лесников общается. Тело в соседней комнате, там Зубов работает. Я ему все указания дал и решил над душой не стоять.

— Что, принципами поступаетесь? — насмешливо поддела его Настя.

— Никогда, — коротко ответил Константин Михайлович. — Устал я сегодня, ноги гудят, стоять не могу.

— А-а, — сочувственно протянула она.

Всем было давно известно, что следователь Ольшанский разбирается в криминалистике ничуть не хуже любого эксперта. За это его можно было бы уважать, если бы не одно «но»: Константин Михайлович не доверял профессионализму своих коллег, поэтому давал им самые подробнейшие указания и инструкции и все время стоял над душой, следя, чтобы эксперты все делали так, как надо. Такая манера возмущала, злила, приводила экспертов в бешенство. Ни один из них не смог бы сказать, что следователь Ольшанский криминалистики не знает и несет полную чушь, нет, все, что говорил Константин Михайлович, было не просто правильным, оно соответствовало новейшим достижениям науки и передовому практическому опыту. Но эксперты и сами все это знали... Конечно, были среди криминалистов и отъявленные невежды и халтурщики, не имеющие соответствующей подготовки, балбесы и самоучки, были такие, кто ж с этим спорит, но ведь не все же поголовно! Нарвавшись когда-то несколько раз на дела, проваленные из-за неграмотности экспертов, Ольшанский решил не упускать эту часть расследования из собственных рук и перенес с тех пор строгий надзор за экспертами на все дела без разбора, не обращая внимания на личности. Он с равной бесцеремонностью и безапелляционностью командовал как зелеными сопляками, впервые взявшими в руки криминалистический чемоданчик, так и опытными квалифицированными специалистами, которые делали свою первую экспертизу, когда Костя Ольшанский еще контрольные по арифметике в школе писал. Поэтому Настя Каменская имела все основания удивляться, увидев, что следователь не стоит над душой у эксперта, а мирно посиживает на диванчике, листая книжечку.

— Между прочим, покойная религиозную литературу почитывала, — заметил Ольшанский, показывая Насте ярко-красную обложку, на которой был изображен крест и написано: «Новый завет». — Это теперь модно среди молодежи. Странно, что она повесилась. Не должна бы, если религией увлекалась. Христианство не приветствует само-уничтожение.

— Она могла нахвататься по верхам, глубоко не вникать. И вообще, Константин Михайлович, эта книжечка еще ни о чем не свидетельствует. У меня тоже такая есть. Их бесплатно раздают прямо на улицах или по квартирам разносят. Мне, например, домой принесли. А Лешке моему точно такую же в метро дали, только у его экземпляра обложка синяя. Я, кстати, подумала, что иметь такую книгу очень даже неплохо, у нас же религиозная грамотность на нуле, а все мировое искусство как раз на ней построено. Поэтому даже если сам не веруешь, то для общего развития знать и Ветхий завет, и Новый надо непременно. Так что Люба Сергиенко совсем не обязательно была набожной.

— Может быть, — задумчиво покивал следователь, — может быть. На-ка, полистай, я пока Зубова проведаю. Обращай внимание на пометки, сделанные на полях. Очень, скажу я тебе, любопытно.

Он сунул ей красную книгу и вышел в соседнюю комнату. Настя послушно уселась на диване, тут же невольно сморщившись от внезапной боли, пронзившей поясницу. Надуло где-то, что ли? Или опять от неловкого движения что-то ущемилось? Вот черт, как некстати!

Она открыла Новый завет на том месте, где остановился Ольшанский: Второе соборное послание святого апостола Петра. И тут в глаза ей бросились строки, помеченные желтым маркером.

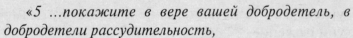

«5 ...покажите в вере вашей добродетель, в добродетели рассудительность,

6 В рассудительности воздержание, в воздержании терпение, в терпении благочестие,

7 В благочестии братолюбие, в братолюбии любовь.

8 Если это в вас есть и умножается, то вы не останетесь без успеха и плода в познании Господа нашего Иисуса Христа;

9 А в ком нет сего, тот слеп, закрыл глаза, забыл об очищении прежних грехов своих».

Напротив этих выделенных маркером строк, на полях, шариковой ручкой было написано: «Я ослепла от ненависти и забыла о том, что и сама грешила. Какое право я имела судить ее?»

Перевернув страницу, Настя снова увидела следы маркера.

«4 Ибо, если Бог ангелов согрешивших не пощадил, но, связав узами адского мрака, предал блюсти на суд для наказания;

5 И если не пощадил первого мира, но в восьми душах сохранил семейство Ноя, проповедника правды, когда навел потоп на мир нечестивых;

6 И если города Содомские и Гоморрские, осудив на истребление, превратил в пепел, показав пример будущим нечестивцам,

...9 То конечно знает Господь, как избавлять благочестивых от искушения, а беззаконников соблюдать ко дню суда, для наказания...»

И здесь же на полях — надпись от руки: «Он сам знает, кого и за что наказывать. И не мне, глупой и грешной, вмешиваться в это. Я не имела права».

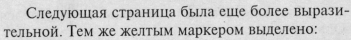

Следующая страница была еще более выразительной. Тем же желтым маркером выделено:

«22 Но с ними случается по верной пословице: пес возвращается на свою блевотину, и вымытая свинья идет валяться в грязи».

А рядом приписано: «После того что я сделала, слово Господа меня не спасет. Я впала в страшный грех, пожелав смерти ближнему, и даже поняв, что натворила, я уже не смогу очиститься. Единственное, что мне остается, — вернуться в свою блевотину, в свою грязь, и пожелать смерти себе самой. Я знаю, что это — такой же тяжкий грех, как и тот».

— Ну как, впечатляет? — раздался у Насти над ухом высокий тенорок Ольшанского.

Она подняла голову и растерянно посмотрела на него.

— Весьма. Получается, тянет на признание в убийстве Широковой?

— Еще как тянет. Правда, надо посмотреть, чьей рукой сделаны записи на полях. Но в целом все идет к тому, что Широкову убила ее подруга. Мы ведь и без этого ее подозревали, у нее, если ты помнишь, не было алиби на момент убийства Людмилы. А твоя знакомая видела Широкову часа примерно за два до убийства выходящей на станции метро «Академическая», где как раз и живет Сергиенко. Так что все одно к одному.

Настя отдала следователю книгу и попыталась было подняться с дивана, совсем забыв о коварном простреле в пояснице. И тут же с воплем схватилась за спину и плюхнулась обратно на диван.

— Это еще что? — недовольно нахмурился Ольшанский.

— Это называется прострел, — пробормотала Настя, стараясь поворачиваться как можно аккуратнее и медленнее. — Константин Михайлович, где Айрумян? Не уехал еще?

— Нет, на лестнице с соседями общается. Ты ж его знаешь, старого болтуна, у него и так-то рот не закрывается, а уж после осмотра трупа в него как бес вселяется, до того ему поговорить охота.

— Не кривите душой, гражданин начальничек, — Настя, кряхтя, сумела принять вертикальное положение, — вы после таких заходов Айрумяна по соседям обрастаете массой полезной информации. Нашего деда Гургена сплетники обожают, уж не знаю, чем он их так к себе расположить умеет, но факт остается фактом: ему рассказывают куда больше, чем, например, лично вам. Пойду поклянчу какой-нибудь заморской отравы, а то ведь до дома не доеду. Черт-те что, ни сесть, ни встать.

— Ладно, не ной, отвезу, — буркнул Ольшанский. — Иди на кухню, смени Лесникова, он мне здесь нужен. Пора закругляться, мы тут уже четвертый час возимся.

Настя послушно вышла из комнаты. На кухне Игорь Лесников, высокий и красивый оперативник, имеющий репутацию самого серьезного человека в МУРе, беседовал с отцом покойной Любы Сергиенко, вернее, пытался беседовать, потому что крупный, с суровым грубоватым лицом мужчина лет пятидесяти пяти явно плохо понимал смысл задаваемых ему вопросов и так же плохо формулировал ответы. Но это и понятно. Прийти с работы, узнать, что твоя дочь повесилась, а жена при смерти — и после этого сохранять способность здраво мыслить и четко формулировать? Для киносценария, может, и подойдет, но никак не для реальной жизни.

Увидев Настю, Лесников слегка кивнул ей, не прерывая начатой фразы:

— Вы видели, что ваша дочь не пытается устроиться на работу и в то же время делается с каждым днем все более отчужденной. Неужели вас это не насторожило?

— Мы думали — любовь... Знаете, она приехала из Турции уже какая-то... В общем, не такая... И к Стрельникову не поехала. До Турции два года у него жила, домой как в гости забегала... А после Турции все дома сидела... Мы с женой думали, у нее там, за границей, роман случился, она Стрельникову-то своему изменила, вот и переживает, мучается, потому и дома живет, к нему не возвращается... Я настаивал, чтобы она шла работать.

Лесников снова взглянул на Настю и поднялся из-за кухонного стола.

— Виктор Иванович, это Анастасия Павловна, она работает вместе со мной. Поговорите с ней, пожалуйста, а я отлучусь ненадолго.

Сергиенко равнодушно кивнул, словно ему было глубоко безразлично, кто из работников милиции будет с ним разговаривать. Настя собралась было сесть на место Игоря, но вовремя спохватилась, что сделать это будет не так-то просто. Одно дело — стонать и кряхтеть на глазах у следователя, который знает тебя много лет, и совсем другое — на глазах у раздавленного внезапно свалившимся горем человека. Поэтому она просто

прислонилась к стене и заняла удобное, насколько это вообще было возможно, устойчивое положение.

— Вы настаивали, чтобы Люба шла работать, — повторила Настя его последнюю фразу. — А что она вам отвечала?

— Что успеет... Ей работа в Турции засчитывается как командировка, то есть без выходных как будто... Ну вот, ей теперь отгулы полагаются... Как при вахтовом методе... А потом подружка ее погибла, с которой Любочка в Турцию ездила. Люба очень переживала, прямо почернела вся от горя, все плакала, ночами не спала, не ела ничего... Какая уж тут работа. Господи, ну какое это все имеет значение?! Неужели вы думаете, она с собой покончила от безделья? Какая разница, почему она не работала!

— Никакой, — согласилась Настя. — Просто мне важно понять, что Люба делала целыми днями, о чем думала, куда ходила, с кем разговаривала. Вы должны понимать: то, что она сделала, она сделала не просто так, не под влиянием одного рокового момента. Она долго думала об этом, готовилась к своему страшному шагу. И мне важно знать, о чем именно она думала и почему готовилась к этому.

— Откуда вы знаете?

В глазах Сергиенко появился проблеск осмысленности, словно впервые разговор коснулся чего-то такого, что могло бы быть ему интересным.

— Мы нашли книгу, «Новый завет», с пометками на полях. Если эти пометки делала Люба, то совершенно очевидно, что она долго размышляла над вопросами греха, вины и наказания. О каком грехе идет речь, Виктор Иванович?

— Не знаю.

Но Настя видела, что он лжет. Сергиенко знал. Или по крайней мере догадывался. Как все одинаково в этом мире, подумала она. Стрельников скрывает от следствия любовную переписку своей невесты, чтобы не бросать тень на ее доброе имя. Виктор Иванович Сергиенко знает о своей дочери что-то порочащее, но тоже молчит, чтобы сберечь ее репутацию. Хотя ни Миле Широковой, ни Любе повредить это уже не может, им уже все равно.

— Вы знали подругу вашей дочери Милу Широкову?

— Нет.

Сергиенко произнес это так поспешно, что сразу стало понятно: Милу он знал.

— Но хотя бы слышали о ней от Любы?

— Да, разумеется. Люба говорила, что едет в Турцию вместе с подружкой, с которой училась в колледже, а потом работала.

— А о том, что погибшая подруга — это та самая Мила, вы знали?

— Да, к Любе приходили из милиции, спрашивали о ней. Нас с женой тоже спрашивали, не приходила ли к нам Мила после возвращения, не передавала ли письма или посылки от Любочки.

Настя заметила, что ответы Виктора Ивановича стали более связными и четкими, и поняла, что ему удалось наконец собраться. Вероятно, что-то в разговоре его напугало или напрягло, и он усилием воли заставил себя сосредоточиться, чтобы не проговориться о чем-то важном, существенном.

— Как ваша дочь отреагировала на гибель близкой подруги?

— Она очень переживала.

— Люба и Мила действительно были близкими подругами?

— Ну... да...

Сергиенко снова «поплыл», Настя, кляня себя в душе, расставила ему простенькую ловушку, в которую он тут же и попался. Стыдно, конечно, ставить психологические эксперименты на человеке в таком состоянии, но что поделать, когда у тебя на руках два трупа и ни малейшего просвета в поисках убийцы. Может быть, действительно Люба Сергиенко убила свою подругу Милу Широкову? Это было бы лучше всего. Быстренько дособрать необходимые доказательства, провести экспертизы и закрыть дело в связи со смертью лица, подлежащего привлечению к уголовной ответственности.

— Как же так, Виктор Иванович, — мягко произнесла она, — Мила была близкой подружкой Любы и ни разу не зашла к вам ни после своего возвращения из Турции, ни после приезда Любы? Поставьте себя на место вашей дочери, и вам сразу станет понятно, почему я так удивляюсь. Вы находитесь в чужой стране, работаете, зарабатываете деньги, и вдруг ваш хороший знакомый говорит вам: я еду в Москву, твоим родным что-нибудь передать? Вам жить за границей еще долго, несколько месяцев, вы скучаете по дому, так неужели вы не воспользуетесь возможностью написать письмо и передать какой-нибудь подарок, какой-нибудь грошовый сувенирчик, просто чтобы сказать любимым и любящим родителям: со мной все в порядке, я вас помню и люблю. Ведь Люба была хорошей дочерью, любящей, правда?

— Да. Она была хорошей девочкой.

— Почему же она не воспользовалась возвращением Милы, чтобы послать вам письмо и посылочку? Я не жду от вас ответа, потому что вы этого ответа не знаете. Вот вы сказали, что Люба после возвращения из-за границы была вялой, потеряла интерес ко всему, на работу не устраивалась. Допустим, вы не знали точно, что с ней случилось, но разве вас не удивило, что рядом с ней в этот момент не оказалось самой близкой подруги?

— Не знаю... Мы с женой об этом не думали... Знаете, все как-то не так... Мне Стрельников не нравился, он намного старше Любочки, деловой очень, денежный... Не пара она ему. И я просто радовался, что она после Турции вернулась домой, а не к нему. Я надеялся, что их отношения закончились, и радовался, что она живет дома. Вот и все.

— Так, может быть, Мила и не была вовсе близкой подругой вашей дочери?

— Может быть.

— Тогда почему вы говорили, что Люба сильно переживала после ее гибели, настолько сильно, что потеряла сон и аппетит, исхудала и почернела от горя?

— Не знаю. Я не знаю! — Сергиенко повысил голос.

Настя уже точно знала все, что произойдет в

ближайшие минуты. Через такие сценарии она проходила множество раз. Человек поддерживает беседу ровно до того момента, пока она не носит угрожающего характера, пока не приближается к опасной черте. Как только эта черта оказывается слишком близко, начинаются истерические выходки, только мотив меняется в зависимости от ситуации. Подозреваемый начинает кричать о своей занятости и о том, что тратит драгоценное рабочее время на глупые разговоры с глупыми сотрудниками глупой милиции. Потерпевшие, чувствующие за собой какую-нибудь вину, напирают на жестокость и бесчеловечность работников милиции, которые в тяжелый, трагический момент лезут со своими расспросами.

— Оставьте меня в покое! Оставьте меня! Мне нужно побыть одному. Неужели вам непонятно? Вы же женщина, у вас должно быть элементарное сострадание... Перестаньте меня мучить...

— Простите.

Настя осторожно оторвала спину от стены и вышла в прихожую. Дверь на лестницу была приоткрыта, и оттуда доносился сочный веселый голос Гургена Арташесовича Айрумяна, рассказывавшего не в меру любознательным соседям какие-то забавные случаи из собственной экспертной практики.

— Настасья, — раздался из комнаты негромкий тенорок следователя, — собирайся, закончим на сегодня. Бери деда Гургена и веди его в мою машину, сначала его отвезем, потом тебя.

Она вышла на лестницу и, схватив под руку Айрумяна, потащила его вниз, к выходу.

— А почему не на лифте? — недоумевающе

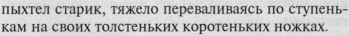

пыхтел старик, тяжело переваливаясь по ступенькам на своих толстеньких коротеньких ножках.

— Так быстрее, — пояснила Настя. — Мы всего-то на третьем этаже, а лифта здесь можно прождать минут десять, этажей-то целых шестнадцать.

— Куда тебе спешить, рыбонька?

— Покурить. Сил больше нет терпеть. Вы лучше поделитесь, что интересного у соседей узнали.

— О, — оживился судмедэксперт, — соседи здесь совершенно замечательные. Слух о том, что «дочка у Сергиенков за границу за длинным рублем подалась», распространился в свое время по всему дому. Посему, как ты, сладкая моя, понимаешь, внимание к девушке после ее возвращения было сильно повышенным. Как одета, что привезла, как ходит, как смотрит, как говорит, ну и так далее. И очень всех их удивляло, что ходит Люба все в тех же юбочках и кофточках, что и до поездки, на иномарке не ездит и вообще никаких признаков особенности в ней не замечалось. Стали, естественно, присматриваться еще внятельнее. Чуть не в рот ей заглядывали, может, у нее зубы платиновые или пломбы из бриллиантов. Ну в чем-то же должно сказываться, что человек полгода за границей проработал. Не за просто же так он там лямку тянул. Короче, живет себе Люба Сергиенко тихой незаметной жизнью, а за ней, оказывается, двадцать восемь пар глаз круглые сутки наблюдают. Так что если тебе, ненаглядная моя сыщица, доброжелательные свидетели нужны, то ты их поищи среди соседей, они тебе все обскажут про покойницу: и куда ходила, и когда ходила, и какие трусики при этом надевала. Я там одну баб-

ку приметил, особо информированную, ты с ней поговори.

— Что за бабка?

Они уже вышли из подъезда на улицу, и Настя с наслаждением закурила, прислонившись к капоту голубых «Жигулей» Ольшанского.

— Этажом ниже живет, в аккурат под квартирой Сергиенко. Делать ей нечего, целыми днями в окно таращится, поэтому каждый выход Любы из дому может тебе с подробностями описать. И знаешь, куколка моя целлулоидная, бабка эта, похоже, что-то знает про Любу. Уж больно выражение лица у нее было хитрое и многозначительное. Ты ее потереби, не поленись, чует мое старое сердце, что от бабки этой толк будет. У тебя зонт есть?

— Зонт? — переспросила Настя. — Нету. А зачем?

— Как это зачем? — возмутился Айрумян. — Дождь же идет.

— Да? Надо же, я и не заметила.

— Интересное дело, не заметила она! Ты-то, черепашка моя панцирная, воды не боишься, потому как молодая еще и глупая. А я, если промокну, то непременно простужусь, чего в моем почтенном возрасте и при моей старческой одышке допускать уже нельзя. Так что ты мокни, ежели тебе так нравится, а я пошел обратно в подъезд.

Настя как раз успела докурить сигарету, когда на улице показались Ольшанский, Игорь Лесников и Олег Зубов. Следом за ними санитары вынесли на носилках тело Любы Сергиенко. Последним из подъезда вышел Виктор Иванович. На него было страшно смотреть. Носилки запихнули в машину, хлопнули двери, заурчал двигатель. На милицейской машине уехали Лесников и Зубов, затем тронулись и «Жигули» Ольшанского, а Виктор Иванович Сергиенко все стоял на тротуаре, засунув руки в карманы брюк, и смотрел в ту сторону, куда только что увезли мертвое тело его единственной дочери.

* * *

Войдя в свою квартиру, Настя сразу услышала доносящиеся из комнаты голоса. Один голос принадлежал ее мужу Алексею, второй был совсем незнакомым. Она страдальчески поморщилась. После такого тяжелого дня ей, вымокшей под дождем, хотелось принять горячий душ и лечь и чтобы Лешка растер ей спину специальной лекарственной мазью и завязал теплым шерстяным платком. А теперь, коль в доме посторонние, придется терпеть, пока гость не уйдет. Она на цыпочках, стараясь не привлекать к себе внимания, прокралась на кухню и закрыла поплотнее ведущую в прихожую дверь. На плите она увидела сковороду с мясом и кастрюлю с тушеными овощами. Видно, Леша приехал уже давно и до прихода своего гостя успел даже ужин приготовить.

Настя сняла крышку со сковородки и собралась было, следуя дурной привычке, схватить отбивную, чтобы съесть ее с куском хлеба прямо так, не разогревая и без гарнира, но внезапно почувствовала отвращение к еде. Еще минуту назад она испытывала острый голод, а сейчас не смогла бы проглотить ни одного кусочка. От усталости, наверное. Она включила электрический чайник, насыпала в чашку растворимый кофе, бросила туда два кусочка сахара и ломтик лимона и уселась за стол, стараясь не стонать от острой боли.

Голоса стали слышнее, и Настя поняла, что муж и его гость вышли из комнаты в прихожую. Еще через пару минут хлопнула входная дверь, и Леша зашел на кухню.

— Привет, — он нагнулся и поцеловал ее в щеку, — почему не ешь? Опять ждешь, чтобы тебе подали на тарелке?

— Не могу, Лешик, — виновато улыбнулась Настя, доставая сигарету. — Кусок в горло не лезет.

Алексей обошел стол, уселся напротив и внимательно посмотрел на жену.

— Что-то случилось?

— Нет, ничего. Просто день тяжелый...

— Не ври.

— Я не вру.

— Врешь. Я же вижу. Ася, я знаю тебя столько лет, что твои попытки что-то скрыть от меня выглядят наивными и смешными. Ты должна быть голодной просто по определению. Когда ты в последний раз ела?

— Вчера. Сегодня только кофе пила несколько раз.

— Ну вот видишь. Раз не можешь есть, значит, что-то случилось. Давай-ка рассказывай, не трать силы на то, чтобы морочить мне голову.

— Леш, я ненавижу свою работу, — выпалила Настя неожиданно для самой себя.

— Вот это уже серьезный разговор, — одобрительно кивнул муж. — И что тебя так достало сегодня?

— Я ненавижу свою работу, я ненавижу саму себя, я ненавижу тех, кто заставляет меня делать то, что я делаю... О господи, я сама не знаю, что несу. Не слушай меня.

— Почему же, это очень интересно, — улыбнулся Леша. — Во всяком случае, за четырнадцать лет работы в милиции ты говоришь это впервые. Так что стряслось-то, Асенька?

— Молодая женщина покончила с собой. Ее мать пришла с работы, увидела висящую в петле дочь и потеряла сознание. Потом пришел отец, вызвал милицию и «Скорую помощь»... Ну представь себе, в каком он был состоянии. А я вынуждена была с ним не просто беседовать, но и пытаться поймать его, уличить во лжи. Его покончившая с собой дочь — преступница, убийца, он знает об этом, а я пытаюсь заставить его сказать мне о том, что его дочь убила свою подругу, а потом, вероятно от ужаса перед содеянным, не вынесла и повесилась. Кто я после этого? Какими словами назвать то, что я делала? Сволочь я? Дрянь бессердечная? Жестокая и безнравственная? Почему я должна это делать, если я понимаю, что это неправильно?

— Тихо, Ася, тихо, — Алексей успокаивающе поднял руку. — Давай по порядку. Зачем ты в самом деле это делала? Тебе кто-то велел? Или ты сама решила, что это необходимо?

— Сама. — Она вздохнула. — Но следователь был с этим согласен. Сначала с отцом покойной работал Игорек Лесников, а когда следователь нашел улики, говорящие о том, что девушка скорее всего виновна в убийстве своей подруги, он послал меня продолжать вместо Игоря. Хотел, чтобы я отца дожала.

— То есть ты хочешь сказать, что следователь, понимая, в каком состоянии находится отец девушки, хотел этим состоянием воспользоваться?

— Да, именно это я и хочу сказать. И пожалуйста, Лешенька, не надо обращаться со мной как с маленькой и подтасовывать факты. Следователь хотел его дожать, но и я этого хотела. Более того, я это делала. Более того, я понимала, что это неприлично и безнравственно — хитростью и уловками заставлять отца давать показания против только что умершей дочери. Это чудовищно, понимаешь? Это гадко. Я все это понимала, но все равно делала. Потому что раскрывать преступления и искать убийц — моя работа. Моя профессиональная обязанность. Дело, за которое государство платит мне деньги. Не знаю, Лешик, я совсем запуталась и уже ничего не понимаю. Я дура, да?

— Да. Но ты не безнадежна, раз спрашиваешь об этом. Настоящий дурак, классический, никогда не сомневается в своей гениальности. Раз ты сомневаешься, тебя еще можно спасти для общества. Скажи, пожалуйста, что за спешка была, почему необходимо было получить показания отца именно сегодня? А до завтра подождать не могло? Если я правильно понял, девушка, убившая свою подругу, тоже умерла. Так что никуда она не делась бы. Для чего нужно было кидаться на несчастного мужика?

— В том-то и дело. Инстинкт сработал, наверное. Профессиональная деформация, которая велит хватать любую информацию, которая плохо лежит. Когда человек потрясен и не владеет собой, информацию легче из него вытягивать, и все всегда этим пользуются. Более того, выстраивают специально целые комбинации, чтобы вывести человека из состояния душевного равновесия, а потом заставить сказать то, что он так тщательно скрывает. Ты прав, спешки никакой не было, девушка все равно уже умерла, от следствия не скроется и улики не уничтожит. А я все равно вцепилась в ее отца. Вот это и противно.

— Ну что ж, извлекай урок из собственных ошибок. Согласен, ты, наверное, сама себе отвратительна, но в следующий раз ты подумаешь, прежде чем бросаться дожимать человека. Вот и все. Никакой катастрофы не произошло. В будущем ты будешь осмотрительнее. Все, Асенька, прекращаем панихиду по твоей почившей в бозе нравственности. Что сделано — то сделано. Сойдемся на том, что это было неправильно с точки зрения морали, но продиктовано интересами раскрытия тяжкого преступления, поэтому хотя бы в какой-то степени оправданно. Туши сигарету, и будем ужинать.

— Леш, я честное слово не могу. Ну пожалуйста, — взмолилась Настя, — не заставляй меня. Только продукт переведешь.

— Надо, старушка, надо. Ты ведь сама понимаешь, что надо, а капризничаешь. Если ты сейчас не поешь, завтра у тебя будет кружиться голова, это сто раз проверено. Иди мой руки.

Настя стала медленно и неловко подниматься со стула, опираясь одной рукой о стол, а другой держась за спину.

— Это еще что такое? — Алексей тут же вскочил, чтобы помочь ей. — Опять тяжести таскала?

— Нет, честное слово, ничего тяжелого не поднимала. Продуло где-то, наверное.

— Господи, Аська, ну когда ты станешь человеком? — простонал он. — Когда ты научишься не делать то, чего делать нельзя, и делать то, что нужно? Когда ты начнешь следить за тем, чтобы не сидеть на сквозняках, а? Ну сколько раз можно спотыкаться на одном и том же месте? Что ты стоишь, двигай в сторону ванной, ты же руки мыть шла.

— А ты не ругайся на меня, а то я от ужаса забываю, что собиралась делать. Я тебя боюсь.

Настя наконец выпрямилась и пошла в ванную. Намыливая руки, она смотрела на свое отражение в зеркале, висящем над раковиной. Лешка прав, он всегда прав, потому что он намного умнее и рассудительнее ее самой. Можно, наверное, как-то так организовать свою жизнь, чтобы свести возможные неприятности к минимуму. Не поднимать ничего тяжелее трех килограммов, потому что уже лет восемь у нее после травмы болит спина. Не сидеть на сквозняках. Не позволять сыщицкому азарту брать верх над нормальными человеческими чувствами. Можно сосредоточиться и направить все умственные усилия на то, чтобы не наступать дважды на одни и те же грабли. Правда, граблей таких по жизни раскидано великое множество, но есть же люди, которые умеют как-то так напрячься и все эти грабли держать в поле зрения. Неужели она, Настя Каменская, не сможет этого? Да наверняка сможет. Но, с другой стороны, если все интеллектуальные силы бросить на борьбу с граблями, то ни на что другое их уже не останется. Ни на работу, ни на дружбу, ни на любовь, ни на хобби. Ни на что. Смертельная скука. Нельзя даже развлечься тем, чтобы получить в очередной раз по лбу черенком от граблей. Прекрасный писатель Богомил Райнов назвал это «Большой скукой», правда, имел он при этом в виду тихое пребывание в могиле, но жизнь, направленная на борьбу с граблями, по эмоциональной насыщенности мало чем отличается от могильного покоя.

* * *

Алла Стрельникова уже легла, но сна все не было. Сегодня она ночевала одна, как, впрочем, и вчера, и позавчера. Ее любовник уехал по делам бизнеса почти неделю назад, и Алла воспользовалась неожиданной передышкой, чтобы немного отдохнуть от него и выспаться. Она очень дорожила каждым часом сна, потому что была уже в том возрасте, когда недостаток отдыха наутро выступал на лице вялостью кожи, морщинками и отсутствием свежести.

Всегда, когда она оставалась ночью одна, Алла думала о Володе, о своем муже, с которым прожила два десятка лет и вырастила сына. Почему так получилось? Он всегда изменял ей, с самого первого года совместной жизни, она это знала точно, но никогда не ставила перед собой задачу «поймать» его, уличить. Зачем? Он был хорошим мужем и хорошим отцом, приносил в дом деньги и систематически исполнял в постели супружеский долг, кроме того, он был красив, обаятелен и удачлив, и все подруги завидовали ей, Алле Стрельниковой. Почему вдруг на двадцать первом году совместной жизни ей взбрело в голову уличить его в неверности? Глупость какая-то! Для чего она это сделала? Пошла на поводу у собственного гонора, который коварно шепнул ей: «Хватит позволять делать из себя дурочку, тебе уже сорок два, дай ему понять наконец, что ты не ребенок, которому можно безнаказанно вешать лапшу на уши. Дай ему понять, что ты всегда знала про его измены, но молчала, потому что ты умная и хорошо владеешь собой. Пусть он начнет тебя ценить и уважать. После двадцати лет супружества никуда он не денется».

Алла пошла на поводу у коварного внутреннего голоса и, как оказалось, сделала роковую ошибку. Стрельников, правда, предпринял слабую попытку отвертеться, но Алла приперла его к стенке неопровержимыми доказательствами, и ему ничего не оставалось, как признаться в своем романе с Любой. Но торжествовать победу Алле не пришлось. Признавшись, Стрельников тут же собрал чемодан и ушел. Как оказалось, навсегда. Он был свято уверен, что все двадцать лет жена ничего не знала о его любовных похождениях. Оставаться мужем женщины, которая, как выяснилось, знала практически все, он не мог. А вот если бы она и на этот раз смолчала, никакой Любе не удалось бы разлучить их. Эту сторону его характера Алла не учла, вероятно, потому, что просто о ней не знала. Не было возможности узнать.

После ухода Владимира Алла побесновалась месяца три-четыре, потом нашла, что все, в сущности, к лучшему. Ей осталась прекрасная квартира и давно обжитая ухоженная дача, она — красивая женщина в самом расцвете, от поклонников отбоя нет. И у нее есть дело, которое она делает и которое ей интересно. Правда, дело это практически неприбыльное, славу оно, конечно, приносит, но, увы, не деньги. Так что с деньгами возникли некоторые проблемы. Но очень скоро они разрешились. Все-таки Стрельников — настоящий мужик в самом лучшем смысле этого слова, не зря Алла прожила с ним два десятка лет и готова была прожить еще столько же. Стрельников — это Стрельников. После первого же робкого намека Аллы на финансовые затруднения он стал регулярно давать ей деньги, причем много и без всяких дополнительных просьб и напоминаний. Какая же она все-таки дура, что спровоцировала разрыв! За Володей она жила как за каменной стеной.

Но ничего, она и любовников себе стала выбирать таких, чтобы не хуже Стрельникова были. Пока ей это удавалось. Правда, непонятно, что будет с деньгами, если Володя вступит в официальный новый брак...

Телефонный звонок заставил ее вздрогнуть и подскочить в постели. Алла нащупала выключатель ночника, зажгла свет и сняла трубку.

— Ну что? — прошелестел в трубке незнакомый и какой-то далекий голос. — Довольна?

— Кто это? — внезапно осипшим голосом спросила Алла, потом откашлялась и повторила уже громче: — Кто это говорит?

— Милочки больше нет. Теперь и Любочки больше нет. Обе сучки, отнявшие у тебя Володю, умерли. Хорошо, правда? Ты ведь к этому стремилась, Алла? Ты этого хотела? Именно это ты видела в своих самых сладких снах. Об этом ты мечтала одинокими ночами, когда твоего мужика не было рядом. Ты всегда любила Володю, ты никогда не переставала его любить, и все это время ты мечтала о том, чтобы он вернулся. А эти сучки молоденькие мешали тебе, они держали его своими цепкими ручонками, своими жадными губами и длинными стройными ногами. Они мешали тебе, и вот теперь их нет. Они умерли. Обе. Хорошо, правда? Ты рада, Аллочка? Ну скажи, дорогая моя, ты рада?

— Замолчите! — завопила Алла в трубку. — Что за бред?! Кто это?!

— Это я, Аллочка, это я, дорогая моя.

— Кто — я?

— Твоя живая тень, твое второе «я». С тобой и без тебя мы воедино слиты. Я отражусь в тебе, как в зеркале разбитом, сквозь трещины морщин, о молодость моя...

Гудки отбоя ударили ей в ухо. Алла осторожно положила трубку на рычаг, словно боялась, что та сейчас рассыплется на мелкие пластмассовые кусочки. Сердце гулко ухало где-то в горле, под нейлоновой ночной сорочкой по коже катились крупные капли пота. Она не узнала этот голос, более того, не смогла даже определить, мужчине он принадлежит или женщине. Превозмогая охвативший ее панический ужас, Алла вылезла из-под одеяла, подошла к бару, плеснула в стакан на два пальца чистого джина, поколебавшись, поставила на место бутылку с тоником и выпила неразбавленный напиток залпом. Потом выдернула из розетки телефонный штепсель, быстро нырнула в постель, выключила свет и укрылась одеялом с головой.

Глава 8

Утром Настя проснулась от сильной головной боли. «Этого еще не хватало, — с досадой подумала она. — Вчера — спина, а сегодня и голова вступила. Дальше что будет? Все части тела хором запоют?»

Она осторожно попыталась повернуться в постели и сморщилась от боли в пояснице. Ну что за невезенье! Лешка, конечно, тут же открыл глаза.

— Давай помогу, — сонным голосом проговорил он, — сама ведь не справишься, инвалидка грешная.

У Чистякова накопился огромный опыт борьбы с Настиной больной спиной, посему процедура извлечения жены из постели была проведена быстро, ловко и почти безболезненно. Через несколько секунд Настя была приведена в вертикальное положение без единого стона.

— Теперь куда? — спросил муж.

— Теперь в ванную. Меня надо поставить под душ, но так, чтобы на спину лилась горячая вода, а на голову холодная. Сумеешь?

— Никогда. И не проси. Единственное, что могу посоветовать, это налить в ванну горячую воду, посадить тебя в нее, а на голову положить холодный компресс. Больше никак не получится. Что, голова сильно болит?

— Сильно. Леш, ну почему я такая несклад-

ная, а? Вечно у меня болит что-нибудь... И вообще ничего не получается.

— Ну начинается! — вздохнул Чистяков. —
С утра пораньше нытье по своей загубленной жизни. Вчера ты причитала по поводу своего морального падения. А сегодня что?

— А сегодня я причитаю по поводу собственной глупости.

Настя добрела до ванной и с помощью Алек-
сея влезла под душ, подставив ноющую спину под
горячие струи воды. Через несколько минут ей
удалось окончательно проснуться и даже вполне
самостоятельно вылезти из ванны. На кухне она
залпом выпила стакан ледяного апельсинового
сока и тут же схватилась за чашку с горячим кофе.
Это был проверенный и испытанный годами способ привести себя в более или менее нормальное
настроение и в почти рабочее состояние.

Она всегда вставала с большим запасом времени, зная, что по утрам бывает вялой и медлитель-
ной. Настя Каменская терпеть не могла торопить-
ся, потому что в спешке обязательно ухитрялась
сделать что-нибудь не так. Времени до выхода на
работу у нее было вполне достаточно, и, закури-
вая первую в этот день сигарету, она погрузилась
в размышления о странном убийстве Людмилы
Широковой. В нем все время что-то не увязыва-
лось. Например, Стрельников. Зачем он спрятал
переписку Людмилы? Если убийца — Люба Сергиенко, стало быть, его собственная ревность тут
совершенно ни при чем. Для чего ему письма?
Даже если бы оказалось, что Людмилу убил именно он, все равно непонятно, зачем хранить улики.
Никакой логике не поддается.

Теперь Сергиенко. Все, конечно, указывает на нее. И мотив есть, и психическое состояние Любы вполне соответствует ситуации. Тяжелая депрессия с религиозными мотивами греховности и искупления. Но картина самого убийства остается непонятной. Что несла в руках Широкова, оказавшись на городской помойке? Какую тяжесть? Почему высоченные каблуки ее нарядных туфелек так глубоко ушли в землю? Эксперт Олег Зубов сказал, что на ее одежде обнаружил только тканевые волокна. Это значит, что ни деревянных ящиков, ни тем более металлических Широкова не носила. Может быть, это был камень? Но тогда были бы частицы почвы, пыли или иная грязь. Где можно взять абсолютно стерильный камень? Ответ очевиден: нигде. И вообще, зачем ей таскать камни? Даже если допустить, что каменная глыба без посторонней грязи все-таки была, то где она? Куда девалась? На месте обнаружения трупа Широковой никакого громоздкого предмета, в том числе камня, не было. Его Люба, что ли, с собой унесла? Тоже мне, две спортсменки-тяжелоатлетки, что одна, что другая. Нет, это полный бред. И потом, если Люба там была, то где следы ее обуви? Следы туфелек Широковой есть, а следы убийцы где? Не по воздуху же Люба передвигалась... Чертовщина какая-то.

Волокна ткани. Это может быть шарф или пальто, если свой зеленый шелковый костюм Широкова носила не только в теплое время года, но и в холодное, под пальто. Это может быть что угодно, если костюм висел на вешалке вплотную с другой одеждой или лежал в чемодане. Это могут быть волокна с одежды пассажиров в переполненном транспорте. Если же вспомнить о неустановленном тяжелом предмете, то это может оказаться чем-то завернутым в материю. Ну и что такое было в эту материю завернуто? Зубов клянется и божится, что вес предмета не меньше сорока восьми — пятидесяти килограммов, он десять раз перепроверял и пересчитывал.

— Ася, — донесся до нее голос мужа, который уже успел не только позавтракать, но и полностью одеться и был готов к выходу из дома. — Ты что, уснула?

Настя встрепенулась и помотала головой.

— А что, уже пора?

— Мне — да. Если ты быстро соберешься, я доброшу тебя до центра. Мне сегодня нельзя опаздывать, я на десять утра назначил совещание.

— Сейчас, солнышко.

Она погасила сигарету и стала натягивать джинсы и свитер. Завязывание шнурков на кроссовках превратилось для нее в целую проблему, наклоняться было больно даже из положения сидя, но Леша давно привык к этому, поэтому без лишних слов опустился на колени и помог ей.

В машине они ехали молча. Настя сначала подумала было, что Алексей сердится на нее за что-то, но потом сообразила, что он просто собирается с мыслями перед совещанием. Сама же она снова вернулась к странному убийству Людмилы Широковой и непонятной роли некоего любвеобильного Виктора Дербышева, которому Мила должна была написать письмо и от которого даже ответ получила, но который клянется, что никаких писем от нее не получал, сам ей не писал и вообще в глаза красавицу блондинку не видел. Эксперты быстрого ответа по поводу почерка не обещали, но фотография-то совершенно точно Дербышева, а не его двойника. Привезенный на Петровку, Виктор «под протокол» опознал на снимке себя и свою одежду, а потом приехал вместе со следователем и оперативниками к себе домой и эту одежду предъявил. Не убийство, а сплошные загадки. Настя примерно представляла себе, что нужно делать дальше, если раскручивать эту линию расследования, но вот вопрос: а надо ли? Если Широкову убила ее подруга Сергиенко, то история с письмами никакого отношения к этому не имеет. Или все-таки имеет?

— Леш, — робко сказала она, отрывая мужа от мыслей о предстоящем совещании, — ты письма хранишь или выбрасываешь?

— Какие письма? — удивился Чистяков.

— Ну любые. Которые ты получаешь.

— Асенька, в наш телефонный век письма стали раритетом и непроизводительной тратой времени. Всю деловую переписку я веду через институт, такие письма я, конечно, храню. Там нужные адреса, имена, даты. А личных я уже давно не получаю. С чего такой вопрос?

— Так, ни с чего, — вздохнула она. — Буду дальше думать.

Выйдя из машины на Комсомольской площади, Настя спустилась в метро и поехала на работу.

* * *

Найти адрес Надежды Цукановой оказалось довольно просто, потому что Лариса Томчак смогла точно указать год ее рождения. Правда, была опасность, что Цуканова за двадцать семь лет могла и фамилию сменить, но, к счастью, она этого, по-видимому, не сделала. Во всяком случае, в адресном столе Ларисе дали восемь адресов, по которым в Москве проживали женщины подходящего возраста с именем Цуканова Надежда Романовна.

Первые четыре попытки были неудачными. Лариса ездила по указанным адресам, спрашивала Надежду Романовну, объясняя, что разыскивает свою однокурсницу. Случалось, что дверь ей никто не открывал, и тогда приходилось приезжать еще раз или два. Случалось, что дверь ей открывали, но Надежды Романовны не было дома, и тогда Лариса просто просила показать ей фотографию. На уговоры, объяснения и преодоление естественного недоверия и подозрительности уходили время и силы, но она не сдавалась. Ей очень хотелось выяснить, кто же в ту давнюю новогоднюю ночь воспользовался беспомощным состоянием опьяневшей и беспробудно спящей девушки. И еще больше ей хотелось, чтобы этим человеком оказался Владимир Стрельников.

Когда она явилась по пятому из указанных в списке адресов, дверь ей открыл рослый худощавый юноша лет восемнадцати-девятнадцати, до такой степени похожий на ТУ девушку в белом свитере, что у Ларисы мгновенно пропали все сомнения.

— Здравствуйте, — вежливо сказал он, внимательно глядя на незнакомую женщину через очки с толстыми стеклами. — Вам кого?

— Мне нужна Надежда Романовна.

— А вы кто?

— Мы с ней когда-то учились в одном институте. Скоро исполняется двадцать пять лет с тех пор, как мы закончили институт, и вот мы решили организовать встречу выпускников...

Лариса внезапно осеклась под пристальным взглядом юноши.

— Мама умерла, — коротко сказал он.

Лариса неловко переминалась у двери, не зная, что делать дальше. Удача была так близко... Умерла. Надо, наверное, как-то отреагировать на это известие.

— Прости. Я не знала. Когда это случилось?

— Не так давно. Меньше года назад.

— Она болела?

— Нет.

— Несчастный случай?

— Нет. Мама отравилась. Она не хотела жить. Встречу выпускников вам придется проводить без нее.

— Мне очень жаль, — пробормотала Лариса растерянно, отступая от двери.

Дверь закрылась, послышались удаляющиеся шаги. Она медленно пошла к лифту, но передумала, спустилась на один лестничный марш и прислонилась к узкому грязному подоконнику. Между подоконником и батареей отопления была засунута банка из-под растворимого кофе, до середины заполненная окурками. Вероятно, это было постоянное место для курения у тех жильцов, кому не разрешали дымить в квартирах.

Лариса вытащила сигарету, щелкнула зажигалкой. Как глупо все получилось. И перед парнишкой неудобно. Явилась приглашать его мать на

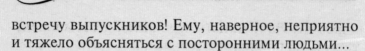

встречу выпускников! Ему, наверное, неприятно и тяжело объясняться с посторонними людьми...

Да, но мальчик к той давней истории отношения не имеет, слишком молоденький. Если Надя Цуканова тогда все же решилась рожать, то ребенку должно быть двадцать шесть лет, никак не меньше, а этому очкарику с внимательными глазками уж точно не больше двадцати. Интересно, мальчика Цуканова родила в браке или нет? И если в браке, то почему фамилию не сменила? Или меняла, а после развода снова взяла девичью. В конце концов, никакого значения это не имеет. Но неужели придется отказаться от задуманного? Потратить столько времени на поиски — и отступить? Жалко.

Лариса решительно погасила сигарету и снова поднялась к квартире Цукановой. На этот раз дверь долго не открывали, но наконец замок щелкнул.

— Это снова вы? — Голос у сына Надежды Романовны был не очень-то приветливым.

— Извини, пожалуйста, но мне очень нужно поговорить с тобой. Можно мне войти?

— Проходите, — хмуро сказал он. — Обувь можно не снимать, у нас завтра генеральная уборка, все равно полы мыть будем.

У нас уборка. Интересно, с кем мальчик живет? С отцом? Или со старшим ребенком Цукановой? А может, он уже женат.

Лариса сняла плащ и вслед за юношей прошла в большую комнату, где повсюду были разложены книги и тетради. Она поняла, что парень занимался. Наверное, в институте учится, решила она. Лариса плохо представляла себе, с чего начать и как повести разговор, чтобы узнать то, что ее ин-

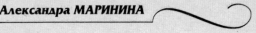

тересует. Но начинать надо было, деваться некуда, раз уж пришла.

— Знаешь, я как-то растерялась, узнав, что Нади больше нет. Даже соображаю плохо. Ты один живешь?

— С сестрой.

— Она младше тебя?

— Старше. Ей уже двадцать шесть. Вы что, хотели мне опеку предложить? Так не надо, я совершеннолетний. И вообще, мы отлично справляемся вдвоем.

— Неужели двадцать шесть? — деланно удивилась Лариса. — Я не знала, что Надя так рано вышла замуж. Из наших однокурсников никто этого не знал. Надо же.

— Она не была замужем.

— Как, совсем не была? — Теперь уже Лариса удивилась по-настоящему. — А твой отец? Или у вас с сестрой общий отец?

— Нет, отцы разные, но мама с ними не расписывалась. Так о чем вы хотели поговорить?

— Может быть, тебе это покажется странным... Я хотела поговорить с тобой об отце твоей сестры. Собственно, я надеялась поговорить о нем с Надей. Я же не знала о том, что случилось.

— А что о нем говорить? Мы его и в глаза-то никогда не видели. А вы правда с мамой вместе учились?

— Правда, — не моргнув глазом солгала Лариса.

— Тогда вы должны его знать.

— Конечно, если он был с нашего курса. Как его звали?

— Не знаю, — парень пожал плечами. — Мама не сказала.

— Как же так? Почему не сказала?

— Не знаю. Не сказала — и все. Я спрашивал, и сестра тоже спрашивала, но мама не говорила.

— Ну хорошо, отчество же у твоей сестры есть. Как ее зовут?

— Наталья Александровна.

Александровна. Не Владимировна и, слава богу, не Вячеславовна. Но это еще ничего не значит. При отсутствии мужа имя отца в свидетельстве о рождении указывается какое угодно, на усмотрение матери.

— Вы знаете какого-нибудь Александра, который ухаживал за мамой на втором курсе?

— Видишь ли, — осторожно сказала Лариса, — Александр — имя очень распространенное. На нашем курсе их было не меньше двадцати, а может, и больше. Я не знаю, с кем тогда встречалась твоя мама, мы учились в разных группах. Но я бы очень хотела узнать, кто он.

— Зачем?

— Он должен знать, что Нади больше нет и что у него взрослая дочь. Понимаешь, мне кажется, что он должен вам помогать, ведь он отец твоей сестры.

— Ничего он не должен, — огрызнулся юноша. — Он не мог не знать, что мама беременна. Раз не женился на ней и не помогал — значит, не хотел. Мама даже разговоры всякие о нем пресекала. Наверное, подонок какой-нибудь.

— Послушай, — спохватилась Лариса, — ведь мы с тобой даже не познакомились. Меня зовут Ларисой Михайловной. А тебя?

— Виктором.

— Так вот, Виктор, поверь моему опыту, никогда нельзя судить о ситуации, если знаешь о ней не все. Все знала только твоя мама и отец твоей сестры Наташи. Мало ли как у них складывались отношения. Вполне возможно, что твоя мама по каким-то причинам вообще скрыла от него, что беременна и хочет родить ребенка. И он до сих пор ничего не знает. Я считаю, что он должен обязательно узнать и о том, что твоя мама умерла, и о том, что у него есть дочь Наташа.

— Да почему вы так уверены, что он не знает? — вспылил Виктор. — А я вот думаю, что он все прекрасно знал и бросил маму беременную, поэтому она и слышать о нем не хотела. Подонок он, вот что я вам скажу.

— А вдруг нет? — тихо спросила Лариса. — Пожалуйста, припомни, что твоя мама о нем рассказывала. Хоть мелочь какую-нибудь, хоть полслова.

Виктор молчал, отвернувшись к окну. Потом медленно встал, подошел к книжным полкам и достал толстый альбом с фотографиями.

— Вот. — Он протянул Ларисе снимок, точно такой же, как лежал у нее в сумочке: две девушки что-то увлеченно обсуждают, а трое юношей строят смешные рожицы. — Это кто-то из них.

— Откуда ты знаешь? Мама говорила?

— Да, однажды мельком обронила пару слов. Мы вместе разбирали фотографии, хотели папе показать, какая она была в детстве. Мама тогда долго смотрела на этот снимок, губу закусила чуть не до крови. Папа заметил и спросил, в чем дело. Она ответила, мол, ни в чем. И продолжали дальше альбом листать. А потом я вышел на кухню и услышал, как папа спрашивает ее: «Надя, а кто это

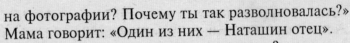

на фотографии? Почему ты так разволновалась?»
Мама говорит: «Один из них — Наташин отец».

— И все? Больше ничего не сказала?

— Я больше ничего не слышал. Не прислуши-
вался. Они там еще долго что-то обсуждали, папа
даже голос повышал, сердился, но я не понял, из-
за чего.

Значит, с отцом Виктора Надежда Романовна
все-таки это обсуждала. Что ж, уже хорошо. Понятно, что детям она об этом рассказывать не стала. Да и какая мать стала бы признаваться детям в
таком? А вот мужу или любовнику — другое дело.
Отца этого мальчика надо быстренько найти.

— А где твой отец, Виктор? Он с вами не живет?

Юноша как-то странно дернул плечами, словно судорога пробежала по его мускулистому худо-
щавому телу.

— Послушайте, Лариса Михайловна, вам не
кажется, что вы как-то излишне любопытны?

— Извини, — торопливо сказала Лариса. —
Я не думала, что тебе и об этом неприятно говорить. Ты не должен на меня злиться, Виктор, я
ведь совсем не знаю, что и как происходило в вашей семье, поэтому могу ненароком сказать или
спросить что-нибудь такое, что тебе не понравится. Я просто подумала, что если Надя говорила с
твоим папой о Наташином отце, то могла и имя
его назвать. Ведь могла?

— Ну, могла, — неохотно согласился Виктор. —
И дальше что?

— Я хочу встретиться с твоим папой, — твердо
произнесла Лариса. — Как мне его найти?

— Но я все равно не понимаю, — упрямо мотнул головой паренек, — что вам так дался этот Александр, который маму беременную бросил? У меня лично нет ни малейшего желания с ним встречаться. И совсем мне не нужно, чтобы он знал про маму и про Наташу. Чего вы лезете в нашу жизнь?

— Витя, я уже объясняла тебе, что все может быть вовсе не так примитивно, как ты себе представляешь. Каждый человек сам принимает свои решения, это его право. Но точно так же каждый человек должен принимать решения на основе полной информации. И он имеет право эту информацию получить. Если отец Наташи не хотел знать ни твою маму, ни собственного ребенка, то нужно всегда допускать, что это результат не его подлости и низости, а неполноты информации, которой он располагал.

— Вы философ? — недобро усмехнулся Виктор.

«Нет, я врач», — чуть было не вырвалось у Ларисы, но она вовремя прикусила язык. Как она может быть врачом, если якобы училась с Цукановой в одном институте? Институт-то был не медицинский, а технический, инженерный.

— Нет, я не философ. Но мой муж — врач, — солгала она. — И именно поэтому я очень хорошо понимаю, что диагноз, поставленный на основе неполно собранного анамнеза, может иметь фатальные последствия для больного. Тебе понятно то, что я сказала?

— Вполне. Я уже большой мальчик. И между прочим, учусь на философском факультете. Почему вы принимаете эту историю так близко к сердцу?

— Не знаю. Наверное, потому, что я очень хорошо относилась к твоей маме. А может быть, характер у меня такой. Так как мне разыскать твоего отца?

— Понятия не имею. Он ушел от нас, и больше я о нем ничего не слышал.

— Когда ушел? После того, как Нади не стало? Бросил вас с сестрой совсем одних?

— Не преувеличивайте, Наташа уже совсем взрослая, да и я не ребенок. Но ушел он раньше, еще до того, как мама...

Он внезапно побелел и замолк. И Лариса догадалась, что произошло.

— Твоя мама не смогла пережить разрыв с ним, да? — тихо спросила она.

Виктор молча кивнул.

— Но на похороны он приходил?

— Нет.

— Как же так? Неужели он не захотел проститься с Надей?

— Ему не сообщали.

— Почему?

— Ни к чему это. Он маму бросил. Она из-за него умерла. Незачем ему было приходить на похороны. Мы с Наташей так решили.

— Витя, это жестоко, — покачала головой Лариса. — Миллионы мужчин расстаются со своими женами и матерями своих детей. Расстаются по разным причинам. И крайне редко это приводит к тому, что женщина погибает. В любом случае это решение самой женщины, а не того мужчины, который ее оставил. Никогда нельзя его винить в смерти брошенной женщины. Какое право вы с сестрой имели лишить твоего отца возможности попрощаться с вашей мамой? Почему вы так стремитесь все за всех решать? Ты вспомни самого себя в детстве. Вспомни, как тебя злило, что взрослые навязывают тебе готовые решения и диктуют, что тебе есть, как одеваться и когда ложиться спать. Ты считал, что вполне можешь сам принимать решения. Почему же теперь ты отказываешь в этом праве другим людям? Ты не хочешь, чтобы я разыскала отца Наташи. Ты не позвал своего отца на похороны мамы. Почему ты считаешь себя вправе распоряжаться жизнями других?

— Я не распоряжаюсь, — огрызнулся Виктор. — Просто не считаю нужным делать то, что мне делать неприятно. Я не хотел видеть отца на маминых похоронах, потому и не сообщил ему о том, что случилось. Хотя я-то ладно, он все-таки мне родной отец. А для Наташи это было бы в десять раз тяжелее. Ей-то он вообще никто, а из-за него у нас мамы не стало. Я не хотел, чтобы ей было еще больнее. Видеть его не могу! И не хочу! Если бы он нас не бросил, мама была бы жива.

Лариса видела, что парень вот-вот сорвется, он и так уже держится из последних сил. Она была врачом-психиатром с приличным стажем, умела разговорить человека, расположить его к себе, заставить рассказывать о неприятном или тяжелом, но точно так же она всегда чувствовала, когда пора прекращать копание в тягостных воспоминаниях, потому что душевные силы пациента уже на исходе.

— Ну хорошо, — сказала она, вставая с неудобного, слишком низкого кресла, — если ты не знаешь, где искать твоего отца, то скажи мне по

крайней мере его имя и фамилию, я попробую сама его найти.

— Не скажу. Не надо его искать.

— Почему?

— Потому что вы начнете укорять его, говорить о том, что он бросил нас на произвол судьбы и не помогает, я знаю, вы обязательно скажете ему что-нибудь в этом роде, чтобы его разжалобить. И он может заявиться сюда.

— И что в этом плохого?

— Я не хочу. И Наташа не хочет. Он не должен переступать порог нашего дома. Он не имеет права на это. Я его ненавижу. Все, Лариса Михайловна, уходите, пожалуйста. Больше я вам ничего не скажу. Я и так потратил на вас много времени, мне заниматься нужно...

Голос Виктора становился все более громким и звенящим, и Лариса поняла, что действительно пора уходить. Вежливое равнодушие быстро перерастало во враждебность, тут и до эксцессов недалеко. Она торопливо надела плащ и покинула квартиру Цукановых, бормоча какие-то ненужные извинения и успокаивающие слова.

Выйдя на улицу, Лариса не спеша побрела к трамвайной остановке, прикидывая план дальнейших действий. Можно, конечно, попытаться поговорить со старшей дочерью покойной Надежды Романовны, возможно, она окажется более покладистой, чем ее нервный братец-философ. Но это все равно не даст нужного результата, ибо Наташа тоже наверняка не знает настоящее имя своего отца. Александровна! На снимке, которым заинтересовался отец Виктора, не было ни одного человека с таким именем. А Надежда сказала, что один из них — отец Наташи. Единственный, кто может знать и кому Цуканова могла сказать правду, — это отец Виктора. Конечно, Наташа, как и ее брат, знает, где его искать. Но вот вопрос: скажет ли. Ведь интерес к сожителю Надежды Романовны надо как-то объяснять. Что Лариса может сказать Наташе? «Я хочу найти этого человека, чтобы спросить у него, кто был твоим отцом». Если Наташа нормальный человек, она в ответ пошлет Ларису вполне конкретно, далеко и надолго. И разумеется, ничего ей не скажет. С какой это стати какая-то чужая тетка, которую Наташа в первый раз в жизни видит, интересуется тем, что касается только одной Наташи и больше никого?

Нет, не Наташу Цуканову надо разыскивать, а соседку-сплетницу. Вот она-то уж знает все. И даже больше, чем все.

* * *

Следуя совету разговорчивого медэксперта Айрумяна, Юра Коротков и Игорь Лесников взялись за старушек из дома, где жила Люба Сергиенко. То, что они узнали, ошеломило их и в то же время заставило сомневаться во всем, что казалось им точно установленным еще вчера.

Сначала выяснилось, что Люба после возвращения из-за границы не только регулярно посещала церковь, но и сблизилась с одной пренеприятнейшей особой по имени Алевтина, которая тоже вокруг храма отиралась. Две старушки-соседки, дружно ходившие в церковь почти каждый день, в один голос заявили, что в Алевтине дурной дух живет и что ничего хорошего людям от нее не бывает. Однако подробности рассказывать отказались, испуганно крестясь и озираясь по сторонам.

Найти Алевтину тоже оказалось делом несложным, она действительно частенько бывала в церкви и много времени проводила на кладбище, вокруг этой церкви расположенном. Это была мрачная худая женщина с горящими глазами и злыми тонкими губами. К работникам милиции она отнеслась до крайности агрессивно и вызывающим тоном твердила, что разговаривать ей с властями не о чем, что церковь в нашей стране отделена от государства и никаких общих интересов у нее с оперативниками быть не может. Однако услышав о смерти Любы Сергиенко, сразу осеклась и умолкла. Со стороны казалось, что она пытается решить для себя какой-то вопрос и, пока не решит его — ни слова больше не проронит. Юра и Игорь бились с ней часа два, пока Алевтина не смягчилась и не соизволила снова открыть рот.

— Ладно, скажу... Она черной магией интересовалась. Хотела на кого-то порчу напустить.

— На кого?

— Да будто бы на женщину какую-то, не то подружку ейную, не то родственницу.

— И как, напустила? — очень серьезно поинтересовался Лесников.

— Да вроде, — неохотно призналась Алевтина. — Уж не знаю, как там чего у нее вышло, а только больно смурная она вдруг сделалась. С самого-то начала она еще ничего была, плакала, конечно, все время, но видно было, что злоба ее точит.

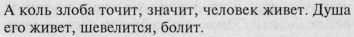

А коль злоба точит, значит, человек живет. Душа его живет, шевелится, болит.

— Значит, первое время Люба плакала и злилась, — тут же подхватил Коротков, чтобы повернуть разговор в нужное русло и не дать мрачной собеседнице отвлечься на посторонние рассуждения. — А потом что?

— А потом душа ее, видать, умерла, — констатировала Алевтина и опять умолкла.

— Из чего это вы такой вывод сделали?

— Она плакать перестала. И злиться перестала. В церковь каждый Божий день ходила, но все равно видно было, что у ней пусто внутри.

— Как это — пусто внутри? Вы уж сделайте одолжение, объясните нам поподробнее, а то мы понимаем плохо, — попросил Коротков.

Алевтина вздохнула, поерзала на жесткой скамейке, устраиваясь поудобнее. Она сидела на своей постоянной лавочке неподалеку от храма, среди могил. Уже давно это было как бы ее местом, и все, кому надо, всегда могли ее здесь найти, не сегодня — так завтра. Все так привыкли к этому, что никому и в голову не приходило интересоваться, а где, собственно, живет Алевтина и есть ли у нее адрес. Зачем? Адрес нужен, когда человека надобно найти. А Алевтину чего искать? Вот она, сидит между могилками. Ах, не сидит? Ну так, стало быть, завтра придет, даже и не сомневайтесь, придет непременно, а может, и не завтра даже, а сегодня, через часок появится. Она завсегда здесь, куда ей деваться.

— Что ж тут объяснять... Когда душа умирает, тут и объяснять больше нечего. Ничего ее изнутри не гложет, не бередит. Не болит, одним сло-

вом. А душа — она так устроена, что непременно болеть должна. За то ли, за другое ли, за третье, но должна всегда болеть. Когда она болит, человек ее чувствует и от этой боли поступки разные совершает. К примеру, если душа из-за денег болит, так человек старается их или заработать, или украсть. Если из-за мужа любимого ревность грызет, то женщина старается или к себе его приворожить, или соперницу извести, или еще что-нибудь придумает, полюбовника завести может, чтобы отвлечься, чтобы душевную боль приглушить. А когда душа не болит, то человек ее и не чувствует, а стало быть, и не делает ничего. А что есть человек, который ничего не чувствует и ничего не делает? Покойник и есть. Поняли теперь?

— Поняли, — кивнул Лесников. — Значит, вам показалось, что в какой-то момент душа у Любы болеть перестала?

— Ну да.

— А не припомните, какой это был момент? Хотя бы приблизительно.

— Приблизительно... Недели две назад, может.

— Вы не говорили с ней об этом?

— Говорила, а как же. Мне-то сразу в глаза бросилось, что она не такая, как раньше. Я и спросила ее, дескать, что с тобой, кровиночка, не обидел ли кто.

— А она что?

— А она головой качает и говорит: «Сама я себя обидела». Тут меня вроде как догадка осенила, я же знала, что она ворожбой занялась, и говорю ей: «Никак заговор помог?» А она кивает. «Помог, — говорит, — заговор, спасибо тебе, Алевтина».

— За что же спасибо? — удивился Коротков. — Разве вы помогали ей ворожить?

— Сохрани Господь!

Алевтина испуганно отмахнулась и осенила себя широким крестом.

— Никогда я этим богопротивным делом не занималась.

— Тогда за что спасибо?

— За совет. Она как познакомилась со мной, так и начала спрашивать, не знаю ли я, кто может порчу наслать. Я и сказала ей, что ежели у нее душа болит, так надо не порчу на разлучницу насылать, а себя от порчи лечить. И присоветовала ей, к кому пойти, чтобы тяжесть с души снять.

— К кому вы ее послали?

— Да к Павлу, к кому ж еще! Он человек богоугодный, а за других не поручусь.

— Фамилия у Павла есть или адрес?

Алевтина снова поджала тоненькие губки, но адрес все-таки дала.

— Давайте вернемся к Любе, — попросил Лесников. — Вы сказали, что направили ее к богоугодному человеку Павлу, который должен был снять с Любы порчу и помочь ей перестать ненавидеть разлучницу. Так?

— Так, милый, так, — закивала Алевтина.

— Потом в какой-то момент, примерно недели две назад, вы заметили, что Люба стала значительно спокойнее, и решили, что Павел ей помог и порчу снял. Сама Люба это тоже подтвердила. Правильно?

— Правильно, я так тебе и говорила.

— Так почему же вы решили, что ее душа умерла? Ведь если богоугодный человек Павел снял с

Любы порчу и успокоил ее, то Любе должно было стать лучше, а не хуже. А по вашим словам выходит, что ей стало хуже, что она чуть ли не в живую покойницу превратилась. Как же так?

— Вот чего не знаю — того не знаю, — Алевтина снова стала мрачной и закрытой. — Я тебе рассказываю, как дело было и чего я своими глазами видела. А за Павла я не ответчица. Мало чего он ей там наворожил...

Выйдя с кладбища, оперативники некоторое время шли молча, потом не сговариваясь свернули в переулок и зашли в небольшое полутемное кафе. Взяв по гамбургеру и по пластиковому стаканчику жидкого невкусного кофе, они устроились за столиком в самом углу полупустого зала.

— Как тебе эта бабка? — спросил Коротков, откусив горячий, но слишком перченый гамбургер.

— Врет она все, — пожал плечами Лесников.

— Думаешь?

— Невооруженным глазом видно. Бабка наверняка является штатной сводницей между несчастными женщинами и колдунами-проходимцами. Расчет правильный и практически безошибочный. Откуда при существовавшем десятки лет атеистическом воспитании возьмутся вдруг женщины, которые ни с того ни с сего делаются набожными? Процентов на семьдесят, а то и на все восемьдесят, это женщины, которые не в состоянии справиться с личными проблемами и идут в церковь от безвыходности. Я не имею в виду, конечно, глубоко религиозных старушек, я сейчас говорю о женщинах от двадцати до пятидесяти пяти, о тех, кто вырос и прожил жизнь в убеждении, что Бога нет. Поверь, Юрок, таких, которые не несут в себе злобы и отчаяния, в церкви единицы. Есть такие, конечно, которые сами изнутри светятся от доброты и чистоты, но, я повторяю, это единицы. Основная масса женщин детородного возраста приходит в церковь как к психотерапевту. Им нужна помощь, и тетка Алевтина тут как тут. Снятие порчи, ворожба, заговоры и все такое. Она этим прохиндеям бесперебойно поставляет клиентуру.

— Слушай, Игорь, а ты совсем в эту ворожбу не веришь? На все сто процентов?

— Юрок, не морочь мне голову, — улыбнулся Лесников. — Какая разница, верю я или нет? Я вполне допускаю, что кто-то из этих колдунов кое-что может, но наверняка не все. А несчастные бабы ходят ко всем. И деньги за услуги тоже все берут. Когда богоугодного Павла навещать пойдем? Сегодня?

— Сегодня, — вздохнул Коротков. — Вот поедим и пойдем.

* * *

Богоугодный человек Павел оказался громилой почти двухметрового роста с окладистой каштановой бородой, длинными, до плеч, густыми волосами и зычным басом. Он, вероятно, был неплохим психологом, потому что сразу понял, что двое мужиков, позвонивших в его дверь, пришли с чем угодно, только не с личной бедой. Поэтому вовремя удержался и не начал валять дурака прямо от порога, как он обычно делал, разыгрывая перед доверчивыми дурочками мага и волшебни-

ка. Правда, одет он был все-таки не очень удачно, в расчете именно на доверчивых дурочек: длинный белый балахон, скрывающий фигуру до самых щиколоток, множество браслетов на мощных волосатых руках, металлический обруч, охватывающий голову от лба до затылка.

— Павел Васильевич Леваков? — спросил Юра.

— Он самый, — широко улыбнулся богоугодный человек. — Чем могу служить?

— Мы из уголовного розыска. Нам нужно задать вам несколько вопросов...

Квартира у богоугодного колдуна была маленькой, темной и грязной, но зато на каждом шагу в глаза бросались атрибуты магии: свечи, чучела змей и огромных пауков, маленькие восковые фигурки, сухие ветки разных деревьев и склянки причудливой формы из разноцветного стекла. Беседа с Леваковым не затянулась. У него была хорошо продуманная база для разговоров с правоохранительными органами, судя по всему, разговоры эти уже имели место в прошлом, и не один раз, опыт у него имелся, поэтому он и не пытался замкнуться в себе, не отказывался отвечать на вопросы и тем самым сэкономил сыщикам время. Бояться ему, вполне современному и более чем циничному молодому человеку, было совершенно нечего.

— Люди приходят ко мне как к психотерапевту, хотя я всегда предупреждаю их, что не являюсь врачом и не имею медицинского образования. Но у меня, — тут он смущенно улыбнулся и развел руками, — как-то так получается помогать людям... От природы дар, наверное, но мне действительно удается облегчить их страдания.

Так, на незаконное врачевание Леваков уже не тянул. Неглупо. Интересно, сам додумался или проконсультировал кто?

— Вам, вероятно, известен широко применяемый в медицине прием лечения при помощи плацебо. Больному говорят, что вводят ему сильный препарат, который поможет, к примеру, удерживаться от приема алкоголя, а на самом деле дают ему обычный аспирин или анальгин или еще что-нибудь такое же простенькое и безвредное. Больной уверен, что принял сильнодействующий препарат, который обязательно ему поможет, происходит самовнушение, а результат просто потрясающий. Я действую точно так же. Когда ко мне приходит женщина и просит наслать порчу на ее соседку или знакомую, я прекрасно отдаю себе отчет, что моей клиентке нужно всего лишь осознание того, что у этой самой соседки все плохо. Я хочу, чтобы вы поняли разницу: неважно, как на самом деле идут дела у пресловутой соседки, важно, что по этому поводу думает моя клиентка. Знаете, очень часто бывает, что у объекта ненависти жизнь на самом деле — хуже некуда, а моя клиентка ненавидит этот объект и полагает, что та украла у нее счастье. Разубеждать и уговаривать бессмысленно. Я произвожу ряд манипуляций, которые воспринимаются клиентками как ворожба, и говорю: «Отныне твою соседку будет точить болезнь, и ты часто будешь видеть ее бледной и с синяками под глазами, особенно по вечерам. Счастье покинет ее, она начнет часто плакать, и глаза ее будут постоянно красны от слез. Любовь оставит ее, и хотя она изо всех сил будет делать вид, что у нее все в порядке, знай,

что это притворство. Ее разлюбили. И даже если ее не бросили, она все равно живет рядом с мужчиной, который ее не любит». И все в таком же духе в зависимости от причин ненависти клиента к объекту. Вот и все.

— Неужели помогает? — удивился Коротков.

— О, еще как! Ненависть слепа, как, впрочем, и любовь. Вообще все сильные эмоции слепы и глухи. Тут можно внушить все, что угодно. Все дело в том, к какому типу принадлежит человек. Есть люди, которые склонны причину всего искать в себе. Таким я не помощник, им нужен хороший, квалифицированный психоаналитик. Но таких меньшинство. Большинство же людей, особенно женщины, склонны причины своих несчастий и вообще всех неудач искать не в себе, а в других. В происках врагов, например. В злом умысле. Им бессмысленно объяснять, что нужно в первую очередь заглянуть внутрь себя. Но эти люди нуждаются в помощи, и я им помогаю. Они хотят верить, что источник бед находится как бы снаружи и приносит им несчастья, хотя их вины тут никакой нет. И как бы я ни старался, они свою вину все равно не признают. Им надо винить кого-то, и я путем несложных манипуляций заставляю их поверить, что этот кто-то уже наказан. У него все плохо, и с каждым днем все хуже и хуже, поэтому можно перестать его ненавидеть. И клиент успокаивается. Ненависть уходит, а порой даже уступает место сочувствию. Случается, что между клиентом и объектом ворожбы даже дружба завязывается.

Да, этому тридцатилетнему бугаю определенно нечего бояться милиции. Он не делает абсолютно

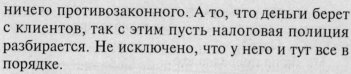

ничего противозаконного. А то, что деньги берет с клиентов, так с этим пусть налоговая полиция разбирается. Не исключено, что у него и тут все в порядке.

— Павел Васильевич, среди ваших клиентов была Любовь Сергиенко?

— Вы мне фамилии не называйте, я их не спрашиваю, и потому не знаю. Какая у нее была беда?

— Подруга у нее любовника увела, пока сама Люба была за границей, деньги зарабатывала.

— А, да, была, была. Славная такая девушка, светловолосая, возле верхней губы родинка, да?

— Да, это она. Вы пытались ей помочь?

— Разумеется, она же пришла за помощью.

— Расскажите, как все это происходило...

* * *

...Глаза у хорошенькой светловолосой девушки были опухшими и покрасневшими. Павел сразу понял, что в последние дни она часто и подолгу плакала.

— Заходи, милая, — сказал он, распахивая перед ней дверь и начиная свой обычный спектакль, — неси ко мне свою беду, неси, не бойся.

Беда у девушки по имени Люба была самой обычной и самой распространенной: любимый бросил. По частоте встречаемости эта беда стояла на первом месте, на втором — пьющие мужья, на третьем — проблемные дети. Единственное, что отличало Любу от подавляющего большинства клиенток Павла, это отсутствие стремления вернуть себе неверного возлюбленного.

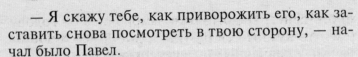

— Я скажу тебе, как приворожить его, как заставить снова посмотреть в твою сторону, — начал было Павел.

Но Люба прервала его.

— Не надо. Я не хочу, чтобы он возвращался. Он мне больше не нужен.

— Тогда зачем ты пришла? Чего хочешь, милая?

— Я хочу, чтобы она умерла.

Она сказала это тихо и сквозь зубы, уставившись глазами в пол. Павел поежился. Конечно, такие слова он слышал не впервые, и обычно ему удавалось направить отрицательные эмоции клиента в несколько иное русло, в результате чего человек уже не желал смерти своему ближнему, а ограничивался пожеланиями болезней, потом соглашался всего лишь на семейные и служебные неурядицы, а уж заставить его поверить в то, что такие неурядицы случаются, было делом вполне возможным. Но с этой девушкой, он это сразу понял, все будет непросто. Судя по всему — и по тихому голосу, и по вялой мимике, и по заторможенным движениям — она долго обдумывала свое отношение к сопернице и желает ей смерти не под влиянием мимолетных эмоций. Может быть, она даже боролась с собой, пытаясь взять себя в руки и простить ее.

— Зачем тебе ее смерть? Разве в твоей жизни что-то изменится, когда ее не станет? Ты сама сказала, что любовника возвращать не хочешь.

— Не хочу. Но и она не должна жить. Я слишком много из-за нее вытерпела. Унижения, голод, нищету. Теперь еще вот это... Пусть она умрет.

Павел понял, что случай сложный, но зато есть реальная возможность вытянуть из девушки много денег. Надо только заморочить ей голову тем, что нужный ей результат достигается постепенно, ежедневными магическими сеансами на протяжении длительного времени. Чем дольше процесс, тем больше шансов, что Люба все-таки одумается и согласится на более мягкие меры наказания разлучницы. А каждый сеанс — это деньги. И еще один прием, которому научил Павла когда-то знакомый дерматовенеролог. Надо постоянно твердить пациенту, что результат будет достигнут только при неукоснительном проведении лечебных процедур строго по графику, по дням, часам и минутам. В противном случае успех не гарантируется. Ну где вы найдете человека, который в состоянии на протяжении шести-восьми месяцев принимать лекарство или мазать больное место мазью каждый день и строго по часам? Нет такого человека. Обязательно будет пропускать, то ли забудет, то ли поедет куда-нибудь, где нет возможности провести процедуру вовремя, то ли еще что. А потому никаких претензий врачу, если результата лечения нет. Павел взял прием на вооружение и постоянно внушал своим клиенткам, что результат будет только в том случае, если производить магические манипуляции в течение, к примеру, семи суток каждые пятьдесят четыре минуты. Понятное дело, что выполнить условие могли только сумасшедшие фанатички, а такие попадались не так уж часто.

Любе он тоже сказал, что знает, как заставить разлучницу умереть, но дело это долгое и требует терпения и кропотливости. Люба была на все согласна и обещала все указания выполнять в точности. Павел придумал для нее длинную и сложную процедуру, которую надо было производить непременно поздно вечером и непременно на кладбище, на могиле кого-то из умерших родственников разлучницы.

Говорил он, сливая жидкости из разных склянок в одну и записывая на листочке весь ход им же самим изобретенной процедуры.

— В первый день возьмешь семь капель состава, смочишь в них сосновую ветку и подожжешь. Пока она будет гореть, произнесешь заклинание, вот текст. Только его нельзя читать по бумажке, его надо выучить наизусть и говорить страстно и от всего сердца, иначе ничего не выйдет, покойник тебя не услышит. В первый день надо проделать это два раза, один раз — пока еще светло, второй раз — ближе к полуночи, когда стемнеет, но смотри, чтобы полночь не пробила. После того как пробьет двенадцать, будет считаться уже следующий день, и тогда ворожба не поможет. Запомнила?

— Запомнила, — послушно кивнула Люба, которая слушала Павла внимательно и напряженно.

— На второй день пойдешь к могиле ровно без двадцати двенадцать дня и возьмешь три капли состава. Потом вернешься без двадцати двенадцать ночи и возьмешь шесть капель. Ветки на второй день должны быть от липы...

Он придумывал все новые и новые детали, стараясь сделать магические манипуляции заведомо невыполнимыми. Предупредил, что такая процедура рассчитана только на первые пять дней, а потом Любе снова придется прийти, и он скажет ей, что и как надо делать в следующие пять дней. За новую плату, разумеется. Наконец девушка ушла, оставив в шкатулке у входа пять бумажек по сто тысяч рублей. А спустя три дня она

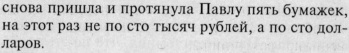

снова пришла и протянула Павлу пять бумажек, на этот раз не по сто тысяч рублей, а по сто долларов.

— Что это? — не понял он. — Ты же мне в тот раз заплатила.

— В тот раз я платила за совет. А сегодня — за результат.

Павел похолодел. Он всегда верил только в самовнушение, но никогда даже мысли не допускал о том, что его ворожба и заговоры могут сделать что-то реальное.

— Ты перестала ненавидеть? — осторожно спросил он. — Твоя душа успокоилась и очистилась от зла? Я рад за тебя, милая. Убери деньги, ты уже достаточно заплатила мне в прошлый раз. Твое счастье и спокойствие — лучшая награда для меня.

— Мне больше некого ненавидеть, — ровным, лишенным интонаций голосом сказала Люба. — Она умерла. Умерла на помойке, как пес, возвращающийся к своей блевотине, как вымытая свинья, которая снова лезет в грязь. Ваши советы помогли, ее бабка позвала ее к себе.

Она исчезла прежде, чем Павел сумел справиться с изумлением. Когда он пришел в себя, пять бумажек по сто долларов валялись у него под ногами, а Любы не было. Только внизу, в подъезде, хлопнула дверь...

Глава 9

После визита к Павлу Левакову установить местонахождение Любы Сергиенко во время убийства Людмилы Широковой уже не представляло никакой сложности. Конечно, это требовало терпения и времени, но интеллектуального труда не составляло. Павел припомнил, что на этот день ей было предписано посетить кладбище дважды. Перед вторым посещением, которое должно было состояться незадолго до полуночи, Любе следовало не меньше трех часов ходить по лесу или по парку, где нет машин и вообще мало продуктов технического прогресса, и читать молитвы, чтобы очиститься. Потом нужно было найти место и не меньше шестидесяти минут просидеть неподвижно, не шевелясь и не произнося ни слова, обратив свой взор внутрь себя и стараясь через это прикоснуться к космическим глубинам. Только этим можно будет добиться того, что покойные родственники разлучницы услышат Любину просьбу. С теми, кто предварительно не очистился, они и разговаривать не станут. Очистившись, Люба должна была идти на кладбище, но обязательно пешком. Вообще Павел предупреждал ее, что ворожба несовместима с техническим прогрессом, поэтому если хочешь достичь каких-либо результатов при помощи магии, нужно избегать всего, что связано со сложной техникой. Не пользоваться лифтами, не ездить на городском транспорте, не включать электробытовые приборы.

Кладбище, где была похоронена бабушка Людмилы Широковой, находилось в полутора часах ходьбы от улицы Шверника, где жила Люба Сергиенко. Итого, если Павел Леваков не лгал и если Люба в точности выполняла его указания, ей на проведение магического мероприятия нужно было не меньше семи часов. Три часа ходить и читать молитвы, еще час сидеть и погружаться в себя, потом полтора часа идти до кладбища и столько же обратно — еще три часа. И сколько-то времени провести на самом кладбище. При этом подойти к могиле и «вступить в контакт» с бабушкой Широковой Люба должна была до наступления полуночи. Выходило, что уйти из дома она должна была в тот день не позже шести часов вечера. До девяти гулять, бормоча молитвы, с девяти до десяти — сидеть неподвижно на какой-нибудь тихой укромной лавочке, а с десяти до половины двенадцатого идти пешком на кладбище. Вот так примерно. Теперь нужно было найти свидетелей, которые подтвердили бы этот длинный маршрут, и можно было с чистой совестью снимать с наложившей на себя руки Любы Сергиенко обвинения в убийстве.

Подняли протокол допроса Любы, в котором зафиксированы ее ответы по поводу местонахождения в предполагаемый период убийства Широковой. Может быть, в ее ответах не все является ложью. Ведь говорила же она, что гуляла, и даже конкретные места и улицы указывала. Правда, она утверждала, что ушла из дома около восьми вечера и вернулась около полуночи, тогда как по всему выходило, что уйти она должна была около шести и вернуться около часа ночи. Но это уже не столь важно. Конечно, Люба вынуждена была солгать, потому что даже четырехчасовая прогулка вызвала у следователя недоверие и кучу вопросов, а уж если бы она стала рассказывать, что гуляла по улицам целых семь часов, не имея определенной цели и ни с кем при этом не встречаясь, мало кто поверил бы ей. И у нее не осталось бы иного выхода, кроме как признаться в походах на кладбище с целью наворожить Людмиле скорую и мучительную смерть. Будь Людмила жива, в таком признании не было бы ничего особенного, ну, может быть, стыд был бы и неловкость, но в целом никакого криминала. Но ведь она умерла. И не просто умерла — убита. И признаться в том, что желала ей смерти, все равно что признаться в этом убийстве. Понятно, что свои походы в церковь, к богоугодному колдуну Павлу и на кладбище Любе Сергиенко приходилось скрывать.

— А если все это только камуфляж? — устало спросила Настя.

Два дня было потрачено на то, чтобы попытаться найти людей, которые видели Любу Сергиенко во время этого длинного семичасового похода. Спустя два дня выяснилось, что найти очевидцев, которые могли бы подтвердить алиби Любы в полном объеме, никак не удается. Любопытствующая старушка припомнила, что Люба действительно ушла из дома где-то минут через пятнадцать после окончания очередной серии «Милого врага», который идет по Московскому телеканалу, начинается без десяти пять вечера и длится примерно сорок пять минут. Старушка серию посмотрела, вскипятила чайник и уселась с чашкой чаю у окошка на втором этаже. Бдила, стало быть. И нашлись пацаны лет по семнадцать, которые развлекались ночными посиделками на кладбище в обществе бутылки дешевого вина, сами себя на храбрость проверяли. Они тоже видели молодую женщину, которая что-то жгла возле одной из могил на шестьдесят четвертом участке, то есть как раз там, где похоронена бабушка Людмилы Широковой. Оперативник Миша Доценко провел вечер в зеленом массиве между Загородным шоссе и Серпуховским валом, где, по словам Любы, она гуляла в тот вечер, и опросил всех собачников, которые там появились. Двое из них вспомнили странную девушку, которая сидела на скамейке абсолютно неподвижно, как каменное изваяние, ни разу не шелохнувшись за все время, что они выгуливали своих питомцев. И было это действительно в промежутке между девятью и десятью вечера. Один из них, владелец симпатичного бородатого миттельшнауцера, даже заявил, что обратил внимание на девушку, потому что и днем раньше, то есть в воскресенье, она точно так же неподвижно сидела на той же самой скамейке, и выражение лица у нее было какое-то... Одним словом, будто не в себе она. Словно всех близких разом похоронила.

Таким образом, три точки длинного маршрута были более или менее подтверждены, но все равно оставались сомнения относительно того, где была Сергиенко с шести до девяти вечера и в промежутке между лавочкой в зеленом массиве и кладбищем. При умелой организации в первом или во втором интервале вполне можно было совершить убийство. Так, во всяком случае, считала Настя Каменская.

— Если это действительно она убила Людмилу, а в церковь и к Левакову ходила, чтобы отвести от себя подозрения? — говорила она Короткову. — Да, желала смерти бывшей подруге, но ведь дело-то понятное, ревность, злость, отчаяние... Чего не натворишь с больной головы. Вы же не думаете, граждане милиционеры, что это я Милу своей ворожбой кладбищенской извела.

— Да, граждане милиционеры действительно так не думают, — уныло подтвердил Коротков. — Чего делать-то будем, Ася? Совсем мы в этом деле увязли, и никакого просвета. Тебе чутье что-нибудь подсказывает?

— Молчит, как воды в рот набрало, — призналась она. — Но история с письмами мне тоже покоя не дает. Что-то в ней нечисто, Юра. С одной стороны, совершенно непонятно, откуда взялось письмо Дербышева и почему он отрицает, что писал его. С другой стороны, мне непонятно, зачем Стрельников его хранил. И его, и два других письма.

— А что эксперты? Ты им звонила сегодня?

— Я их боюсь, — Настя зябко поежилась. — Они на меня уже кричат. Я и так два последних дня им по десять раз звонила.

— Ой-ой-ой, кто бы говорил, — насмешливо протянул Коротков. — Кого ты испугаешься, тот дня не проживет. Предлагаю бартер. Ты наливаешь мне чашку живительного черного напитка под названием «кофе», а я за это позвоню в лабораторию и приму удар на себя.

— Годится.

Настя включила кипятильник и достала из тумбочки две чашки.

— Юр, ты не думай, мне кофе не жалко, я тебя нежно люблю и готова по пять раз в день поить, но мне все-таки интересно.

— Что тебе интересно?

— Почему ты всегда что-нибудь стреляешь или клянчишь? То кофе, то сигареты, то сахар. Тебе что, чужой кусок слаще? Я же прекрасно знаю, что ты не жадина и не жлоб, ты последнюю рубашку с себя снимешь и отдашь, если кому-то из нас понадобится. И потом, ты денег никогда не просишь. Сам даешь в долг сколько угодно, но никогда не одалживаешь для себя. Значит, дело точно не в любви к халяве. Так в чем же?

Коротков задумчиво усмехнулся, запустив пятерню в густые давно не стриженные волосы.

— А черт его знает, Аська. Я и сам порой удивляюсь. Ведь у меня в столе точно такая же банка кофе сейчас стоит, вчера как раз купил, и чайник есть электрический, и сахар, и чашки. Но у тебя вкуснее, что ли... Нет, не так. Я вот сейчас прикинул и понял, что если бы мне пришлось самому себе кофе сделать у тебя в кабинете, я бы тоже не стал. Наверное, для меня важно не то, что чужое, а то, что из чужих рук дают. Вроде как ухаживают за мной, понимаешь?

— Понимаю. Откуда это у тебя? Неужели дома так скверно?

— Угу. Ты бы видела, с каким лицом Лялька мне еду дает — удавиться можно. Словно тягостную обязанность выполняет. Надоел я ей хуже горькой редьки, я же понимаю. Но деваться некуда. Выгнать меня — у нее совести не хватает, квартира-то наша общая, кооперативная еще, другого жилья у меня нет. А разменивать ее невозможно, она такая маленькая, что кроме двух комнат в коммуналке из нее ничего не выменяешь. Я-то готов в коммуналку переезжать, ради бога, пожалуйста, а ей что делать? Теща еще долго пролежит в своем параличе, ей отдельная комната нужна, а в одной комнатухе Лялька с ней и с сынишкой с ума сойдет. Я уж и так стараюсь поменьше дома бывать, чтобы не отсвечивать, в одной комнате теща, в дру-

гой — жена с сыном, и вроде ничего. А когда я заявляюсь, становится по-настоящему тесно. Не протиснуться. Так и живем в атмосфере всеобщей ненависти. Лялька мне всю плешь проела, чтобы я бросил ментовку и шел юристом на фирму или в охрану куда-нибудь. Надеется, что я стану бешеные бабки заколачивать и смогу купить квартиру, тогда она наконец сможет выгнать меня к чертовой матери.

— Уйди сам, — предложила Настя, — зачем же ты ее мучаешь.

— Куда уйти? — с тоской спросил Коротков. — Ты знаешь, сколько стоит квартиру снимать? Самое маленькое — двести долларов в месяц. А жить на что, если вся моя зарплата со всеми надбавками и процентами за выслугу лет — триста долларов. И вообще...

— Что — вообще?

— Не могу я сам уйти. Пацан маленький еще, да и теща больная. Получается, что я как крыса с корабля бегу. Ну как я Ляльку одну оставлю с ребенком и парализованной тещей? Если она сама так решит — тогда другое дело. А я не могу.

— Все с тобой ясно, Юрасик. Любви тебе не хватает и заботы. Ладно, ты притащи мне бакалейные запасы из своего кабинета, я буду тебя поить и кормить, если для тебя так принципиально важно, чтобы тебе подавали на блюдечке и при этом нежно улыбались. А Люся что себе думает? Вашему роману уже четыре года, если я не обсчиталась. Пора и о будущем подумать.

— Она ничего не думает, она двух сыновей растит, мужа обихаживает. Докторскую диссертацию собралась писать. Ей не к спеху. Она все равно от мужа не уйдет, пока сыновья не вырастут. Да и жить тоже непонятно где... Правильно Булгаков сказал, мы — ничего ребята, только квартирный вопрос нас испортил. Ладно, что мы все о грустном? Давай-ка наливай живительный коричневый напиток, и поговорим лучше о Стрельникове.

— А что о нем говорить, пока экспертиза не готова? Между прочим, ты мне что обещал?

— Позвонить.

— Вот и звони.

Юра потянулся к телефону, но оказалось, что в лаборатории никто не отвечает. Он набрал номер еще раз, но с тем же результатом.

— Куда они все подевались? — с недоумением проворчал он, вешая трубку.

Настя глянула на часы и фыркнула.

— Десятый час, счастье мое ненаглядное! Все приличные эксперты давно поужинали и сидят перед телевизором. Я знаю, ты специально завел со мной душещипательный разговор, чтобы я отвлеклась и забыла про твое обещание. Ты сам экспертов боишься не меньше меня. Все, допивай кофе и пошли по домам.

* * *

Утром выяснилось, что заключение экспертов готово, но было оно таким, что ясности в деле отнюдь не прибавилось. Письмо, адресованное Людмиле Широковой и подписанное именем «Виктор Дербышев», было исполнено не тем человеком, чей почерк представлен на образцах номер один и два. Другими словами, писал это письмо не Дербышев. Однако это был ответ лишь на первый вопрос, поставленный следователем перед экспертами. Ответ же на второй вопрос заводил следствие в тупик: на письме обнаружены отпечатки пальцев Дербышева. Причем отпечатки совсем свежие. Дело в том, что Виктор где-то в середине августа сильно порезал средний палец на правой руке. Порезал бритвой, поэтому шрам был тонким, но длинным и очень заметным. И отпечаток пальца с этим самым шрамом красовался на письме, которого он не писал. Точно такой же отпечаток и точно такой же шрам, как на сравнительных образцах, взятых у Дербышева на Петровке.

Константин Михайлович Ольшанский велел немедленно доставить Дербышева в прокуратуру. Виктора выдернули прямо с каких-то переговоров, вызвав тем самым бурю возмущения не только с его стороны, но и со стороны руководства фирмы.

— Виктор Александрович, время интеллигентного и мягкого разговора прошло, — начал Ольшанский сухо, уткнувшись глазами в бумаги и не поднимая головы. — Давайте раз и навсегда проясним ситуацию с вашей перепиской. Я хочу сразу предупредить вас: пока мы не расставим все точки над i, я вас не отпущу. Вы можете возмущаться, кричать и топать ногами, но чтобы вам зря энергию не расходовать, скажу заранее: у меня очень большой стаж следственной работы, в моем кабинете так часто и так громко кричали, топали ногами и били кулаком по столу, а также высказывали различные угрозы, что у меня выработался стойкий иммунитет. Я на все это не реагирую.

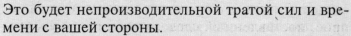

Это будет непроизводительной тратой сил и времени с вашей стороны.

Дербышев молчал, набычившись и всем своим видом демонстрируя негодование.

— Что ж, я надеюсь, вы поняли меня правильно. Приступим, Виктор Александрович. Вот заключение экспертов, ознакомьтесь, пожалуйста. В нем сказано, что на письме, отправленном на номер абонентского ящика Людмилы Широковой, обнаружены отпечатки ваших пальцев. При этом сам текст письма выполнен совершенно точно не вами. Вы можете как-нибудь это объяснить?

— Нет, не могу, — бросил Дербышев сквозь зубы. — И не пытайтесь переложить на меня вашу работу. Я не обязан оправдываться, это вы должны доказать, что я виновен.

— Вы правы, вы не обязаны доказывать, что невиновны. Но вы имеете право получить возможность оправдаться. Вот эту возможность я вам и даю. Так что, Виктор Александрович, будут у вас хоть какие-то объяснения этому более чем странному факту?

— Нет.

— Ну что ж, тогда мне придется рассуждать вслух. Итак, объяснение первое: вы получили письмо с фотографией от красивой блондинки, решили ей ответить, но по каким-то причинам попросили написать текст письма кого-то третьего. Причем написать так, чтобы почерк был максимально похож на ваш собственный. Таким образом, мы имеем письмо, написанное не вами, но с отпечатками ваших пальцев. Годится?

— Глупость какая-то! — презрительно фырк-

нул Дербышев. — Зачем мне просить кого-то писать письмо вместо меня, да еще и моим почерком?

— Действительно, глупость, — спокойно согласился Ольшанский. — Попробуем другой вариант. Кто-то хотел встретиться с Широковой, выдав себя за вас.

— Тоже чушь, — отмахнулся Дербышев. — Если этот человек хотел выдать себя за меня, он послал бы ей свою фотографию, а не мою.

— И снова вы правы. Теперь давайте подумаем вместе, откуда мог появиться листок с вашими отпечатками пальцев?

— Да откуда угодно! — вспылил Дербышев. — Любой мог взять на моем столе чистый лист бумаги, к которому я уже прикасался.

— А что, бумага, на которой написано письмо, точно такая же, как та, которой вы пользуетесь в офисе? — невинно осведомился следователь.

Дербышев умолк и задумался. На этот раз на его лице уже не было злости и раздражения, и Ольшанский понял, что Виктор включился в работу. Виновен он или нет, но он теперь будет думать и рассуждать, приводить аргументы и возражения, а это всегда хорошо как для установления невиновности, так и для подавливания виновного.

— Я, честно признаться, не обратил внимания, — наконец произнес Дербышев. — Можно взглянуть на письмо?

— Пожалуйста. — Следователь протянул ему оригинал письма, найденного на даче у Томчаков.

Виктор повертел его в руках, потом открыл портфель и достал оттуда папку с бумагами.

— Вот, — сказал он, листая вложенные в папку документы, — получается, что в нашем офисе такая бумага есть. Смотрите, вот документ, а вот еще один — они выполнены на точно такой же бумаге.

— А другие документы? Они на другой бумаге?

— Да. Она тоже белая, того же формата, но более плотная.

— А какую бумагу вы обычно используете?

— Ну, вообще-то какую дадут, такую и используем. — Дербышев впервые за время беседы слегка улыбнулся.

— Меня такой ответ не устраивает, — холодно произнес Ольшанский, сделав вид, что не заметил перемену в настроении допрашиваемого.

— Видите ли, для ксерокса и для лазерного принтера нужна хорошая белая бумага, а для обычного принтера годится любая. Поэтому фирма закупает и дорогую бумагу, и подешевле. Можно, конечно, покупать только дорогую, но раз матричные принтеры печатают и на дешевой, то лучше сэкономить. Бумага, на которой написано письмо, годится только для матричного принтера, она тонкая и сероватая, видите? Это дешевый сорт. И точно на такой же напечатаны вот эти два документа. Посмотрите, по шрифту видно, что они печатались на матричном принтере.

— Какой принтер стоит на вашем рабочем столе?

— У меня их два, матричный и лазерный.

— А зачем вам два? — удивился Ольшанский.

— Да все в целях той же экономии. Окончательный вариант документа делается на лазерном принтере, на хорошей бумаге, красивыми шрифтами. Но пока окончательный вариант подгото-

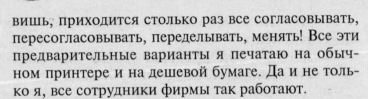

вишь, приходится столько раз все согласовывать, пересогласовывать, переделывать, менять! Все эти предварительные варианты я печатаю на обычном принтере и на дешевой бумаге. Да и не только я, все сотрудники фирмы так работают.

— И что, у каждого на столе по два принтера стоит? — не скрыл сомнений Ольшанский.

— Что вы, это дорогое удовольствие. У нас на всю контору только три лазерных принтера: один у секретаря и еще два — у тех сотрудников, которые умеют его правильно использовать.

— А вы, стало быть, умеете?

— Стало быть, да, — сдержанно подтвердил Дербышев. — Я не улавливаю, при чем тут ваша ирония.

— При бумаге, — пожал плечами Ольшанский. — Я хочу понять, кто из ваших сотрудников пользуется бумагой только одного сорта, а кому дают оба, и дорогой, и дешевый. Я так понимаю, что бумагу обоих сортов получают только те, у кого стоят по два принтера. Верно?

— Не знаю, я как-то внимания не обращал... Но мне действительно дают и ту, и другую. И потом, Константин Михайлович, не надо сводить все к формальностям. Сотрудники фирмы — люди не бедные, и если кому-то из нас нужна бумага, мы идем и покупаем ее. Разумеется, сначала мы звоним секретарю и говорим, что у нас бумага кончилась. В пяти случаях из десяти она через полчаса приносит новую пачку. А в остальных пяти случаях мы слышим в ответ, что склад закрыт, что бумагу еще не купили или еще что-нибудь в этом же роде. Тогда мы просто даем секретарю деньги и посылаем в ближайший магазин за бумагой. Вот

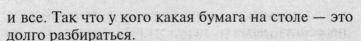

и все. Так что у кого какая бумага на столе — это долго разбираться.

— Хорошо, мне придется изъять у вас документы, выполненные на дешевой бумаге.

— Для чего?

— Я отправлю их на экспертизу. Хочу узнать, написано ли письмо на такой же бумаге.

— Но содержание этих документов является коммерческой тайной...

— Мне очень жаль, Виктор Александрович. Документы мне придется у вас изъять. Если вы не хотите, чтобы у вас были неприятности по коммерческой линии, возьмите ручку и зачеркните все, что не предназначено для посторонних глаз. Можете взять пузырек с чернилами и залить весь текст. Меня интересует только качество бумаги.

— И чего вы добьетесь своей экспертизой? — Дербышев снова начал нервничать. Вероятно, его способности отвлечься от эмоций и сосредоточиться на деле хватало ненадолго. — Зачем огород городить?

— Виктор Александрович, возьмите себя в руки и посмотрите правде в глаза. Ситуация, в которую вы попали, является более чем неприятной. И меня удивляет ваше упорное нежелание хоть как-то ее прояснить. Объяснить вашу позицию можно только одним способом.

— Каким же?

— Признать, что вы виновны. Уж не знаю в чем, в убийстве ли Людмилы Широковой или в чем другом, но виновны. Вы прекрасно знаете, как появилось на свет это странное письмо, но пытаетесь скрыть от меня правду. Устраивает вас такое объяснение?

— Но послушайте, я вам сто раз говорил, что никакого письма никакой Широковой я не писал и не мог писать, потому что знать ее не знаю и никаких писем от нее не получал! Что вы мне голову морочите бумагой какой-то, принтерами, экспертизами! Я сто раз говорил...

— А я сто раз слышал, — вполне миролюбиво откликнулся Ольшанский. — И столько же раз удивлялся вашей слепоте. Вы же сами прекрасно видите, что я не лгу, не обманываю вас, не запугиваю. Вот письмо. Посмотрите на него. Оно существует, его можно потрогать, прочесть. Это не плод моего воспаленного воображения. Поймите же, Виктор Александрович, оно существует, и сколько бы вы ни кричали о том, что вы его не писали, оно не исчезнет, не перестанет существовать. Оно есть. Потому что кто-то его изготовил. Кто-то написал его. И даже вложил в него вашу фотографию. У вас есть такая фотография?

— Нет.

— Ну вот видите. Значит, этот человек не только позаботился о том, чтобы на бумаге были отпечатки ваших пальцев и чтобы почерк был как две капли воды похож на ваш, он еще и не поленился, выследил вас и сфотографировал. Это очень неглупый и очень предусмотрительный человек. И он ходит где-то рядом с вами. Ведь если он смог взять с вашего стола бумагу, к которой вы прикасались, то он подходил к вам очень близко. Вплотную подходил. Дышал вам в затылок. Неужели вам не страшно, Виктор Александрович? У меня ведь только два выхода: либо считать вас преступником, либо признать, что вам угрожает опасность. Вы какой вариант предпочитаете?

— Но я не понимаю... — пробормотал Дербышев. — Чушь какая-то. Кому понадобилось это делать? Нет, я не понимаю.

— А что, у вас врагов нет? — вздернул брови Ольшанский. — Так-таки ни одного врага? Простите, не верю. У человека, который занимается торговлей недвижимостью, обязательно есть враги. Или по крайней мере недоброжелатели. Это законы экономики.

— Все равно я не понимаю... Да, конечно, найдутся люди, у которых из-за моего вмешательства сорвались выгодные сделки, но это случается сплошь и рядом. Чтобы из-за этого заварить такую кашу... Нет, в голове не укладывается. По-моему, вы передергиваете, Константин Михайлович.

— Возможно, возможно. — Следователь пожевал губами, потом вынул из стола чистый бланк и начал его заполнять. — Я выношу постановление о вашем задержании. Результаты экспертизы, с которыми я вас ознакомил, дают основания подозревать вас в причастности к убийству Людмилы Широковой. Вас задерживают пока на трое суток, а там видно будет.

— Вы что...

От неожиданности у Дербышева пропал голос, и ему пришлось откашляться, прежде чем продолжать.

— Вы с ума сошли? Как это вы меня задерживаете? С какой стати?

— Виктор Александрович, я вам только что объяснял все подробно и на хорошем русском языке. Если вы не понимаете, то вам придется подумать об этом самостоятельно. Времени у вас будет достаточно. Да, и еще одно. Фирма у вас, как вы

сами сказали, не бедная, поэтому если через трое суток я приму решение взять вас под стражу и прокурор с этим решением согласится, ваша фирма может походатайствовать перед судом об освобождении вас под залог. Залог будет большим, но риэлтеры, я думаю, потянут.

— Вы ответите за это беззаконие.

— Естественно, — кивнул Ольшанский, не отрываясь от бланка. — У вас плохая память, Виктор Александрович. Я же предупреждал вас, что у меня стойкий иммунитет на всякого рода угрозы, я их слишком много выслушал за свою жизнь. И необоснованных задержаний в моей практике было достаточно, мы же тоже люди и имеем право на ошибку. Смею вас уверить, такие ошибки случаются часто, и никого за это не увольняют и даже выговор не объявляют. Так что если ваше задержание в конце концов окажется ошибкой, мне за это ничего не будет. Ровным счетом ничего. На то оно и задержание, чтобы в течение трех суток проверить подозрения, которые вполне могут оказаться и необоснованными.

Ольшанский снял телефонную трубку и вызвал конвой, который должен был препроводить задержанного из здания Московской городской прокуратуры на Петровку.

* * *

— Костя пошел вразнос, — сообщил Юра Коротков, заглядывая в Настин кабинет. — Он задержал Дербышева.

— Да ты что?

Настя от изумления даже карандаш выронила.

— Век воли не видать, — побожился Коротков. — Его только что доставили.

— С ума сойти! На Костю как-то не похоже. Ты же знаешь, он не любитель резких телодвижений. И с арестом никогда не торопится.

— Ну, видно, этот Дербышев чем-то его достал, — сделал вывод Юра. — Скажу тебе больше, он, похоже, и на Стрельникова зуб точит. После обнаружения писем на даче Томчака Костя допрашивает Стрельникова каждый день, а тот ему упорно твердит, что в глаза этих писем не видел и на даче у друга не прятал.

— Да кто ж ему позволит Стрельникова задерживать! Правая рука председателя Госкомвуза, его в обиду не дадут. И вообще, за что?

— Костя найдет, за что, было бы желание. Но я так думаю, что это из-за писем. Мотив-то для убийства вполне подходящий. И не исключено, что Стрельников вступил в сговор со своей бывшей любовницей Сергиенко. Мотив есть у обоих, а в такой ситуации прошлыми конфликтами можно пренебречь.

— Да ладно тебе, — Настя недоверчиво глянула на Короткова. — Ты сам-то веришь в то, что несешь?

— Не-а, не верю. Так, воздух сотрясаю. Все, Ася, я помчался, а ты позвони Ольшанскому, вдруг он чего интересного расскажет.

Но Ольшанский позвонил сам, едва за Коротковым закрылась дверь. Голос его был недовольным и усталым.

— Эксперты не обнаружили на письмах ни одного отпечатка Стрельникова, — сообщил он.

— А пальцы Широковой?

— Полно. Что скажешь?

— Ничего, сами все знаете. Прятать письма на даче у друга можно и в перчатках. Но в первый раз найти их в сумке любовницы или в тумбочке и прикоснуться к ним можно только голыми руками. Вы видели когда-нибудь человека, который любую незнакомую вещь берет, предварительно надев перчатки?

— Не видел.

— И я не видела. Пальцы Стрельникова должны быть обязательно. Или следы затираний. Есть следы?

— Нет. Все отпечатки, которые обнаружены на письмах, конвертах и внешнем пакете, четкие. Смазанности, конечно, есть, но это нормально, без них вообще не бывает. Когда их нет, это даже подозрительно.

— Ну вот, значит, Стрельников этих писем не брал в руки.

— Интересно ты рассуждаешь! А кто же их спрятал на даче у Томчаков?

— А черт его знает. Может быть, тот, кто написал Широковой письмо от имени Дербышева?

— Ты сама-то понимаешь, что говоришь? — фыркнул Ольшанский, и по его голосу Настя поняла, что следователь даже слегка развеселился. — Предположим, человек, написавший письмо от имени Дербышева, хотел убить Широкову и подставить Дербышева. Я это допускаю. Человек, который нашел переписку Широковой и спрятал ее на даче Томчаков, явно хотел подставить Стрельникова. Я готов поверить в этот бред, если ты мне объяснишь, как этот тип может хотеть подставить их обоих. Что между ними общего? Они даже не знакомы. Они никогда друг о друге не слышали и никогда не встречались. У них нет и не может быть общих интересов и точек соприкосновения. Иными словами, у них нет и не может быть общего врага.

— Вы уверены?

— Да ни в чем я не уверен! Все, Анастасия, считай, что это тебе мое задание. Найди мне этого общего врага. А Короткову скажи, пусть побеседует с Дербышевым и выяснит, где и когда его сфотографировали. Попробуем хоть фотографа этого найти.

* * *

Ларисой Томчак овладел охотничий азарт. Она даже не подозревала, занявшись поисками Надежды Цукановой, что увлечется до такой степени. Внутрений голос говорил ей, что надо остановиться, что она затеяла глупое и никому не нужное дело, которое не принесет в итоге ничего, кроме боли, грязи и разочарования. Но остановиться она уже не могла.

Идея, связанная с поисками хорошо информированной соседки, показалась Ларисе с первого взгляда правильной и легко осуществимой, но на деле оказалось, что все совсем не так. Чтобы найти такую соседку, надо ходить по квартирам, а кто в наше неспокойное и наполненное взаимными подозрениями время захочет обсуждать чужую беду с незнакомым человеком? Не стоять же целыми днями на лестнице возле квартиры Цукановой в ожидании подходящего знакомства. Так что

с этой привлекательной идеей Ларисе пришлось распроститься.

Поразмышляв некоторое время, она решила прибегнуть к помощи милиции. В самом деле, если Надежда Цуканова покончила с собой, то милиция должна была хотя бы на первом этапе с этим разбираться. И Лариса отправилась в ближайшее к дому Цукановой отделение милиции.

Участкового инспектора она прождала несколько часов, ей сказали, что старший лейтенант Барулин «ушел на территорию», а прием населения он осуществляет с пяти до семи. К пяти часам возле комнаты, где должен был появиться участковый, стали собираться посетители, в основном пожилые люди, а также женщины с опухшими несчастными лицами. Лариса хорошо знала эти лица, к ней, врачу-психиатру, на прием тоже приходили такие вот женщины, у одних были пьющие мужья, у других — неуправляемые дети. Она мысленно порадовалась тому, что никуда не ушла в ожидании начала приема, сидела здесь давно и потому оказалась в этой тоскливой очереди первой.

Участковый Барулин пришел около половины шестого. Это был совсем молоденький милиционер, невысокий, худенький, с каким-то очень детским выражением лица.

— Кто первый? — бросил он на ходу. — Проходите. Кузьмичева, я вам сколько раз говорил, чтобы вы ко мне не ходили! Ваш сын под следствием, я вам ничем помочь уже не могу.

Лариса торопливо поднялась и зашла следом за ним в тесную неуютную комнатенку с давно не мытыми окнами и отваливающейся штукатуркой

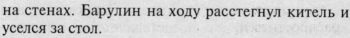

на стенах. Барулин на ходу расстегнул китель и уселся за стол.

— Слушаю вас внимательно, — сказал он, не глядя на Ларису.

— Я... — Она растерялась, так как не заготовила первую фразу. — Я по поводу Цукановой Надежды Романовны. Она умерла в прошлом году, отравилась.

— Да, помню, — кивнул участковый. — И что вы хотите?

— Вы простите, что я отнимаю у вас время, — заторопилась Лариса, — но я только вчера узнала о ее смерти. Мы были подругами, когда учились в институте, потом много лет не виделись, не общались... И вот... Вы не можете мне сказать, что произошло? Я разговаривала с ее сыном, с Виктором, но мне неловко было расспрашивать, это для него такая травма. Я знаю, что отец Виктора оставил их и никак не помогает. Я хотела бы найти его и поговорить. Это же ненормально, что дети остались одни, без поддержки взрослых.

— Ну, не надо преувеличивать, дети уже достаточно большие. Старшая дочь работает, сын учится в университете, у них все в порядке. Я не думаю, что вам удастся разжалобить этого прохвоста.

— Прохвоста? Значит, вы знаете о нем что-то такое... Кто он? Скажите мне, пожалуйста.

— Да ничего такого особенного я о нем не знаю. Жалоб на него никогда не было, в том смысле, что он не пил и жену с детьми не бил. Семья вообще была благополучная, я у них и был-то всего два раза. В первый раз — когда принял участок и обходил квартиры, знакомился. А уж во второй раз пришел, когда все случилось. Оказалось, этот тип с Цукановой не был расписан, а прожил с ней почти двадцать лет, представляете? И сына вырастили вместе. Мальчишка-то был уверен, что его отец является законным мужем матери. Да и дочка тоже так думала. А он, оказывается, все двадцать лет жил там на птичьих правах и погуливал потихоньку на сторону. И в один прекрасный день заявил, что нашел себе новую жену. Через брачное агентство, представляете? Вот прохвост. В уме не укладывается: жить с бабой, растить общего ребенка и искать себе что-то получше через брачное агентство. Вот вы можете себе такое представить?

— Не могу, — честно призналась Лариса. — Так он что, женился?

— Вот уж не знаю, — развел руками участковый. — Не мое это дело. Когда Цуканова руки на себя наложила, я его, конечно, разыскал. Сами понимаете, парню, Вите-то, всего восемнадцать было, возраст сложный, я боялся, как бы он от такого удара вразнос не пошел. Молодое дело глупое, мог начать пить или наркотики употреблять. Я его отцу и говорю, мол, поддержите сына, не оставляйте сейчас одного, он в вас нуждается. Поживите с ними, пока они в себя не придут от пережитого. Я ж не знал, что Цуканова как раз из-за него отравилась и сын его после этого на порог не пустит. Ну, он мне и объяснил, что уж в ком, в ком, а в нем сын меньше всего нуждается. Пока мать еще жива была, Витя даже к телефону не подходил, когда он звонил. Представляете, он даже на похороны не пришел. Детей не хотел травмировать.

— А дети знали, что вы с ним разговаривали?

— Нет, я им не сказал. Зачем? Если они знать

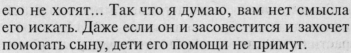

его не хотят... Так что я думаю, вам нет смысла его искать. Даже если он и засовестится и захочет помогать сыну, дети его помощи не примут.

— Откуда вы знаете? Вы сами сказали, что после смерти Надежды Романовны с ними не общались. Может быть, они изменили свое отношение. Все-таки почти год прошел, мало ли как их жизнь сложилась.

— Вас, простите, как зовут?

— Лариса Михайловна.

— Так вот, Лариса Михайловна, я, между прочим, не на грядке вырос и участковым работаю не первый день. И если вы думаете, что я своего дела не знаю или делаю его плохо, так вы сильно ошибаетесь. — Голос у Барулина стал злым, и Лариса испугалась, что своей бестактностью испортила так хорошо начавшийся разговор. — Дергать людей по пустякам не в моих правилах, если они ко мне не обращаются, то и незачем мне к ним ходить. А наблюдать за людьми — это уже совсем другая песня. У меня в каждом доме есть жильцы, которые все про всех знают. И если бы с Витей Цукановым было что-то не так, я бы первый об этом узнал.

— Ну что вы, — извиняющимся тоном сказала Лариса, — вы не обижайтесь на меня, товарищ старший лейтенант, я вовсе не это имела в виду. Конечно, я уверена, что если бы Виктор попал в группу риска, это от вас не укрылось бы, но я ведь о другом говорю. О том, что, может быть, он перестал сердиться на своего отца, простил его и готов принять его помощь.

— А я вам говорю, что нет, не простил он его, — Барулин повысил голос. — И даже говорить о нем не хочет.

Лариса поняла, что эту информацию Барулин как раз и получил от кого-то из соседей, кто общается с Цукановыми. Она постаралась вложить в голос как можно больше мольбы.

— Но все-таки дайте мне возможность попробовать, очень вас прошу. Вы совершенно правы, юноши всегда страдают без отца, рядом с ними обязательно должен быть мужчина. Я попробую убедить Виктора, заставить его изменить свое мнение. Скажите мне, кто его отец.

— Ладно.

Участковый со вздохом поднялся и подошел к сейфу. Вытащив затрепанную толстую тетрадку, он начал лениво листать ее в поисках нужной записи.

— Вот. Дербышев Виктор Александрович, улица Тухачевского, дом двадцать три, корпус два, квартира тридцать девять. Только без толку все это, можете мне поверить. Хотя, конечно, если вы сына с отцом помирите, мне как участковому спокойнее будет.

— Спасибо вам, — горячо поблагодарила Лариса, записав адрес.

— Не на чем. До свидания. Скажите там, пусть следующий заходит.

Она вышла из отделения милиции окрыленная. Значит, Дербышев Виктор Александрович. Теперь надо придумать, как с ним познакомиться, да так, чтобы он проникся к ней доверием и рассказал, кто же двадцать семь лет назад изнасиловал Надю Цуканову. Задача, конечно, не из простых. Но она справится. Ведь смогла же она разыскать Надежду, смогла выяснить, с кем она прожила двадцать лет. И все остальное сможет.

Глава 10

Томчак по-прежнему обитал на даче, и сейчас Ларису это вполне устраивало. Во всяком случае, ей не нужно было никому объяснять свои длительные отлучки сначала для поисков Цукановой, а теперь для знакомства с Виктором Дербышевым. Найдя его дом и проведя один долгий вечер на лестнице между этажами, она увидела человека, который бросил Надежду Цуканову после двадцати лет совместной жизни. Хорош, что и говорить, фактурный мужик, и одет дорого. Правда, домой он явился не один, а с дамой, посему момент знакомства пришлось отложить на неопределенное время.

На следующий день был выходной, и Лариса с утра пораньше уже заняла свой пост неподалеку от подъезда, не выходя из машины. Она так и не придумала, как же ей познакомиться с Дербышевым, и решила сначала понаблюдать за ним, узнать хоть что-нибудь о его распорядке и привычках. Дербышев вышел из дома около одиннадцати утра вместе с той же дамой, с которой пришел вчера, сел в свой «Мерседес» и поехал в сторону центра. Лариса двинулась за ними.

Дама вышла из машины возле Белорусского вокзала, а Дербышев поехал дальше. Доехав до почтамта, он припарковал машину и прошел в ту часть здания, где располагались абонентские ящики. Лариса поспешила следом за ним, но близко подходить не рискнула. Она видела, как Виктор открыл один из ящиков, забрал почту и направился к выходу. Отвернувшись, чтобы не столкнуться с ним лицом к лицу, она подождала, пока он выйдет, и подошла к ячейкам. Вот здесь он стоял и открывал третью справа дверцу. Лариса посмотрела на номер, и в этот момент ее осенила догадка. Конечно же, он по-прежнему пользуется услугами бюро знакомств. А коль так, то этим нужно воспользоваться. Это самый приемлемый повод для знакомства и самый безобидный, да и для Дербышева привычный.

Лариса решила, что сегодня больше следить за ним не будет. Вместо этого она поехала домой и принялась за письмо. Письмо должно быть таким, чтобы наверняка вызвать у него интерес и желание продолжить знакомство. Как же сделать так, чтобы не промахнуться?

Она задумалась. Мужчина, который знакомится с женщинами при помощи бюро знакомств... Почему? Красивый мужик, хорошо одет, ездит на «Мерседесе». Такие жен не ищут через бюро, у них и без того отбоя нет от претенденток. Да и с любовницами проблем не должно быть. В чем же причина? В чем ключ?

Лариса улыбнулась. Все ясно, он терпеть не может объяснений и сложностей. Ему нужна женщина, которая отвечала бы его запросам, но с которой можно легко порвать, без риска увязнуть в выяснениях отношений и в назойливых звонках. Встретились, поговорили, позанимались любовью два или три раза — и до свидания. Никаких претензий, просто не подошли друг другу. А главное — никаких поводов для ревности. Наличие одной любовницы не исключает появления следующей, ведь в агентстве его номер дают многим дамочкам, и нет причин отказываться от встреч с ними. Не любит господин Дербышев постоян-

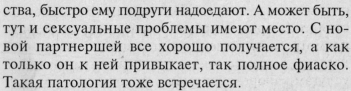

ства, быстро ему подруги надоедают. А может быть, тут и сексуальные проблемы имеют место. С новой партнершей все хорошо получается, а как только он к ней привыкает, так полное фиаско. Такая патология тоже встречается.

Она быстро набросала первый вариант письма. Потом выпила кофе, полежала десять минут на диване, закрыв глаза и положив на веки марлевые тампоны, смоченные в настое ромашки пополам с чаем. Через полчаса, взглянув на текст, поняла, что в нем не все так, как надо, и быстро внесла исправления. На всякий случай решила дать письму «вылежаться» еще какое-то время, сходила в магазин за продуктами, приготовила себе диетический обед. В последнее время у Ларисы появилась склонность к полноте, совсем небольшая склонность, но меры нужно принимать своевременно, и она моментально села на жесткую диету, чтобы сохранить узкую талию и стройные бедра. После обеда письмо было окончательно отшлифовано. Лариса в конце указала свой домашний телефон. Она понимала, что лучше было бы указать номер абонентского ящика, но такого номера у нее не было. Можно, конечно, абонировать ящик, никаких проблем, но тогда Дербышев, если вообще заинтересуется ею, будет писать ответное письмо, а это еще больше затянет время. Нет уж, лучше телефон, так быстрее. Вложив в конверт свою самую удачную фотографию, Лариса заклеила его, вышла из дома, села в машину и поехала на почтамт. Если опустить письмо прямо на почтамте, оно окажется в ящике Дербышева уже завтра.

* * *

Доставленный из камеры Виктор Дербышев долго разглядывал свою фотографию.

— Мне трудно сообразить, где это было, — наконец произнес он. — Но определенно не на работе. Я никогда не прихожу в офис в джинсах и джемпере.

— А куда вы ходите в джинсах?

— Ну, в баню, например. За город езжу. Дома в них хожу. В магазин. Я не знаю, где меня сфотографировали в таком виде.

— А вы посмотрите на антураж, — попросил Коротков. — Сбоку явно виден угол каменного дома, причем не высокого, максимум этажа три. И деревья вокруг. Вы в какие бани ходите?

— В Сандуны.

— Да, это точно не они. А за город? У вас дача?

— Нет, дачи нет. За город я езжу заниматься верховой ездой.

— Куда именно?

— На восьмидесятый километр по Киевской дороге. Там есть такой клуб... — Дербышев запнулся, потом вызывающе глянул на Короткова. — Элитный. В этом клубе занимаются видные политики и бизнесмены. Я надеюсь, вы не собираетесь их беспокоить своими расспросами?

— Собираюсь, — кивнул Юрий. — А почему бы и нет?

— Но послушайте... Мало того, что меня заперли в камеру без всяких к тому оснований, вы еще и репутацию мне испортить хотите? Пройдет три дня, и ваш следователь с позором придет ко мне извиняться, потому что я ни в чем не виноват и к вашей убитой блондинке отношения не имею. Хорошо еще, если в моей фирме к вашим следственным ошибкам отнесутся с пониманием и не выгонят меня. Но если вы начнете распространять слухи о моей виновности в среде людей, чьим мнением я дорожу, я подам на вашу контору в суд за нанесение морального ущерба. Имейте это в виду.

— Поимею, — усмехнулся Коротков. — А кстати, вам ничего не говорит фамилия Стрельников?

— Стрельников? — удивленно переспросил Виктор.

— Да, Стрельников Владимир Алексеевич.

— А он кто?

— До недавнего времени был президентом Фонда развития и поддержки гуманитарного образования. Слышали о таком?

— Нет, никогда.

— А вообще про Фонд слышали?

— Нет. Я работаю в другой сфере, с проблемами гуманитарного образования не соприкасаюсь.

— Значит так, Виктор Александрович, я отправляюсь в ваш элитный клуб любителей конного спорта, а вы, пока суд да дело, подумайте над тем, не могла ли ваша жизнь где-нибудь пересечься с господином Стрельниковым. Договорились?

— Послушайте, перестаньте играть в демократию, — вспылил Дербышев. — Не надо делать вид, что вы можете о чем-то со мной договориться полюбовно. Вы держите меня в кутузке, я полностью в вашей власти, и сейчас у вас есть все возможности издеваться надо мной и унижать меня. Сейчас вы мне приказываете, и не думайте,

что я этого не понимаю. Не старайтесь меня задобрить и представить дело так, будто меня лишили свободы в моих же интересах. Я все равно буду жаловаться на ваш произвол и подам на вас всех в суд. Все инстанции пройду, но добьюсь, чтобы вас и вашего следователя Ольшанского уволили с работы. Не пытайтесь сделать из меня своего союзника, ничего у вас не выйдет. Я перетерплю эти три дня, а когда меня выпустят отсюда, мы еще посмотрим, кто из нас прав, а кто виноват.

— Ладно, посмотрим, — вздохнул Коротков. — Но вы все-таки подумайте насчет Стрельникова. Это особенно важно в том случае, если вы действительно ни в чем не виноваты.

— Вам еще придется извиняться передо мной, — с ненавистью выдохнул Дербышев.

— Извинюсь, — кивнул оперативник, нажимая кнопку, чтобы вызвать милиционера, который должен препроводить задержанного обратно в камеру. — Мне не впервой. Да, и чтобы мне проще было искать вашего таинственного фотографа, попрошу вас назвать мне имена людей, которые бывают на тренировках одновременно с вами.

— А если я откажусь? — Дербышев гордо вздернул подбородок.

— Тогда мне придется опрашивать поголовно всех членов клуба. Это займет больше времени, и за три дня я, боюсь, не управлюсь. Согласитесь, будет куда лучше, если через три дня мы сможем доказать, что вашу фотографию сделал злоумышленник, и даже успеем найти его и выяснить, с какой целью он все это затеял. Тогда вас выпустят с чистой совестью. А иначе может встать вопрос о вашем аресте. Пока мы точно не установим, что вы не состояли в переписке с убитой женщиной, мы будем вынуждены вас подозревать. Расклад понятен?

— Записывайте, — процедил сквозь зубы Дербышев и начал диктовать фамилии.

* * *

Конноспортивный клуб с романтическим названием «Пегас» был благоустроенным и, судя по всему, очень дорогим. К нему со стороны Киевского шоссе вела хорошая асфальтированная дорога, которую не стали бы делать ради привычных к колдобинам «Жигулей» и «Москвичей». Сразу видно, что любители верховой езды прибывают сюда не иначе как на иномарках.

Забора никакого Коротков не увидел, но при подъезде к клубу прямо на обочине стоял джип, вокруг которого не торопясь прогуливались два дюжих молодца с автоматами наперевес и в камуфляжной форме. Они внимательно прочитали все, что было написано в служебном удостоверении старшего оперуполномоченного уголовного розыска майора Короткова Юрия Викторовича, и, не говоря ни слова, сделали знак «проезжай». Это Короткову понравилось. Значит, здесь нет никаких секретов, которые следует оберегать от посторонних глаз, а просто соблюдаются обычные меры безопасности. Что ж, дело понятное, если в этом клубе бывают известные политики и крупные бизнесмены, как утверждал Дербышев.

Администратора клуба Коротков нашел довольно быстро. Это был упитанный шустрый мо-

лодой человек, ужасно деловой и ужасно занятой. В его кабинете беспрестанно звонили телефоны, и разговор с Юрием больше напоминал пунктир, где на долю оперативника приходилась маленькая жалкая точка, а на долю всех остальных желающих пообщаться с администратором — большое жирное тире. Наконец терпение у Короткова лопнуло. Улучив момент, он снял трубки с телефонных аппаратов, положил их на стол среди множества бумаг и решительно сказал:

— Мне нужно ровно три минуты спокойного делового разговора. Потом я вас оставлю наедине с вашими телефонами.

Администратор вытащил огромный нежно-голубой платок и отер лицо, на котором обильно высыпали капельки пота. В кабинете было жарко, работал обогреватель, а форточку, судя по всему, здесь открывать было не принято.

— Да, слушаю вас внимательно. Вы что-то хотели спросить насчет Дербышева?

— И насчет Дербышева тоже. Взгляните на эту фотографию. Это территория клуба?

Администратор бросил на снимок короткий взгляд и тут же кивнул.

— Да, это здание оздоровительного комплекса. Там у нас баня, бассейн и тренажерный зал.

— Мне нужно поговорить с работниками, которые там постоянно находятся. Я прошу вас позвонить туда и предупредить, что я сейчас к ним подойду и что они должны будут отвечать на мои вопросы.

— Хорошо. — Администратор потянулся к телефонной трубке, лежащей на столе. — Что еще?

— Больше ничего.

— Как ничего? И это все?

— Пока все. А чего бы вы хотели?

— Боже мой, как неудобно получилось... Вы столько времени сидите здесь, и все ради нескольких слов. Что ж вы сразу не сказали?

— У меня не было возможности. Я не смог соперничать с вашими телефонами. Вы мне объясните, как пройти к оздоровительному комплексу.

— Да, конечно, — засуетился администратор. — Сначала прямо до аллеи... Впрочем, нет, это сложно, вы заблудитесь, я сейчас вызову кого-нибудь, чтобы вас проводили. Ай-яй-яй, как неловко вышло...

Он нажал кнопку селектора.

— Вадик, подойди ко мне в кабинет. Да, прямо сейчас.

Выражение лица у администратора клуба было таким виноватым, что Короткову стало смешно.

— Простите, а что все-таки с Дербышевым? Что-то не в порядке? Вы, наверное, понимаете, чем вызван мой интерес. В нашем клубе занимаются очень уважаемые люди, и мы не можем допустить...

— Не волнуйтесь, репутация клуба пока не пострадает. Я только хочу выяснить, при каких обстоятельствах была сделана эта фотография.

— Боже мой, но можно же спросить у самого Дербышева! Нет, вы что-то от меня скрываете.

— Работа такая, — усмехнулся Коротков. — Мы всегда что-нибудь скрываем. Но вам отвечу честно: у нас есть подозрения, что эту фотографию сделали без ведома Виктора Александровича. И не с самыми лучшими намерениями. Поэтому я и хочу выяснить, кто и когда это сделал.

— Вы думаете, это сделал кто-то из членов клуба? — перепугался администратор.

— Может быть, и так. Возможно, снимок сделал кто-то из ваших работников. А может быть, это вообще был кто-то посторонний. Ведь угодья, на которых ваши гости развлекаются верховой ездой, практически не контролируются.

— Да, вы правы, территория огромная.

В дверь осторожно постучали.

— Заходи, Вадик, — крикнул администратор.

Через минуту Коротков в сопровождении подтянутого спортивного Вадика шагал по обсаженной березами аллее в сторону оздоровительного комплекса.

* * *

Алла Сергеевна Стрельникова была, бесспорно, женщиной сильной. Она прекрасно владела собой, была достаточно хладнокровна и мужественна. Но у нее была одна слабость. Всего одна, но она по сути своей стоила всех сильных сторон ее натуры, вместе взятых. Алла Сергеевна обожала своего сына. Обожала слепо, теряя рассудительность и остатки здравого смысла, не говоря уж об элементарной объективности. Саше Стрельникову было двадцать лет, и он в буквальном смысле слова из матери веревки вил, причем совершенно беззастенчиво.

Вскоре после разрыва с мужем Алла Сергеевна была поставлена перед необходимостью отселить взрослого сына. Она вела довольно активную личную жизнь, да и Саша не отставал от нее. Друзья, вечеринки, девушки — все это плохо сочеталось с необходимостью жить в одной квартире с матерью. Алла Стрельникова была дамой небедной, и денег, заработанных на Доме моделей, которым она руководила много лет, хватило на покупку квартиры для сына. Правда, именно хватило. То есть впритык. Этой покупкой Алла полностью опустошила свой банковский счет. А сын требовал денег постоянно, и отказать ему мать не могла. Поэтому те суммы, которые ей давал Стрельников, были как нельзя более кстати. Проблема, однако, состояла в том, что Алла не могла признаться мужу, зачем нужны эти деньги. Ей приходилось лгать и изворачиваться, придумывая то ремонт квартиры или машины, то необходимость дорогостоящего лечения, то пластическую операцию для сохранения моложавой и элегантной внешности, то какой-нибудь ужасно перспективный контракт, требующий предоплаты.

Правда же состояла в том, что сын Саша стал азартным игроком, причем играл он всюду, где только можно было: в казино, на бегах, в карты и даже во всевозможные лотереи, покупая, разумеется, не по одному билетику и даже не по десять. Все, что он выигрывал, шло на развлечения, но выигрывал он, по законам жанра и статистики, намного меньше, чем проигрывал. Алла Сергеевна отчетливо представляла себе, что будет, если муж узнает об этом. И допустить этого не могла. Так же отчетливо она представляла себе, что случится, если Владимир перестанет давать деньги. А это вполне могло произойти, если он в один прекрасный день оформит развод и вступит во второй брак. Сын ведь играть не перестанет, трезвомыслия Аллы Сергеевны все-таки хватало на то, чтобы осознать: игроки не исправляются. Эта болезнь поражает человека навсегда. И если не будет тех сумм, которые дает Стрельников, Саша начнет добывать деньги другим путем. Она слишком хорошо знала своего сына, чтобы не тешить себя надеждой на то, что он начнет работать и зарабатывать на свои нужды самостоятельно. Сын обязательно ввяжется во что-нибудь криминальное, а там и до тюрьмы рукой подать. Но тюрьма-то ладно, это еще можно будет пережить, гораздо хуже, если он влезет в долги, и долги эти выколачивать из него будут тем способом, который в последние годы стал весьма распространенным. За невозвращенные долги теперь убивают, причем делают это легко и просто. Другим должникам в назидание.

Сегодня ненаглядный сынок Сашенька снова явился за материальным вспомоществованием. И снова Алла Сергеевна сделала робкую, хотя и изначально бесперспективную попытку воздействовать на него.

— Остановись, сынок, — умоляюще сказала она. — Пойми, это не может продолжаться вечно. Отцовский карман — не бездонный колодец. Я уже не знаю, что ему говорить, на что деньги просить.

— Ну, мамуля, — жалостливо пропел Саша, — ну что ты в самом-то деле! Все же было так хорошо, а ты хочешь все испортить.

— Сыночек, ты хотя бы подумай о том, что он может и не дать денег. Ну какое право я имею требовать? Он с нами не живет уже два года, ты совершеннолетний, и он ничего нам с тобой не должен. Он может жениться, и ему придется содержать новую жену, может быть, даже ребенка, а не нас.

— К чему это все, мать? — подозрительно спросил он. — Ты о чем меня предупреждаешь, я не понял.

— Иди работать, зарабатывай сам на свои нужды.

— Ну, мам, ну дай еще пожить нормально, а? Успею я еще наработаться, вся жизнь впереди. Я тебе обещаю, я скоро возьмусь за ум, честное слово. А сейчас мне нужны деньги. И не пугай меня тем, что отец женится.

— Почему? И я не пугаю тебя вовсе, а просто предупреждаю о том, что так может случиться.

— Да перестань ты! — фыркнул Саша. — После того что случилось с его бабами, он теперь сто раз подумает, прежде чем новую телку заведет. Никуда он от нас с тобой не денется. Ну, мамуля, давай в темпе, кинь капусты на карман сыну, и я помчался. Я уже и так опаздываю.

Алла почувствовала, как горло перехватывает от тягостных мыслей. Да, уж если кто и не хотел ее развода со Стрельниковым, так это в первую очередь Саша. Уж не приложил ли он руку к тому, что произошло? Нет, нет, нет! Гнать эти страшные мысли, гнать прочь, не может ее мальчик, ее сыночек сделать такое. Даже подумать о таком он не может. Да, он разгильдяй, игрок, но в сущности он хороший мальчик, добрый, никому зла не пожелает.

Она выдвинула ящик в мебельной стенке и вытащила оттуда пачку купюр.

— Возьми. Только, сынок... Я не знаю, когда у

меня теперь будут деньги. Ты уж постарайся их не сразу тратить.

— Ладно, мамуля. Спасибо.

Саша быстро чмокнул ее в щеку и выскочил из квартиры. Вприпрыжку спустившись по лестнице, он выбежал на улицу и нырнул в ожидавшую его машину. Сидевшая за рулем девушка вопросительно посмотрела на него.

— Ну как?

— Порядок, зайка. Капусту раздобыл, можно ехать.

— Отлично, — обрадовалась девушка. — Живем и не горюем. Куда едем?

Саша на мгновение задумался, потом губы его растянулись в плотоядной улыбке.

— Сначала ко мне, выпьем по чуть-чуть в честь удачно проведенной операции, потом поедем ужинать, а вечером — как обычно. Я чувствую, мне сегодня повезет. Я чувствую.

Девушка молча кивнула и завела двигатель.

* * *

Ночью Ларису Томчак разбудил телефонный звонок. Не включая свет, она нащупала трубку.

— Алло, — сонно проговорила она.

Молчание. Даже дыхания не слышно.

— Я слушаю, — повторила она громче.

Снова молчание. Ей стало не по себе. Торопливо положив трубку на рычаг, она отвернулась к стене и закуталась поплотнее в одеяло.

Новый звонок раздался примерно через час. На этот раз Лариса отчетливо слышала в трубке чье-то дыхание. Она испугалась, что что-то случилось с мужем, и ей пытаются позвонить из-за города, а там всегда была плохая связь...

— Алло! — почти закричала она. — Слава! Слава, это ты?

Но ответа так и не дождалась. Из трубки доносились какие-то шумы, ей даже послышались отдаленные голоса и смех. Но ничего внятного она так и не услышала.

Остаток ночи она провела без сна, а с утра снова начались звонки. За тот час, что она провела дома, собираясь на работу, молчаливый абонент звонил ей четыре раза. Стоя на пороге квартиры и уже держа в руках ключи, Лариса поняла, что выбита из колеи. Руки дрожали, ноги были ватными.

Она с трудом высидела шесть часов на приеме больных, борясь с желанием закричать: «Оставьте меня в покое! Я схожу с ума! Я не меньше вас нуждаюсь в помощи! А вы ко мне лезете со своими глупостями». Отпустив последнего пациента, она торопливо оделась и выскочила из поликлиники. Сев в машину, Лариса вдруг поняла, что боится ехать. Ей показалось, что она забыла все правила движения и теперь непременно попадет в аварию. Просидев в машине минут пятнадцать и так и не сумев справиться с собой, она с досадой решила ехать домой на городском транспорте. Ничего, сегодня она вполне обойдется без машины, а завтра у нее вечерний прием. Сюда она приедет на метро, а обратно — на машине. К тому времени это странное состояние обязательно пройдет. Она полночи не спала, звонки ее нервировали, поэтому ей как врачу вполне понятно, что садиться за

руль нежелательно. А здесь охраняемая стоянка, так что с ее автомобилем ничего не случится.

Заперев машину, Лариса пошла к метро. Поездка ее отвлекла. Оказалось, она так давно не ездила на метро, что совсем не представляет, сколько разных интересных магазинчиков теперь обосновались в подземных переходах. В них можно купить хорошую косметику, кондитерские изделия, сувениры, технику и даже отдать фотопленки на проявку и печать. Можно без проблем приобрести что-нибудь для чтения в дороге — любые газеты и множество книг продавались здесь же. Купив журнал «Лиза», Лариса спустилась на эскалаторе к платформам. Нервозность понемногу утихала, хотя она как опытный психиатр понимала, что находится не в лучшей форме: на платформе она не стала вставать у края, как делала это всю жизнь, а отошла к стене и прислонилась к ней. Откуда-то из глубин подсознания выполз страх, что рядом может оказаться пьяный или сумасшедший, который столкнет ее на рельсы перед приближающимся поездом. Она знала, что такие немотивированные страхи — первый признак взвинченных нервов.

* * *

Придя домой, Лариса первым делом проверила автоответчик. И, к своему удивлению, услышала приятный мужской голос:

— Здравствуйте, Лариса. Это Виктор Дербышев. Я получил ваше письмо с фотографией и очень хочу с вами встретиться. К сожалению, не смог застать вас дома. Я буду ждать вас сегодня от восььми до половины девятого вечера у выхода из метро «Академическая». Если вы не сможете прийти сегодня и я не сумею еще раз дозвониться до вас, то буду ждать завтра в это же время в том же месте. Всего вам доброго.

Отлично! Настроение у Ларисы сразу поднялось, она даже забыла о недавней нервозности и о непонятных телефонных звонках. Сейчас только половина четвертого, до свидания с Дербышевым еще уйма времени, и надо сделать все, чтобы вечером выглядеть как можно лучше.

Лариса подошла к зеркалу в ванной и придирчиво осмотрела свое лицо. Да, тревожная ночь не прошла бесследно, лицо усталое, под глазами обозначились морщины, да и цвет кожи мог бы быть получше. Надо постараться поспать хотя бы пару часов, потом сделать специальную швейцарскую маску, после которой кожа выглядит гладкой, фарфоровой, нежной. Эффект, правда, длится недолго, всего несколько часов, но этого для вечернего свидания вполне достаточно. Такая маска как раз и рассчитана на тот случай, когда вечером нужно хорошо выглядеть.

Приняв теплый душ, она легла в постель и постаралась расслабиться. Уснуть ей не удалось, возбуждение, вызванное испугом и напряжением, не ослабевало, но все-таки за два часа она сумела немного отдохнуть и когда встала, то собственное отражение в зеркале ее порадовало. Глаза стали ясными, кожа порозовела. А когда еще через два часа Лариса Томчак выходила из дома, выглядела она по меньшей мере лет на восемь моложе, чем была на самом деле. Глаза ее сияли, губы готовы были раздвинуться в обаятельной улыбке, ноги в изящных закрытых туфлях, казалось, порхали над тротуаром. Выходя из подъезда, она пожалела о том, что оставила машину возле поликлиники и теперь ей снова придется ехать на метро, но она быстро утешила себя мыслью о том, что Дербышев наверняка приедет на своем «Мерседесе», так что возвращение домой поздно вечером не превратится в проблему.

Возле выхода из метро на станции «Академическая» она Дербышева не увидела, хотя было уже четверть девятого. Лариса отошла в сторонку и остановилась, размышляя, ждать ли ей до половины девятого или гордо развернуться и уйти. Пожалуй, гордость тут ни при чем, решила она, она же не в любовницы к нему собирается и уж тем более не в жены. Ей нужно познакомиться с ним и осторожно выяснить, не знает ли он, кто был отцом Наташи Цукановой, а ради этого можно и подождать, и даже не до половины девятого, а гораздо дольше. Потому что если окажется, что это Стрельников изнасиловал когда-то беспомощную пьяную девчонку, то она раз и навсегда избавит своего мужа и себя саму от этой мужской дружбы, которая многие годы стоит у нее поперек дороги, не давая свободно вздохнуть.

— Лариса? — услышала она совсем рядом чей-то голос.

Прежде чем обернуться, она успела подумать, что голос этот совсем не похож на тот, который был записан на автоответчике. Неужели кто-то из знакомых? Теперь Славке обязательно расскажут. Неудачно.

Она осторожно повернулась и увидела молодого человека, немного странного на вид, но в целом очень симпатичного. То, что он, несомненно, принадлежит к сексуальным меньшинствам, было ясно ей с первого же взгляда, к ней на прием и таких приводили. Почему-то несмотря на множество публикаций и активную разъяснительную работу, большинство продолжает считать нетрадиционную сексуальную ориентацию признаком психического заболевания. Парень, стоящий рядом с ней, был рослым и широкоплечим, в узких брючках из тонкой дорогой кожи, облепляющих скульптурно-мускулистые ноги. Волосы стянуты сзади в хвост, брови выщипаны в изящную ровную дугу, все лицо покрыто толстым слоем жидкой пудры, правда, очень качественной, которая в глаза не бросается при первом же взгляде, тем более в сумерках, зато позволяет скрыть грубоватость мужской кожи, даже гладко выбритой. Наметанным взглядом Лариса заметила следы карандаша для губ. Нет, мальчик явно не трансвестит, он не стремится выглядеть женщиной. Он просто хочет нравиться своим партнерам. И что же ему надо, интересно знать? Бывший пациент? Тогда откуда такая фамильярность? Для пациентов она всегда была Ларисой Михайловной.

— Лариса? — снова повторил забавный молодой человек, вглядываясь в ее лицо.

— Что вам угодно? — вполне нейтрально ответила она.

— Простите, вы ждете Виктора Дербышева?

— Да.

— Слава богу, я успел! — улыбнулся молодой человек. — Я так боялся, что вы не стали ждать до половины девятого и уехали. Меня прислал Виктор. Видите ли, у него внезапно изменилась ситуация, переговоры, на которых он должен присутствовать, затягиваются, и уйти с них он никак не может. Вот он и послал меня встретить вас и проводить к нему домой, а он подъедет, как только освободится. Он и фотографию вашу мне дал, чтобы мне легче было вас найти.

Лариса кивнула. Что ж, Виктор Дербышев оказался человеком обязательным, это уже хорошо. Только что за странная фраза насчет «проводить к нему домой»? Ближайшая к дому Дербышева станция метро — «Октябрьское поле», а вовсе не «Академическая», где она, Лариса, в данный момент находится. Если Виктор с самого начала собирался приглашать ее домой, то зачем назначил встречу в этой части города? Но спрашивать об этом нельзя, ведь если номер абонентского ящика она получила в брачном агентстве, то узнать домашний адрес не могла ни при каких условиях.

— Хорошо, идемте. Или мы едем?

— Нет, идем. Это совсем рядом, на соседней улице. Кстати, меня зовут Алик.

— Очень приятно. Мое имя вы, кажется, знаете.

Лариса плохо понимала, о чем можно разговаривать с этим Аликом, ведь знакомиться с ним она вовсе не собиралась. Но, с другой стороны, он оказал любезность Виктору, примчался встретить ее, так что хранить ледяное молчание тоже как-то неправильно.

— Вы работаете вместе с Виктором? — вежливо спросила она.

— Нет, мы с ним просто друзья.

Молодой человек поймал быстрый взгляд, который кинула на него Лариса, и легко рассмеялся. Смех у него был звонким, как и голос.

— Знаю, знаю, о чем вы подумали! Нет, мы действительно друзья, без всякой двусмысленности. Да вы не бойтесь, Лариса, с тех пор как за это отменили статью, мы вообще перестали это скрывать. Да, я такой, и счастлив этим. Можно даже сказать, я этим горжусь. В моей жизни много друзей и много любви, а ведь не каждый нормально ориентированный мужчина может этим похвастаться. Согласны? Вот хоть Виктора возьмите. Вы, конечно, еще совсем не знаете его, но поверьте мне, он — один из самых невезучих в любви людей. Прямо рок какой-то над ним висит. Ну не везет человеку — и все тут. И красивый, и деньги есть, и здоровье — а вынужден прибегать к услугам брачного агентства. Вот ведь парадокс!

Возле палатки, торгующей овощами и фруктами, Алик остановился.

— Виктор просил кое-что купить, — извиняющимся голосом пояснил он. — Он-то был уверен, что освободится сегодня часов в семь, а то и раньше, и все успеет подготовить, чтобы принять у себя гостью. А эти переговоры все планы ему сломали.

Он купил крупный желтоватый виноград, несколько плодов манго, гроздь бананов и ослепительно оранжевые апельсины. Лариса с одобрением отмечала эти приготовления. Видно, Дербышев — приличный мужик, не скупится на то, чтобы сделать свидание приятным, даже если оно окажется первым и единственным. Мелькнула предательская мысль о том, что, может быть, та-

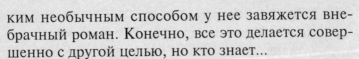

ким необычным способом у нее завяжется внебрачный роман. Конечно, все это делается совершенно с другой целью, но кто знает...

Идти действительно оказалось недалеко. Минут через десять они подошли к многоэтажному кирпичному дому и поднялись на третий этаж. Алик достал из кармана ключи и отпер дверь.

— Прошу вас, проходите, — пригласил он. — Виктор просил извиниться, если что не так, он здесь не был около двух недель.

— Разве он здесь не живет? — удивилась Лариса.

— Сейчас — нет, но это временно. Дело в том, что у него есть еще одна квартира, там сейчас делают ремонт, и Виктору приходится пока жить там, чтобы следить за ходом работы. Вы же понимаете, разве можно рабочих оставлять без присмотра? Они такого наремонтируют, что потом стен не досчитаешься.

Лариса с облегчением вздохнула. Вот, значит, в чем дело. Теперь все встало на свои места. Может быть, та женщина, с которой он на днях приходил домой, вовсе не любовница его, а просто какая-нибудь родственница, которая помогает убирать, мыть, выносить мусор. Когда идет ремонт, такой работы всегда много.

Она цепким взглядом окинула квартиру. Неплохо, совсем неплохо. Ухоженное жилье, всюду чувствуется аккуратность и вкус. Алик предложил ей пройти в комнату и устраиваться поудобнее, а сам отправился хозяйничать на кухню. Лариса уселась на мягкий, обитый велюром диван и попыталась сосредоточиться. Все-таки задача перед ней стоит не самая простая: втереться в доверие к человеку и заставить его говорить о своей покойной жене. Ну пусть не о жене, расписаны-то они не были, но ведь столько лет прожито вместе!

На стене, напротив дивана, висела большая, вставленная в рамку фотография Дербышева: он и еще какой-то мужчина стоят рядом, одетые в костюмы для верховой езды, и держат под уздцы лошадей. Впрочем, определение «какой-то мужчина» было явно надуманным, это лицо Лариса прекрасно знала, оно мелькало на телевизионном экране почти каждый день. Известный политик, депутат Государственной думы. Да, ничего себе знакомства у Виктора Александровича.

Скинув туфли и забравшись на диван с ногами, Лариса Томчак снова вернулась мыслями к тому, ради чего затеяла всю эту историю с письмом и знакомством: к Стрельникову. Даже если окажется, что отец Наташи Цукановой — не он, то, может быть, он стоял рядом? Видел, знал, что происходит, и не защитил несчастную девчонку, которую банально подпоили на новогодней студенческой вечеринке. Господи, самое главное, чтобы виновником не оказался Томчак. В любом другом случае она свернет шею этому обаятельному деспоту, этому эгоистичному тирану, виновнику стольких пролитых ею слез. Она снова стала вспоминать...

...Была прекрасная летняя суббота, солнечная и теплая. Они давно уже планировали эту поездку на дачу вместе с друзьями. В том и был смысл, чтобы непременно ехать вместе. Предполагалось, что товарищ Славы поможет ему сделать кое-какую работу по ремонту дома, требующую совместных мужских усилий и специальных навыков, которых у Славы как раз не было, а у его товарища были.

Поездка несколько раз откладывалась, потому что очень трудно было подгадать так, чтобы оба мужчины были свободны. Наконец, выбрали день. У жены приятеля на субботу падал день рождения, и было решено ехать на дачу часов в двенадцать дня, быстро сделать необходимые ремонтные работы, а дамы в это время приготовят стол, после чего можно будет с чистой совестью начинать праздновать до вечера следующего дня. Идея понравилась, и к ее воплощению обе семьи готовились всю неделю.

В субботу около одиннадцати утра позвонил Стрельников.

— Надо срочно подготовить устав Фонда развития и поддержки гуманитарного образования, — сказал он голосом, не терпящим возражений. — Сколько времени тебе понадобится?

— Как срочно это нужно? — уточнил Томчак.

— Сегодня вечером документ должен лежать на столе у заместителя премьера. Возьми ручку и запиши, какие моменты должны быть отражены...

Минут двадцать Стрельников диктовал по телефону свои требования к документу.

— Когда будет готово?

Томчак посмотрел на часы. Было пять минут двенадцатого.

— Часам к трем, — вздохнул он безнадежно.

— К трем я пришлю машину, чтобы забрали документ.

Лариса стояла рядом, молча слушая весь разговор.

— Ты с ума сошел? — тихо спросила она. — Мы же в двенадцать выезжаем из дома.

— Ларочка, ну что я могу сделать? Он мой начальник, и я должен выполнять его поручения. Вы поезжайте без меня, отдыхайте на природе. Я быстро сделаю этот устав и примчусь к вам. Давай позвоним ребятам, попросим, чтобы они заехали за тобой и взяли в свою машину. Тогда мне не придется ехать к вам на электричке, и в четыре часа мы уже будем все вместе.

Он позвонил друзьям, но те решили проявить солидарность и не захотели ехать на дачу без него.

— Подумаешь, выедем не в двенадцать, а в три, — спокойно заявили они. — Зато вместе.

Томчак кинулся к компьютеру и принялся за работу. Примерно через час снова позвонил Стрельников, он, оказывается, забыл еще какие-то пункты. К половине третьего документ был готов. Томчаку уже приходилось делать уставы, все эти файлы были у него в компьютере, и он смог брать из них и перетаскивать в новый устав целые куски. В три часа звонка от Стрельникова насчет машины не было. В четыре — тоже. Его рабочий телефон не отвечал, а по домашнему отвечала Люба и растерянно говорила, что понятия не имеет, где Володя. Сотового телефона у него в то время еще не было, и что теперь делать, Томчак не понимал совершенно. Друзья проявляли достойное похвалы благородство, нервозности не выказывали и спокойно отшучивались в ответ на извинения Вячеслава:

— Да ладно, Слав, не бери в голову, ну через час поедем, подумаешь, большое дело. Зато праздновать слаще будет.

Но проходил час, потом еще один, а Стрельников так и не звонил. Наконец Лариса не выдержала.

— Ты хотя бы понимаешь, что происходит?! — заорала она. — Мы человеку день рождения испортили. У нее праздник, а она с самого утра сидит на чемоданах, ждет, когда твой ненаглядный Стрельников соизволит тебя отпустить из своих цепких лап. Они нам одолжение сделали, согласились ехать на нашу дачу, чтобы помочь тебе с ремонтом, хотя им куда интереснее было бы провести праздничный день совсем по-другому. Они бы гостей позвали или сами куда-нибудь сходили. А у них даже отпраздновать дома нечем, они же не готовились, думали, что проведут выходные с нами за городом.

— Лара, — с тоской твердил Томчак, — ну что я теперь могу сделать? Володька сказал, что вечером документ должен лежать на столе у ответственного чиновника. Я не могу его подвести. Он на меня положился. Ну как я могу сейчас бросить все и уехать?

— Да ты на часы посмотри, исполнительный ты мой! Уже восьмой час! Какой ответственный чиновник? Какой документ? Все уже водку пьют по баням да по ресторанам, один ты как идиот веришь в сказки, которые тебе вешает на уши твой Стрельников! Господи, Славочка, — она заплакала, — ну сколько же это может продолжаться? Почему он все время ставит тебя в положение, когда ты вынужден оправдываться перед другими? Ну ладно — я. Я твоя жена и все снесу. Но дело же касается других людей, наших друзей, которых мы привязали, которым испортили праздник. Если ему так срочно нужен этот проклятый устав, то почему бы ему не сесть и не написать

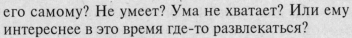

его самому? Не умеет? Ума не хватает? Или ему интереснее в это время где-то развлекаться?

— Лара, пожалуйста...

— Да что я, ты не меня уговаривай, а ребят. Могу себе представить, что они сейчас говорят о нас с тобой, сидя в своей квартире рядом с уложенными сумками.

Около девяти вечера Томчак наконец нашел в себе силы в очередной раз позвонить товарищу. Голос у того был сухим и напряженным.

— Ребята, вы простите, что так получилось... Мы вам праздник испортили, — пробормотал Томчак.

— Да уж, — неожиданно резко ответил приятель. — Моя красавица уже второй час рыдает в спальне, не знаю, как ее успокоить. Веселый день рождения вы ей устроили. Спасибо вам, век не забудем.

И швырнул трубку.

Больше в тот вечер Лариса с мужем не разговаривала. Они молчали до полуночи, потом улеглись спать. А Стрельников так и не позвонил. Ни в этот день, ни на следующий, в воскресенье.

В понедельник, придя на работу в институт, Томчак твердо решил отношения с Владимиром не выяснять и ничего у него не спрашивать. Он считал это для себя унизительным. Около десяти утра забибикал телефон прямой связи с ректором.

— Не разбудил? — послышался в трубке веселый голос Стрельникова.

— Нет, — сдержанно ответил Томчак, не отреагировав на привычную Володину шутку, которая всегда казалась ему дурацкой, но никогда не раздражала.

— Где документ? Я долго буду его ждать?

Томчак, в соответствии с принятым решением, ничего колкого не ответил, только коротко бросил:

— Сейчас принесу.

Через минуту он был в кабинете ректора. Стрельников бегло проглядел двадцатистраничный документ и кивнул.

— Так, сюда нужно добавить еще...

Томчак молча записывал в блокнот, никак не комментируя происходящее.

— Кажется, все, — подвел черту Стрельников. — Давай быстренько переделай, чтобы в течение часа документ был у меня.

Так же молча Томчак вышел из кабинета.

Он был не из тех людей, которые, сталкиваясь с невыполнимым заданием, заявляют об этом. Он был из тех, кто быстро принимает меры к тому, чтобы задание стало выполнимым.

В его компьютере, стоящем на столе в служебном кабинете, сделанного в субботу устава не было, ведь он работал дома. О том, чтобы записать текст на дискету и принести с собой, он как-то не подумал, уж слишком зол он был и на Стрельникова, и на ни в чем не повинный устав. Вносить необходимые поправки и дополнения в текст и отдавать его машинистке перепечатывать заново — времени нет. Напечатать двадцать страниц — это работы не на один час. Значит, надо срочно ехать домой, сбрасывать текст на дискету, везти на работу и заканчивать документ здесь. А служебную машину Томчак с самого утра отпустил в автосервис менять подкрылки...

Он проявил чудеса настойчивости и оперативности, уговорив кого-то из сотрудников института отвезти его домой и обратно на личной машине. Он успел сделать новый вариант устава Фонда. Ровно через час с папкой в руках он входил в приемную ректора института.

— А Владимир Алексеевич уехал, — сообщила Томчаку секретарь Наталья Семеновна. — Его сегодня уже не будет.

Вячеслав Петрович посмотрел на часы. Прошел ровно час, минута в минуту. Неужели он не успел сделать документ вовремя, и Володе пришлось ехать с пустыми руками?

— Давно он уехал? — спросил Томчак дрогнувшим голосом.

— Давно, минут сорок назад. Он поехал в аэропорт встречать ректора Новосибирского университета. Потом повезет его в гостиницу, потом обедать... Ну сами понимаете. Так что Владимир Алексеевич будет только завтра.

Вечером у него болело сердце, да так, что ему казалось, будто он умирает, Лариса металась по квартире в поисках лекарств, потом вызывали «неотложку».

— Господи, как я его ненавижу, — шептала сквозь зубы Лариса, наблюдая за тем, как жидкость из шприца переливается в вену на руке ее любимого мужа. — Как я его ненавижу... Когда-нибудь я его убью...

...На кухне забавный женоподобный Алик гремел посудой, в комнате было тепло и уютно, и Ларисе вдруг стало удивительно хорошо в этой чужой квартире. Ей предстоит приятный вечер в обществе красивого элегантного мужчины, который будет за ней ухаживать, говорить компли-

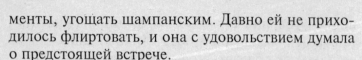

менты, угощать шампанским. Давно ей не приходилось флиртовать, и она с удовольствием думала о предстоящей встрече.

— Лариса, налить вам что-нибудь выпить?

— Да, будьте добры, — откликнулась она, — что-нибудь легкое.

Она не хотела пить, но знала, что от вина делается необыкновенно хорошенькой, глаза начинают сверкать, а щеки покрываются нежным и очень красивым румянцем, который делает ее значительно моложе. Лариса почувствовала, что одна нога затекла, и стала менять позу, чтобы сесть поудобнее. Пришлось опереться одной рукой о диванную подушку, но рука соскользнула по гладкому велюру, и пальцы Ларисы оказались глубоко между диванными подушками. Кончиками пальцев она почувствовала что-то твердое. Нащупав предмет, вытащила его. Это был серебряный Купидон с луком и стрелой. «Надо же, — с улыбкой подумала она, — кто-то из подружек Дербышева потерял. Симпатичная вещица, необычная. Я таких и не видела. Хотя нет, видела. Точно помню, видела именно такого».

Лариса повертела серебряную фигурку в пальцах и вдруг заметила на обратной стороне гравировку. В комнате царил полумрак, верхний свет не горел, а мягкого освещения от торшера и бра было недостаточно, чтобы разглядеть тонкие крошечные буквы. Она поднесла фигурку к самым глазам и помертвела. «Миле от Володи с любовью». Да, конечно, она видела такого Купидончика на этой похотливой сучке Миле, когда Стрельников явился с ней на сорокапятилетие Гены Леонтьева. «Значит, она была здесь, — подумала

Лариса. — Вот почему следователь так упорно спрашивал, не знаем ли мы, что могла делать Мила у метро «Академическая». Я-то, идиотка, думала, она с Любашей встречалась. Любочка, дурочка наивная, к колдунам каким-то ходить начала, я ее видела случайно возле кладбища поздно ночью и поняла, что по совету этих шарлатанов она ходит против Милы ворожить. Я была уверена, что это Любочка ее... Ворожила, ворожила, а потом поняла, что все без толку, да и пригласила Милу встретиться, погулять, поговорить. Терпение у нее лопнуло, и взяла она все дело в собственные руки. Что же теперь выходит? Любочка ее не убивала? А кто же тогда? Почему серебряный Купидон оказался в этой квартире, на этом диване? Что Мила здесь делала? Впрочем, вопрос совершенно идиотский. То же, что и я здесь делаю. Только я пришла к Дербышеву по личному делу, а Мила — по сексуальному. Потаскухой была, потаскухой и сдохла. Остановись, Лариса! О чем ты думаешь? Если Милу убили в тот вечер, когда она побывала в этой квартире, то тебе нужно уносить отсюда ноги, и как можно быстрее. И никогда больше сюда не возвращаться. Уходить и немедленно бежать в милицию, отнести им кулон и все рассказать. Черт с ней, с репутацией, придется, конечно, признаваться и рассказывать, как я здесь оказалась, но это лучше, чем повторить путь Милы...»

На пороге комнаты возник Алик в своих облегающих брючках из тонкой шелковистой кожи и красивой блузе из кремового шелка с широкими свободными рукавами.

— Пожалуйста, Лариса. — Он протянул ей небольшой подносик, на котором стоял бокал с бе-

лым вином. — Это немецкое рейнское. Или вы предпочитаете красные вина?

— Нет-нет, — торопливо откликнулась Лариса и потянулась за бокалом.

Быстренько выпить и уйти, сославшись на внезапную головную боль. Или, еще лучше, позвонить куда-нибудь, а потом сказать, что возникла необходимость срочно ехать по делу. Соврать, что мать тяжело заболела. Она выпила вино в три больших глотка, поставила бокал на журнальный столик и, незаметным жестом сунув серебряную фигурку в карман юбки, поднялась с дивана.

— Мне нужно позвонить, — решительно сказала она. — Где у вас телефон?

Но Алик повел себя совершенно неожиданно.

— Позвонить? — переспросил он. — А куда?

— Мне нужно позвонить по делу, — терпеливо повторила Лариса, еще ничего не чувствуя.

— По какому делу?

Сердце ее ухнуло куда-то вниз. Ну вот, началось. Она не успела. Дура она, решила, что все дело в Дербышеве. А оказалось, что все дело в этом сладкоречивом педерасте Алике. Дербышев тут вообще ни при чем. Алик заманивает сюда баб, которые клюют на завидного жениха Дербышева, и убивает их. Он — маньяк. Он — сумасшедший. Боже мой, как же она сразу не распознала психотика! Она, врач с многолетним стажем, попалась, как последняя идиотка! Он не даст ей позвонить, потому что боится, что она назовет адрес, где находится, и позовет на помощь. Надо было спокойно выпить вино, дождаться, пока он уйдет обратно на кухню, тихонько выползти в прихожую и рвануть из квартиры что есть сил. Даже если бы он погнался за ней по лестнице, было бы уже проще. Можно было бы кричать... А теперь что? Она выдала себя, заставила маньяка почувствовать что-то, насторожиться.

— Моя мама с утра неважно себя чувствовала, — Лариса старалась говорить как можно спокойнее, — и мне нужно ей позвонить, справиться, как она. Она уже совсем старенькая, я все время за нее волнуюсь.

Договаривая фразу, она почувствовала внезапное головокружение и острую слабость. «Он мне что-то подмешал в вино... Господи, как все просто. Я еще на что-то надеялась, рассчитывала, как буду убегать, спасаться, а на самом деле мне уже не на что было рассчитывать. Я уже выпила отраву...»

Лариса покачнулась, сильные мускулистые руки подхватили ее и понесли на диван. Сознание ее меркло, но не быстро. Она уже не могла самостоятельно двигаться и говорить, но все слышала и понимала. Лицо с точеными чертами, тонкими бровями и покрытой тоном кожей приблизилось к ней вплотную. Она даже чувствовала дыхание Алика, которое почему-то оказалось свежим, чистым и сладким.

— Вот так, моя милая, — шелестел у нее над ухом голос. — Сейчас ты умрешь. Это прекрасно. Ты сама поймешь, как это прекрасно. Если бы не я, тебе никогда не удалось бы умереть такой прекрасной смертью. Ты бы прожила долгую жизнь, наполненную страданиями и болезнями, и умирала бы в боли, судорогах и зловонии. А теперь ты умрешь молодой, красивой и без всяких мучений. Ты не думай, что смерть отвратительна. Я дам тебе то, чего, может быть, не даст никто на свете, кроме меня. Я покажу тебе, что смерть бывает прекрасной. Я дам тебе возможность увидеть ее светлый лик. Не страшный и морщинистый лик старухи с косой, а светлый лик избавления от суеты, лик вечного покоя. Твоя подружка Людмила не захотела увидеть светлый лик, она была глупой, безмозглой тварью, потому и умерла как глупая безмозглая тварь. Мне пришлось ее задушить. Ей было очень страшно. А тебе? Тебе ведь не страшно, правда? Тебе хорошо, ты уже почти ничего не чувствуешь, ты засыпаешь, ты уходишь... Смотри на меня, смотри мне в глаза до последнего мгновения, я провожу тебя до самых ворот, я буду с тобой до конца.

Голос делался все тише и тише, и Лариса понимала, что умирает. Каждая секунда приближала ее к смерти, каждая секунда казалась ей шагом, который ее заставляют делать против собственной воли. Вот еще шаг, и еще, и еще... Темные глаза Алика были совсем близко, и затухающим сознанием Лариса исступленно цеплялась за эти глаза. Пока она их видит — она жива. Пока она их видит — она не умерла. Нельзя сдаваться, надо бороться изо всех сил, может быть, он дал ей в вине не яд, а просто какой-то препарат с очень сильным, но кратковременным действием. Не сдаваться, терпеть, может быть, сейчас все пройдет. Сейчас кончится пик действия препарата, и ей сразу станет лучше...

Но Лариса напрасно надеялась. В вине был яд.

Глава 11

На место обнаружения тела Ларисы Томчак выехали в том же составе: следователь Ольшанский, эксперт-криминалист Олег Зубов, судебно-медицинский эксперт Гурген Арташесович Айрумян. Из представителей уголовного розыска — двое оперативников из округа, от Петровки — Каменская и Коротков. Конечно, в нормальной жизни так не бывает, и если по одному и тому же уголовному делу появляется уже третье мертвое тело, то, как правило, эксперты, медики и следователи на место происшествия выезжают разные. Кто под рукой есть свободный, тот и едет. Но сегодня Константин Михайлович Ольшанский проявил чудеса настойчивости и оборотистости и, услышав про труп женщины с документами на имя Ларисы Михайловны Томчак, сделал все возможное и невозможное, чтобы собрать бригаду.

— Мне надоели эти брачно-любовные тела без признаков жизни! — орал он в телефонную трубку. — Если мы будем на каждый эпизод в рамках одного и того же дела посылать разных людей, то никогда ничего путного не сделаем! Вы что, хотите, чтобы этот сумасшедший пол-Москвы угробил?

Тут Ольшанский, конечно, передергивал. У него не было ни малейших оснований считать, что смерти Людмилы Широковой, Любови Сергиенко и Ларисы Томчак — дело рук кровавого маньяка. Первое убийство и последовавшее за ним самоубийство были понятными и логичными по своим мотивам, другое дело, что сам механизм убийства Широковой оставался пока неясным, но маньяк-то тут при чем? Что же касается Ларисы Том-чак, то версии строить рано, пока место происшествия и сам труп не осмотрены. Возможно, никакой связи с предыдущими смертями вовсе и нет.

Константин Михайлович обладал недюжинной следственной интуицией, которая являлась плодом многолетней работы, и иногда совершал действия, целесообразность которых не смог бы доказать никому, даже самому себе. Просто он так чувствовал. Но бывало такое не часто. В большинстве случаев Ольшанский являл собой яркий пример приверженности здравому смыслу, логике и последовательности рассуждений. С точки зрения логики и здравого смысла никаким маньяком в деле Широковой — Сергиенко и не пахло. Одна девушка некрасиво обошлась со второй девушкой, нагрела ее в смысле денег, а потом и соблазнила любовника. Вторая девушка, поплакав, пошла к колдуну-магу и попыталась наслать порчу на первую. Потом, когда первую девушку, знаменитую своей страстью к сексуальным забавам и неразборчивостью в контактах, кто-то убил, еще немного поплакала, поняла, что поступила неправильно, желая смерти ближнему, и покончила с собой. Ну и где тут место для маньяка, скажите, пожалуйста? Ему при таком раскладе и вклиниться-то негде. Но тем не менее, разговаривая с разными начальниками, Ольшанский делал упор именно на маньяка, потому что твердо знал: под бытовое убийство, совершенное из мести или ревности, требуемых людей не дадут, будут подсовывать кого попало. А под маньяка дадут. Следователю очень хотелось развязаться с этим делом побыстрее, потому что было ему неуютно.

Дербышев сидит в камере, сегодня вечером его надо выпускать. Если даже допустить, что Широкову убил именно он, стало быть, смерть Ларисы Томчак ко всему этому отношения не имеет. Не мог Дербышев ее убить, сидючи в изоляторе. А если оба убийства связаны, то, стало быть, Виктор Александрович к ним не причастен. Или причастен? А тут еще звонки эти от трех или четырех депутатов Госдумы. «Мы готовы поручиться за Виктора Александровича... Это честнейший человек... Что вы себе позволяете... Это произвол чистой воды... Вы за это ответите...» И так далее. Не то чтобы Ольшанский побаивался представителей власти, он уже давно перестал бояться кого бы то ни было, потому что хорошо представлял себе кадровую ситуацию в правоохранительных органах. Для того чтобы следователя выгнали с работы, нужно, чтобы он совершил уголовное преступление. Вот так, не меньше. За все остальное его никто и пальцем не тронет. Работать-то некому, людей не хватает. А что до выговоров и взбучек, то по нынешним временам они тоже большой опасности не представляют. Это раньше, в благословенные времена застоя, можно было при наличии трех выговоров вылететь из очереди на квартиру или на машину или схлопотать понижение в должности. Теперь людей интересуют в основном деньги, а почести — уже во вторую очередь, посему и понижение в должности мало кого испугает: разница в окладах столь незначительна, что и говорить не о чем. На разницу в зарплате старшего следователя и просто следователя можно купить бутылку хорошего джина. Очередь на квартиру давно превратилась в фикцию, государственное строительство сунуло голову под крыло и сделало вид, что его никогда не было. Очередь на машину потеряла смысл: машин сейчас в автосалонах навалом, иди и покупай любую, хоть «Запорожец», хоть «Крайслер». Так что неприятностей по службе Ольшанский не больно-то боялся, он был человеком закаленным. А вот само дело его отчего-то смущало. Что-то в нем было... Даже словами не опишешь. И чувствовал себя Константин Михайлович неуютно и тревожно. Может быть, и впрямь ему маньяк здесь почудился?

Тело Ларисы Томчак было обнаружено в проходе под аркой неподалеку от места, где она жила, буквально метрах в ста от дома. Никаких признаков насилия поверхностным осмотром обнаружено не было. Такое впечатление, что женщина шла себе куда-то, внезапно почувствовала недомогание и слабость и прилегла. Арка была сквозная, по ней ходили люди и ездили машины. Обнаружил мертвую женщину человек, который без четверти пять утра вышел из дому, чтобы успеть на электричку, отправлявшуюся в пять часов сорок две минуты с Павелецкого вокзала. Разумеется, чья-то смерть и чей-то труп — это не повод, чтобы отменять запланированные поездки. Во всяком случае, в наше время. Быстренько позвонив в службу «02» и сообщив о трупе, жизнерадостный мужчина продолжил путь на вокзал. Метро еще не работало, и часть пути ему предстояло пройти пешком. Без пяти пять служба «02» приняла сообщение о женщине, которая почему-то лежит под аркой и не шевелится. Ночь была тяжелая, в нескольких местах одновременно происходили «стрелки», закончившиеся не полюбовным соглашением, а кровавыми разборками, и сразу же послать опергруппу к месту, где лежит и почему-то не двигается какая-то женщина, возможности не оказалось. Правда, сообщение было передано в службу «03», и примерно через час по указанному адресу приехала «Скорая». Врач констатировал смерть и благополучно отбыл. А что еще он должен был сделать? Если на улице лежит труп и никто не знает, как он тут появился, трогать его нельзя, за это можно от милиционеров по рогам получить. Стоять и охранять? Интересно вы рассуждаете. Люди вон часами «неотложку» дождаться не могут, а я тут должен ваши трупы стеречь. Нет уж, дорогие мои, давайте-ка сами. Одним словом, когда появились свободные машины, бензин у всех был на исходе. Пока решали вопросы с транспортом и горючим, на Петровку явился Юра Коротков, который в связи с тяжелой внутрисемейной обстановкой старался уйти из дома как можно раньше и на работе бывал обычно уже в восьмом часу утра. Зайдя в дежурную часть ГУВД, чтобы поприветствовать своего приятеля Васю Кудина, в минувшие сутки взявшего город под отеческое крыло, жесткий контроль и неусыпную опеку, Юра, как обычно, сунул нос в сводку. Сообщение о трупе женщины было одним из последних. Рядом другой рукой было приписано: «По сообщению врача «Скорой помощи» Дюкова В.К., у женщины в сумке документы на имя Томчак Ларисы Михайловны, проживает: улица....» Этого оказалось достаточным, чтобы майор Коротков, перепрыгивая через три ступени, влетел на пятый этаж и кинулся звонить Ольшанскому домой. После чего следователь, отправив Юру немедленно к месту обнаружения трупа, включился в процесс собирания бригады в нужном ему составе. Когда Коротков прибыл на место, то, что открылось его взору, его не порадовало. Из дежурной части ГУВД сообщение было передано на территорию, и сотрудники из окружного управления, конечно, приехали, но тоже совсем недавно. К тому времени народ уже интенсивно сновал через арку туда и обратно, все было затоптано, а вокруг тела стояла плотная толпа любопытствующих. Правда, сразу же удалось выяснить, что около полуночи тела здесь еще не было, это совершенно точно, вон Верка со своим кобелем каждый вечер гуляет чуть не до часу ночи, кобель-то здоровенный, злой, его не то что детишки, а и взрослые боятся, вот она и гуляет, когда на дворе уж нет никого, и вчера гуляла, так она никого тут не видала. Нашлись и другие жильцы, которые или поздно возвращались, или гуляли с собаками, и по их словам выходило, что по крайней мере до половины первого ночи тела здесь не было. Стало быть, оно появилось где-то между часом ночи и половиной пятого утра.

Судебно-медицинский эксперт Айрумян первым делом определил давность наступления смерти. Получалось, что Томчак умерла задолго до того, как была привезена сюда и выброшена под аркой. Смерть наступила, по прикидкам эксперта, около одиннадцати часов назад, то есть примерно в десять вечера. Айрумян еще не закончил осматривать тело, поэтому все остальные пока томились в неведении о причинах смерти.

— Смотри, — шепнула Настя Короткову, дергая его за рукав и отводя в сторонку, — как все похоже на убийство Широковой. Нарядно одетая женщина обнаружена мертвой. Обе жертвы знают друг друга и имеют массу общих знакомых.

— Ты не совсем права, мать, — покачал головой Коротков. — Я вчера поздно приехал и не стал тебе звонить, но все не так уж гладко.

— Что-то нашел?

— Что-то. Именно что-то. То есть совсем непонятно что. Короче, Ася, высокопоставленные лошадники и прислуживающие им сотрудники клуба припомнили, что видели в конце лета странного молодого человека, который фотографировал на территории клуба. Он представился фотографом нового журнала, который рассчитан на «новых русских» и их скучающих от домашнего сидения жен. Журнал якобы настолько новый, что еще ни один номер не вышел, поэтому ничего удивительного, что его никто не читал и вообще в глаза не видел. Разумеется, никто не узрел ничего плохого в том, чтобы дать парню возможность сделать несколько фотографий с пейзажами, лошадьми, наездниками, тренерами, денниками и оздоровительным центром. Поскольку фотографа видели многие, то нашлись и такие, кто запомнил название журнала, от которого он якобы работал. Я потратил день на поиски, но теперь могу сказать тебе точно: такого журнала нет и никто о нем никогда не слышал. Даже о проектах разговора не было.

— Ясно. А почему ты сказал, что молодой человек был странный?

— Это не я сказал, это сотрудники клуба так его оценили. Чего-то он им не показался.

— В каком смысле?

— Асенька, они сами не могли мне членораздельно объяснить, что в нем странного. Только один или два человека отметили, что он производил впечатление гомика. Здоровенный такой, мускулистый, а что-то женственное в нем. Я, конечно, вцепился в них мертвой хваткой. Оказалось, им одежда его не понравилась. Брюки, дескать, слишком обтягивающие, а рубаха слишком нежная и вся в складочку, как в кино или в балете. Волосы длинные, но так сейчас многие ходят. Так что если фотографию Дербышева делал действительно этот тип, то нам нужно искать связь между Дербышевым, Широковой и Томчак. Где-то они все пересеклись. Но где?

— Будем искать, — вздохнула Настя. — Теперь, по крайней мере, понятно, куда дальше двигаться. У меня, между прочим, есть еще один вариант. Я последние дни тоже без дела не сидела и узнала одну любопытную деталь. У Стрельникова есть, как тебе известно, сынок Саша. Так вот этот Саша страсть как не хотел бы, чтобы его папа развелся и женился во второй раз. Саша у нас игрок, причем абсолютно безмозглый. Его интеллекта хватает только на то, чтобы тянуть из матери деньги, которые им регулярно дает Стрельников. Не будет Стрельников официально мужем Аллы Сергеевны, не будет и денежек. Так что убрать опасную для него Милочку Широкову сынок Сашенька вполне мог, мотив есть. Другой вопрос, почему убита Томчак. Кстати, пока непонятно, убита она или просто умерла от сердечного приступа...

Она не успела договорить, когда до них донесся голос эксперта Зубова:

— Эй, але! Настасья, иди-ка сюда.

Стоя на коленях на подстеленной газетке, Зубов вертел в руках маленькую серебряную фигурку.

— На, полюбуйся. — Он протянул фигурку Короткову.

— Что это?

— Нашел в кармане юбки. Да ты не ангелочка разглядывай, ты на надпись посмотри на обратной стороне.

Настя вырвала серебряного Купидона из рук Короткова и впилась глазами в тонкие изящные буквы: «Миле от Володи с любовью».

— Вот это номер, — пробормотала она. — Как эта подвеска попала к Ларисе?

— Одно из двух, — пожал плечами Юра. — Или Лариса Михайловна собственноручно задушила несчастную Широкову и по каким-то причинам забрала подвеску себе...

— Или их обеих убил один и тот же человек, — подхватила Настя. — И каким-то образом незадолго до смерти Лариса нашла фигурку и спрятала ее в карман. Но что могло ее привести к убийце? Откуда они знакомы?

— Что в лоб, что по лбу, — удрученно констатировал Коротков. — Все равно ничего не получается. Только одно точно установлено: Ларису убил не Дербышев.

К ним подошел Ольшанский и протянул связку ключей, извлеченных из сумочки Ларисы.

— Нечего время зря терять, топайте пока на квартиру Томчаков, посмотрите, может, там что есть. Только аккуратно, ничего не трогайте и не передвигайте. Мы здесь закончим и тоже туда переместимся. А фигурку давай сюда, у меня целее будет.

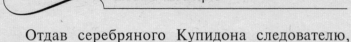

Отдав серебряного Купидона следователю, Настя и Юра Коротков пошли домой к Томчакам.

— Муж-то ее где? — вяло поинтересовался Юра. — Все еще на даче?

— Похоже, — кивнула Настя. — Во всяком случае, рано утром дома никто к телефону не подходил, я звонила. Там автоответчик включен. Ты знаешь, куда идти?

— А то. Я у них два раза был, и с Томчаком беседовал, и с Ларисой. Вон тот дом, первый после перекрестка.

Они поднялись в квартиру и долго стояли на пороге, внимательно осматривая пол в прихожей. Если бы им довелось увидеть какие-нибудь выраженные следы, они не стали бы заходить, дождались эксперта. Но никаких следов видно не было. Возле порога лежит мохнатый темно-коричневый коврик, стоя на котором полагалось снимать грязную обувь и уже дальше идти в тапочках или босиком. Тапочки побольше — вероятно, Вячеслава Петровича, — и поменьше, принадлежащие хозяйке, аккуратно стояли рядышком возле коврика. Нет, определенно Лариса Михайловна была спокойна, уходя из дома. Покидала квартиру она явно не в спешке и не в волнении. Кругом царил идеальный порядок, на полированной поверхности мебели не было ни пылинки.

— Пошли проверим автоответчик, — сказала Настя, снимая кроссовки и ступая на цыпочках. — По нему должно быть понятно, когда она ушла из дома.

На дисплее автоответчика светились цифры «04», и это означало, что после ухода Ларисы из дома ей оставили сообщение четыре человека. Настя нажала кнопку «new messages».

«Лариса Михайловна, это мать Геры Золотовского. Он опять стал беспокойным, я хотела проконсультироваться с вами, может быть, не надо пока давать то лекарство, которые вы ему недавно выписали. Я перезвоню вам завтра с утра».

«Ларочка, это Аня. Мой Геннадий сказал, что Слава должен в ближайшее время вернуться в Москву. Если это так, мы хотим пригласить вас в субботу на обед. Позвони мне и скажи, как ты на это смотришь. Целую».

«Ляленька, почему тебя так поздно нет дома? — раздался из автоответчика старческий скрипучий голос. — Уже одиннадцать часов, и я волнуюсь. Позвони мне обязательно, когда вернешься, я глаз не сомкну, пока не услышу твой голос».

«Вячеслав Петрович, вас беспокоят из уголовного розыска. Если вы дома, снимите, пожалуйста, трубку. Это касается вашей жены». Настя узнала свой голос и невольно усмехнулась. Он казался ей совсем не таким, каким слышался, когда она разговаривала. Вероятно, черепная коробка резонирует и искажает восприятие звука.

После каждой записи электронный голос сообщал время, когда поступил звонок. Первый, от матери некоего Геры Золотовского, был без двадцати девять вечера. Настя вспомнила дело трехлетней давности об убийстве алкоголички и проститутки Вики Ереминой. Там тоже разгадка важных фактов была связана с автоответчиком, но в то время электронные голоса еще не сообщали день и час поступления сообщения, и ей тогда пришлось потратить много усилий на то, чтобы установить точное время некоторых звонков. Говорят, технический прогресс здорово помогает преступникам заметать следы и уходить от ответственности. Но и сыщикам он помогает. Вот, например, как сейчас.

Автоответчик пискнул три раза, после чего на дисплее засветились цифры «00». Настя озадаченно посмотрела на аппарат. Как же так? Почему «00»? На тех автоответчиках, которые она видела раньше, после прослушивания сообщения снова высвечивалось количество записанных звонков. Оно менялось на «00» только тогда, когда запись стирали при помощи кнопки «erase». Пока не сотрешь, запись сохраняется, как и показания индикатора количества звонков. А здесь что же? Запись автоматически уничтожается после первого прослушивания? Нет, этого не может быть. Это очевидная глупость. Мало ли какие сведения тебе передают? Может быть, адрес, имя или номер телефона, и если у тебя в этот момент нет под рукой ручки и ты не успел записать, то что? Все? С приветом?

— Юр! — крикнула она Короткову, который осматривал вторую комнату. — Иди сюда, пожалуйста. Я не справляюсь.

Коротков вышел из спальни, держа в руках пепельницу с одним окурком.

— Мадам изволили днем отдыхать, — заявил он. — Лежали на кровати, укрывшись пледом, и курили. Потом спали до половины шестого.

— Будильник? — догадалась Настя.

— Он самый.

— Почему ты уверен, что она не встает по утрам в половине шестого? Проверял?

— Не то чтобы проверял, но считал. Отсюда до поликлиники, где она работает, полчаса на машине. Собаки у Томчаков нет, стало быть, необходимость в утренних обязательных прогулках отпадает. Зачем Ларисе Михайловне вставать в такую бешеную рань?

— Тогда конечно. Либо она именно вчера по каким-то причинам должна была встать очень рано, либо ты прав, и она ложилась днем отдыхать, поставив будильник на половину шестого. Но это значит, что у нее были вполне определенные планы на вечер, иначе она спала бы себе без всякого будильника в полное свое удовольствие. Ей нужно было не проспать и не опоздать.

— Угу. Так ты зачем меня звала-то? — спохватился Коротков. — С чем ты тут не справляешься?

— У меня техническая тупость, Юрик. Я не могу справиться с этим автоответчиком. Он мне дал прослушать четыре сообщения и теперь показывает на счетчике два нуля. Это же неправильно.

— Почему? Нормально, — пожал плечами Юра. — Что тебя не устраивает, я не понимаю.

— А если я хочу их еще раз прослушать?

— Ну и слушай. Подними крышку, там есть другая кнопка.

Настя торопливо подцепила ногтем крышку и заглянула под нее. Так и есть, маленькая кнопочка с надписью «all messages», что в переводе на русский означает «все сообщения». Теперь понятно. Та, первая, кнопка прокручивает только новые сообщения, и после первого прослушивания они попадают в общий накопитель.

Настя приготовила блокнот и ручку и нажала кнопку. Первая же запись показала, что на пленке накопились сообщения по меньшей мере за неделю, но она решила проявить терпение и прослушать все. Мало ли что интересного она услышит...

Звонки от матери Ларисы, от пациентов, от Анны Леонтьевой и Аллы Стрельниковой, звонки, адресованные Вячеславу Томчаку... И вдруг:

— Здравствуйте, Лариса. Это Виктор Дербышев. Я получил ваше письмо с фотографией и очень хочу с вами встретиться. К сожалению, не смог застать вас дома. Я буду ждать вас сегодня от восьми до половины девятого вечера у выхода из метро «Академическая». Если вы не сможете прийти сегодня и я не сумею еще раз дозвониться до вас, то буду ждать завтра в это же время в том же месте. Всего вам доброго.

Настя замерла, не в силах справиться с изумлением. Она не беседовала с Виктором Дербышевым и потому не могла бы утверждать, что это его голос, но ведь Дербышев задержан. Он в камере. А звонок поступил вчера около двух часов дня. Это как же понимать?

У нее за спиной возник Коротков, примчавшийся из кухни, которую осматривал, закончив работу в спальне.

— Что я слышу? — удивленно переспросил он. — Какой такой Дербышев? Когда это он ей звонил? И вообще, голос не его, могу поручиться. Я с ним каждый день часа по три разговариваю.

— Это не он, Юрик, — тихо сказала Настя. — Это убийца. Тот, который украл в офисе бумагу с пальцами Дербышева. Тот, который сделал фотографию и ловко подделал почерк Виктора. Он от имени Дербышева пригласил Милу Широкову на свидание и убил ее. И в точности то же самое проделал с Ларисой. Только не письмо ей послал, а позвонил. Если я пойму, почему одной из них он написал письмо, а другой позвонил, я пойму, в чем тут фокус.

— Но почему он так глупо поступил? Виктор Дербышев задержан. Зачем же преступник действует от его имени? Ведь можно легко проколоться. Как же он об этом не подумал?

— Он об этом не знал. Значит, это совершенно точно человек не из близкого окружения Дербышева. У него на фирме о задержании знают все поголовно.

— И соседи в доме знают, — подхватил Коротков. — Он просил меня, чтобы я поехал к нему домой, взял его любимую кошку и отдал кому-нибудь из соседей на то время, что его не будет, чтобы кормили. Выходит, убийца — человек не из ближайшего окружения Дербышева, но доступ к нему в офис все-таки имеет, раз бумагу прихватил. При этом Дербышев не знает его в лицо. Или у него есть сообщник.

— Ты имеешь в виду фотографа? — уточнила Настя. — Полагаешь, если убийца делал фотографии сам, то Дербышев должен был его узнать?

— Ну да. А если Дербышев его видел и не узнал, значит, либо он не знаком с убийцей, либо фотограф был просто третьим лицом. Либо Дербышев вообще не видел фотографа. Это вполне может быть, между прочим. Ты вспомни фотографию. По ней четко видно, что Дербышев не позирует, он даже не смотрит в сторону объекти-

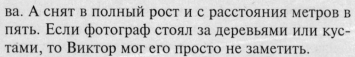

ва. А снят в полный рост и с расстояния метров в пять. Если фотограф стоял за деревьями или кустами, то Виктор мог его просто не заметить.

— Юр, ты можешь себе представить ситуацию, при которой Дербышев не был бы лично знаком с убийцей? Этот неизвестный человек планомерно подводит его под «вышак», а тот даже не догадывается, зачем и почему? Мы с тобой совсем недавно через это уже проходили. Помнишь дело о еврейских мальчиках? Черкасов тоже клялся и божился, что никому никогда не делал зла и врагов у него никогда не было. Меня сейчас больше интересует, откуда Лариса Томчак знает Дербышева и зачем она написала ему письмо, да еще фотографию свою вложила. Ты в разговорах с ней упоминал его фамилию?

— Нет, зачем? — Юра пожал плечами. — При обыске на даче у Томчака, когда мы письма нашли, конечно, фамилия Дербышева фигурировала, но не назойливо. А сам Томчак был так потрясен, что вряд ли вообще запомнил какие-то детали. И потом, там упоминались только имя и фамилия, ни отчества, ни домашнего адреса. Если бы Лариса Михайловна захотела разыскать абстрактного Виктора Дербышева, без отчества, адреса, года и места рождения, то она так быстро этого не сделала бы, можешь мне поверить.

— Ладно, поверю. Между прочим, дело Черкасова, раз уж мы с тобой о нем вспомнили, учит нас, что нужно очень тщательно копаться в биографиях подозреваемых. Там всегда можно отыскать что-нибудь интересное и полезное для дела. Возьмем, например, жену Стрельникова.

— А что жена Стрельникова? Чем тебе не показалась милейшая Алла Сергеевна?

Их дискуссия была прервана требовательным звонком в дверь. На пороге стоял следователь Ольшанский, за его спиной маячил Олег Зубов, еще более хмурый, чем был с утра, когда его выдернули на труп Ларисы Томчак прямо из постели, где он честно вылеживал бюллетень по случаю острой респираторной вирусной инфекции. Это было еще одной особенностью эксперта: при малейшем недомогании он немедленно брал больничный, проводил в обнимку с ним в постели ровно один день, после чего выходил на работу и всем и каждому со страдальческим видом сообщал, что он тяжело болеет, но работы столько, что приходится пахать не разгибаясь, и вообще все кругом гады и несознательные эгоисты, нормально поболеть человеку не дают, он вынужден ходить на работу, а ему так плохо, так плохо... Работу свою Олег Зубов обожал и ни за что на свете не согласился бы болеть дольше одного дня, но ему совершенно необходимо было, чтобы окружающие отчетливо понимали, какую огромную жертву он приносит на алтарь раскрытия и расследования преступлений. Все должны понимать, как ему плохо, как он страдает, но мужественно выполняет свой долг. Все должны понимать, что он делает огромное одолжение, продолжая ходить на работу, хотя ему впору было бы лечь и умереть. Откуда взялись такие особенности характера у Олега, никто не знал, но, поскольку он работал на Петровке больше десяти лет, все привыкли и принимали его хмурое нытье как должное и неизбежное.

— Ну, что у вас тут? — с ходу вопросил Ольшанский, как будто был убежден, что в квартире Томчаков наверняка имеется разгадка двух смертей, надо только быть глазастым и ее найти.

— Кое-что есть, — ответил Коротков осторожно. — Ларисе Михайловне вчера около двух часов дня звонил некий мужчина, представился Виктором Дербышевым...

— Кем-кем? — перебил следователь. — Кем он представился?

— Виктором Дербышевым. Вероятно, этот человек не знал, что Дербышев задержан и находится у нас. Лариса Михайловна тоже этого не знала и потому поверила. Голос совершенно не похож, но Лариса опять-таки могла и не знать голоса настоящего Дербышева. Она написала ему письмо и вложила в него свою фотографию. И вчера некий человек под видом Дербышева позвонил ей, сообщил, что получил письмо, и назначил ей встречу возле станции метро «Академическая» с восьми до половины девятого вечера. Лариса Михайловна, придя вчера с работы, прилегла отдохнуть, вероятно, перед встречей с этим мужчиной, а в начале восьмого ушла. Машину свою она оставила вчера возле поликлиники, где работает, так что до «Академической» добиралась либо на метро, либо на такси.

— «Академическая», — пробормотал Ольшанский. — Снова «Академическая». И Широкова туда ездила в день, когда ее убили. Можно подумать, что и ее мнимый Дербышев туда на свидание заманил. Черт знает что. Совсем я запутался.

Через некоторое время он отпустил Настю и Юрия и остался в квартире вдвоем с Зубовым.

Это означало, что Ольшанский сядет на краешек стула посреди большой комнаты и будет долго молча думать, а Олег должен быть рядом, чтобы моментально кидаться проверять разные идеи, которые будут приходить в голову неугомонному следователю. Например: «Посмотри посуду на кухне. Чем недавно пользовались и что недавно мыли?» Или: «Посмотри в ванной. Какие полотенца влажные? Мокрое ли мыло? Когда в последний раз пользовались бритвой?» Никогда нельзя было угадать, что придет в голову следователю Ольшанскому, и Олегу Зубову ничего не оставалось, как терпеливо ждать указаний.

* * *

— Так что там насчет Аллы Сергеевны Стрельниковой? — спросил Коротков, садясь вместе с Настей в свою старенькую раздолбанную московскими дорогами и тяжелой жизнью машину.

— Скорее насчет ее сына. Ты можешь меня презирать, Юрик, но я не смогла справиться с чувством глубокого недоверия к Владимиру Алексеевичу Стрельникову, поэтому все сведения о нем собирала окольным путем. В частности, через Анну Леонтьеву, которая дружна с Аллой Сергеевной и недолюбливает самого Стрельникова. И через ее мужа Геннадия Федоровича Леонтьева, который обожает Стрельникова и равнодушен к Алле Сергеевне. Из сопоставления того, что я от них узнала, выясняется такая картинка: Алла Сергеевна систематически тянет деньги из Стрельникова на мнимые нужды, каковых на самом деле у нее нет. Геннадий Федорович с пеной у рта мне

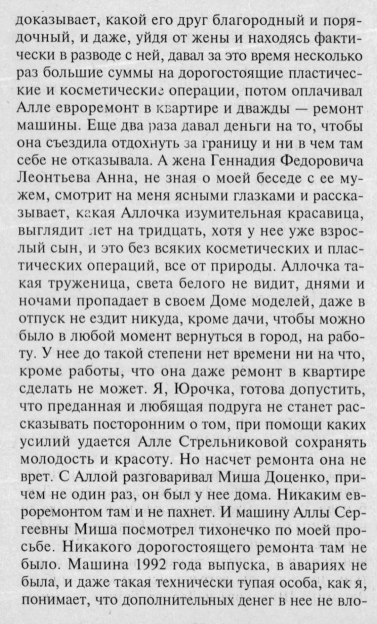

доказывает, какой его друг благородный и порядочный, и даже, уйдя от жены и находясь фактически в разводе с ней, давал за это время несколько раз большие суммы на дорогостоящие пластические и косметические операции, потом оплачивал Алле евроремонт в квартире и дважды — ремонт машины. Еще два раза давал деньги на то, чтобы она съездила отдохнуть за границу и ни в чем там себе не отказывала. А жена Геннадия Федоровича Леонтьева Анна, не зная о моей беседе с ее мужем, смотрит на меня ясными глазками и рассказывает, какая Аллочка изумительная красавица, выглядит лет на тридцать, хотя у нее уже взрослый сын, и это без всяких косметических и пластических операций, все от природы. Аллочка такая труженица, света белого не видит, днями и ночами пропадает в своем Доме моделей, даже в отпуск не ездит никуда, кроме дачи, чтобы можно было в любой момент вернуться в город, на работу. У нее до такой степени нет времени ни на что, кроме работы, что она даже ремонт в квартире сделать не может. Я, Юрочка, готова допустить, что преданная и любящая подруга не станет рассказывать посторонним о том, при помощи каких усилий удается Алле Стрельниковой сохранять молодость и красоту. Но насчет ремонта она не врет. С Аллой разговаривал Миша Доценко, причем не один раз, он был у нее дома. Никаким евроремонтом там и не пахнет. И машину Аллы Сергеевны Миша посмотрел тихонечко по моей просьбе. Никакого дорогостоящего ремонта там не было. Машина 1992 года выпуска, в авариях не была, и даже такая технически тупая особа, как я, понимает, что дополнительных денег в нее не вложено ни копейки, кроме, может быть, сигнализации. Так вот теперь спрашивается в задачке, куда Аллочка Сергеевна девает эти деньги? Правильно, отдает сыну Сашеньке, который на них тешит свою азартную психику. И Сашеньке без этих дотаций будет совсем худо, то есть скучно жить на этом свете. Зато у Сашеньки есть подружка Наташенька, девушка экстра-класса, ездит на собственном автомобиле, более чем прилично зарабатывает, так как знает бухгалтерию, компьютер и два иностранных языка и работает в крупной фирме. Наташенька у нас тоже страстный игрок, причем даже еще более страстный, чем Сашенька, так, во всяком случае, уверяют завсегдатаи тех мест, где они регулярно играют. Ты куда меня везешь?

— На работу. Разве мы не на работу едем? — удивился Коротков.

— Да ну тебя, Юрик, я тебе рассказываю историю, соловьем разливаюсь, крыльями машу во все стороны, а ты меня не слушаешь. Я для кого стараюсь-то? Для себя, что ли?

— Я тебя слушаю очень внимательно.

— А если внимательно, тогда ты должен понимать, что не на работу мы с тобой едем, а совсем в другое место. Во-первых, надо узнать, нет ли у фирмы, где работает наша подружка Наташенька, деловых контактов с фирмой, где работает Дербышев. Во-вторых, надо узнать, не продавала ли владелица брачного агентства «Купидон» конфиденциальную информацию о Людмиле Широковой, и если продавала, то какую и кому. И в-третьих, надо узнать, встречались ли когда-нибудь Людмила Широкова и Лариса Томчак с сыном

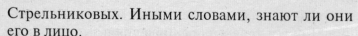

Стрельниковых. Иными словами, знают ли они его в лицо.

— Я что-то не улавливаю ход твоих мыслей, — нахмурился Коротков. — Конечно, я тебе, мать, полностью доверяю, и если ты говоришь, что это все надо узнать, мы поедем и узнаем, но мне, честно признаться, не совсем понятно, и вообще есть хочется.

— Давай поедим где-нибудь, — охотно согласилась Настя. — Я сама уже умираю без кофе, засыпаю на ходу. А что касается хода мыслей, то он примитивно прост. Великовозрастный оболтус Сашенька Стрельников не на шутку испугался, что цепкая щучка Милочка Широкова захомутает его родного папеньку всерьез и надолго. Предыдущая папочкина пассия Люба была существом абсолютно непритязательным и потому полностью безопасным. Люба любила папу Володю всей душой и на его деньги не претендовала, ей нужно было только, чтобы папа был рядом. А Милочка — это совсем другое дело. И факт венчания в церкви продемонстрировал это всем совершенно недвусмысленно. Вот тут-то Сашенька с Наташенькой и понимают, что их азартным развлечениям приходит конец. Наташенька-то еще ничего, она девушка самостоятельная, ей на свою игру хватает, а Сашеньку она содержать не собирается, не такое он сокровище, чтобы тратить на него свои денежки. Значит, что? Правильно, противную хищницу Милочку надо убрать с дороги. За Милочкой устанавливается наблюдение, в ходе которого легко и быстро выясняется, что она посещает милейшую Тамару Николаевну, владелицу бюро знакомств. Или брачного агентства, если тебе так больше нравится. Тамаре Николаевне дается подарочек в виде конвертика с хрустящими зелеными бумажками и взамен получается информация о том, кому Милочка в ближайшее время напишет письмо с предложением познакомиться. Дальше все еще проще. Тамара дает им координаты Дербышева и номер его абонентского ящика, Сашенька с Наташенькой вскрывают ящик, я пробовала, это совсем несложно. Знаешь, как это делается? Обхохочешься. Никто никогда не поставит на триста ящиков триста разных замков. Замков обычно бывает пять-шесть разновидностей, покупают по пятидесяти штук каждого вида и ставят на ящики. Это еще на заводе-изготовителе делают. Чтобы подобрать ключ к конкретному ящику, а не взламывать его, надо абонировать с десяток ящиков, получить от них ключи, один из них обязательно подойдет. Сашенька с Наташенькой подбирают ключ к ящику Дербышева, благо номер-то им Тамара Николаевна сказала, и ждут, когда туда упадет письмо от потаскушки Милочки. Письмо упало. Они его забрали и ушли. Таким образом, сам Дербышев действительно письма от Широковой не получал и фотографии ее не видел. И уж тем более не писал ей в ответ. Потом, а может быть, и раньше, Наташенька якобы по служебной надобности оказывается в офисе у Дербышева и ворует там немножечко чистой писчей бумаги для обычного принтера. Предварительно убеждается в том, что Дербышев за эти листы хватался руками, то есть оставил на них отпечатки своих пальцев. Там же ей удается раздобыть документ, выполненный Дербышевым от руки, этот документ им послужит образцом для копирова-

ния почерка. А Сашенька где-то примерно в это же время едет следом за Дербышевым в конно-спортивный клуб, прикидывается фотографом и делает снимки. Ему же нужно что-то послать Широковой в ответном письме. И это не может быть фотографией любого красивого мужчины, это должен быть снимок именно Дербышева, потому что у Тамары Николаевны в регистрационной карточке есть его фотография, и Мила ее видела. Ну а дальше все понятно. Детки пишут письмо Миле от имени Дербышева, назначают ей свидание на «Академической», а когда она приходит, заманивают на помойку на окраине города и убивают. Я только не могу понять, как они ее туда заманили. И какую тяжесть Мила несла в руках.

— Тебя послушать, так все остальное тебе понятно, — недоверчиво фыркнул Коротков. — О, вот приличное место, давай сюда зайдем. Здесь, кажется, еда не отравленная.

Он остановил машину перед невзрачного вида заведением. Внутри было сумрачно и тихо, пахло жареными беляшами и плохим кофе. Настя не была привередой, поэтому просто села в уголке, откинулась назад и прикрыла глаза. Она очень устала, день начался так давно, что, кажется, тянется уже третьи сутки, а без чашки крепкого кофе каждые два часа она чувствует себя совсем разбитой.

— Тебе что принести? — спросил Юра.

— Все равно, — пробормотала она, не открывая глаз, — только чтобы кофе был крепкий.

Через несколько минут перед ней стояла большая чашка хорошего крепкого кофе и тарелка с бутербродами. Настя сделала глоток и удивленно глянула на Короткова.

— Откуда в этой дыре такой кофе? Можно подумать, что его сварили в домашних условиях лично для директора.

— Обижаешь, мать, — засмеялся Юра, — я тебя абы куда не поведу, мне еще жить хочется. Я хожу только туда, где есть гарантия уйти живым, в смысле не отравившимся. А гарантию такую может дать только личное знакомство с владельцем. Усвоила?

— Ты — мелкий взяточник, — беззлобно сказала она. — Но все равно спасибо.

— Спасибом не отделаешься. Объясни лучше мне, если ты такая умная, зачем Саша Стрельников корчит из себя педераста, носит облегающие кожаные брючки и сорочки со складочками и кружевами. Ты же сказала, что у него есть девушка, значит, он не гомосексуалист. Так зачем маскарад?

— А чтобы его никто не запомнил. Средство маскировки.

— Здравствуйте! Именно что его и запомнили, потому что он косил под голубого. Он же всем в глаза бросался своей необычностью.

— Ну правильно. И, кроме этой необычности, кто что запомнил? Брючки кожаные, сорочка в оборочку, волосы длинные. Брючки и сорочку снял — и нет их. Парик снял — и нет волос. А лицо кто-нибудь запомнил? Голос? Манеры? Вот в том-то и дело. Это же азы криминалистики: запоминается в первую очередь крупное и яркое. Прическа, одежда. А нос и глаза — в самую последнюю очередь. Ты помнишь, какого цвета глаза у нашего с тобой начальника?

— У Колобка-то? Голубые.

— Точно?

— Абсолютно. Небесно-голубые. Можем поспорить на что хочешь.

— Не буду я с тобой спорить, Юрик, потому что у Колобка глаза рыже-зеленые. Я специально смотрела, когда в один прекрасный день поняла, что не помню, какие они.

— Да иди ты!

Коротков отложил на тарелку надкусанный бутерброд и уставился на Настю в полном изумлении.

— Не может быть. Ты меня разыгрываешь. У него глаза голубые.

— Нет, дружочек, рыже-зеленые. А ведь ты с ним сколько лет работаешь?

— Тринадцать, — удрученно признался Юра. — Да, уела ты меня. Но и я сейчас тебя уедать буду. Ладно, предположим, насчет Людмилы Широковой ты меня убедила, я готов согласиться, что все было так, как ты рассказываешь. А что случилось с Ларисой Томчак? Ее-то они зачем убили? Стрельников же не собирался на ней жениться. И потом, зачем они письма подбросили на дачу Томчаку? Какой в этом смысл?

— А никакого. Подстраховывались. По их гениальному замыслу обвинить в убийстве Широковой должны были Дербышева. Дербышев для них случайная жертва. Просто именно он был в этот период рекомендован Людмиле, именно ему она написала. На его месте мог оказаться кто угодно. Но на всякий случай следовало создать папочке миллион неприятностей в связи со смертью Милы, чтобы уж надолго отбить у него охоту к матримониальным поползновениям. И еще один важный момент, самый, может быть, важный. Чтобы подозрение пало на Дербышева, нужно, чтобы милиция нашла его письмо Миле. Если любовная переписка Широковой окажется в руках Стрельникова, то можно быть уверенным, что он ее уничтожит. И никто никогда никакого Дербышева не вычислит и будут искать другого убийцу. Не дай Бог, и Сашеньку с Наташенькой уличат. Другой вопрос, где они взяли эти письма. Может быть, они были в сумочке у Милы. Может быть, они были дома у Стрельникова, куда Саша, вполне естественно, имеет свободный доступ. Но это мы выясним у них самих, важно то, что письма нужно было довести до сведения милиции и желательно привязать к самому Стрельникову. А тут папочка, как нарочно, едет на дачу к дяде Славе Томчаку. Зачем он туда едет — вопрос десятый, но о том, что папа там был, милиция рано или поздно узнает. А не узнает сама, так можно будет ей помочь, подсказать, если надо. Письма найдут, припишут Стрельникову ревность, начнут таскать. Разумеется, папочка Милу не убивал и сможет это доказать, но кровушки у него попьют — мало не покажется. Пусть знает, как за молодыми девками-то ударять.

— Хорошо, допустим, я готов принять твою версию. А Лариса? Она-то в этой истории каким боком?

— Может быть, она стала о чем-то догадываться. Она могла прекрасно знать истинную ситуацию с Аллой и Сашей и догадалась, что Саша

приложил руку к смерти Милы. И написала письмо на абонентский ящик Дербышева, чтобы посмотреть, что получится.

— Нет, Ася, что-то ты не то говоришь, — поморщился Коротков. — Тут у тебя совсем концы с концами не сходятся. Как это она написала письмо? Почему? Откуда вообще ей стала известна фамилия Дербышева и номер его абонентского ящика?

— Не знаю, Юрочка. — Настя болезненно поморщилась и потерла пальцами лоб. Коварная головная боль все-таки подстерегла ее и набросилась из-за угла. — Я ничего не знаю. В этом деле множество дыр, которые нам с тобой еще латать и латать. Поехали, благословясь, к Тамаре Николаевне. Начнем с нее, чтобы не спугнуть голубков Сашеньку с Наташенькой.

Глава 12

Владелица брачного агентства «Купидон» Тамара Николаевна узнала Настю сразу, а на Короткова глянула вопросительно и недоуменно.

— У вас еще какие-то вопросы ко мне?

— Да, — кивнул Коротков. — И прежде чем мы начнем их задавать, я хотел бы сказать несколько слов.

Сегодня Тамара Николаевна выглядела куда импозантнее, чем в тот раз, когда к ней приходила Настя. Маникюр на руках был свежим, и прическа тоже выдавала недавнее посещение парикмахерской. Седина была аккуратно закрашена, а волосы уложены с элегантной небрежностью. Да и костюм на ней был дорогим. Теперь при взгляде

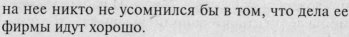

на нее никто не усомнился бы в том, что дела ее фирмы идут хорошо.

— Тамара Николаевна, вы являетесь владельцем фирмы и вольны строить свою работу так, как вам хочется. Информация, которой вы по роду своей деятельности располагаете, не является государственной тайной и на нее не распространяется запрет на разглашение. Я прав?

— Да, разумеется, — согласилась владелица «Купидона». — И что в связи с этим?

— Если вдруг окажется, что вы пользуетесь этой информацией не только в прямых интересах ваших клиентов, никто не сможет утверждать, что в этом есть нечто предосудительное. Это ваша информация, и вы можете делать с ней все, что хотите. Даже продавать за деньги.

— Я вас не понимаю, — вскинула брови Тамара. — С чего вы взяли, что я продаю ее за деньги? Собственно, вся моя работа и состоит в том, чтобы продавать за деньги информацию одним лицам, нуждающимся в знакомстве, о других таких же лицах. О какой еще продаже может идти речь? Да, я и не скрывала с самого начала, что для некоторых клиентов я создаю более льготный режим, но, как вы справедливо заметили, это мое право. И никто его пока не оспаривал.

— Несомненно. Но если вдруг, я подчеркиваю — вдруг, окажется, что вы давали эту информацию не только вашим клиентам, никто не скажет, что вы не имели права этого делать. И никто не станет грозить вам за это пальчиком. А теперь вопрос: вы кому-нибудь говорили о том, что дали Людмиле Широковой координаты Виктора Дербышева?

— Говорила. — Тамара повернулась к Насте. — Я же вам говорила об этом, помните?

— Помню, — ответила Настя. — А еще кому?

Тамара Николаевна задумалась, потом решительно ответила:

— Больше никому. Во всяком случае, я об этом не помню.

— А если постараться? Повторяю, Тамара Николаевна, это ваше право, и никто не станет вас за это осуждать. Вспомните, пожалуйста.

— Нет. — Она медленно покачала головой. — Я такого не помню.

— Тогда я спрошу более конкретно. Не приходили ли к вам молодой человек по имени Александр или молодая женщина по имени Наташа и не просили ли вас дать им информацию о том, кому в ближайшее время Мила Широкова напишет письмо с предложением познакомиться. Это случилось, вероятно, в конце августа — начале сентября.

— Совершенно точно — нет, — сразу ответила Тамара. — Я не смогла бы такое забыть.

— А если бы это случилось, вы бы дали информацию?

Тамара Николаевна встала с диванчика, сделала несколько шагов к окну, постояла задумчиво.

— Не знаю, — наконец сказала она. — Может быть, и дала бы.

— От чего это зависит?

— От цели, для которой нужна такая информация. Конечно, в первую очередь я подумала бы о том, не причинит ли это вред моим клиентам. Но если бы меня убедили в том, что ничего пло-

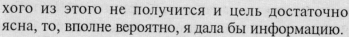

хого из этого не получится и цель достаточно ясна, то, вполне вероятно, я дала бы информацию.

— Разумеется, не бесплатно? — уточнил Коротков.

— Молодой человек, — невозмутимо откликнулась Тамара, — мы с вами не в благотворительной организации живем. Сегодня бесплатно никто ничего не делает.

— Понятно, — кивнул Юра. — А вообще такие случаи бывали? Не с Широковой, а с кем-нибудь другим?

— Пока нет, — едва заметно улыбнулась владелица бюро. — Были случаи похожие, но это не совсем то, о чем вы спрашиваете.

— Например? — насторожилась Настя. — Что значит «похожие случаи»?

— Например, дама встречается с рекомендованным мной кавалером, он производит на нее неизгладимое впечатление, она очень хочет продолжить знакомство, а кавалер активности не проявляет, не звонит и, судя по всему, дамой не заинтересовался. Клиентка в истерике, ей кажется, что она встретила мужчину своей жизни, и она хочет знать, чем не устроила кавалера. Может быть, у нее есть шанс устранить недостаток. И она приходит ко мне с вопросом: с кем еще встречался этот мужчина? Особенно ее волнует вопрос о женщинах, которых я ему рекомендовала и с которыми он встречался длительное время. Какие они? Как выглядят? Чем занимаются? Какое у них образование и материальное положение? Вот с этим они ко мне обращаются, такие случаи бывали.

— И что же, вы им даете информацию?

— А почему нет? — ответила Тамара Николаевна вопросом на вопрос. — Если я хочу, чтобы люди нашли друг друга или хотя бы просто понравились друг другу, я должна им по мере возможности помогать. Конечно, я расскажу такой клиентке все, что знаю. Как знать, может быть, действительно она сможет что-то исправить в себе и привлечь внимание того мужчины, который так взволновал ее душу. Кстати, в моей практике дважды случалось такое. Первое знакомство результатов не дало, но потом дама, внимательно присмотревшись к более удачливым соперницам, кое-что кардинально изменила в себе и предприняла еще одну попытку. В результате мужчина от нее без ума и делает предложение.

— Вы в подобных ситуациях даете клиенту полную информацию? Я имею в виду имя, адрес?

— Нет, что вы. В этом просто нет необходимости. Я даю возможность взглянуть на фотографию и рассказываю о человеке все, что знаю. Ведь клиентку интересует именно это, а не имя и адрес. Она же не слежку собирается устраивать и не скандал неверному возлюбленному.

— Значит, вы точно помните, что никакой мужчина не приходил к вам и не просил рассказать об очередном знакомстве Людмилы Широковой? Может быть, это был неудачливый поклонник, который встретился с ней один раз и влюбился по уши, а она уклонялась от продолжения знакомства. Нет? Не было такого?

— Не было. Я не стала бы скрывать, можете мне поверить. Во-первых, Милу убили, и все это очень серьезно. А во-вторых, я вам уже сказала, что не вижу в подобной передаче информации

ничего плохого. И вы, по-моему, с этим полностью согласны.

Настя и Коротков встали и стали застегивать куртки.

— Что ж, спасибо, Тамара Николаевна, — со вздохом произнес Коротков. — Простите, что отняли у вас время.

Тамара царственно кивнула в ответ и снисходительно улыбнулась.

* * *

— Ничего не понимаю, — расстроенно сказала Настя, садясь в машину. — Ведь должно же было получиться. Должно было.

— Ладно, не переживай, — успокоил ее Коротков. — Может, Тамара твоя все врет. Она продала информацию Стрельникову и его подружке.

— Она не врет, — покачала головой Настя. — Ты же не зря столько времени потратил на то, чтобы убедить ее, что она может ничего не скрывать. И потом, она действительно считает, что имеет право продавать информацию, в этом нет ничего предосудительного. Как же они вышли на Дербышева? Откуда узнали номер его абонентского ящика? Кто им сказал, что именно в ящике Дербышева надо искать письмо от Широковой? Чертовщина какая-то, честное слово!

— Ася, не зависай, — посоветовал Юрий. — Нам надо было проверить три вещи. Остались еще две. Если по двум другим мы попадем «в цвет», то можно считать третью, которая первая, установленной. Подумаешь, не призналась эта сводница! Большое дело! Мы и без ее признания все узнаем.

В конце концов, эти голубки нам сами все расскажут, когда мы их прижмем. Куда теперь едем?

— К Стрельникову. Попробуем выяснить, была ли Мила Широкова знакома с его сыном. А насчет того, была ли с ним знакома Лариса Томчак, я попрошу выяснить Ольшанского. Он все равно будет сегодня допрашивать ее мужа, его, наверное, уже с дачи доставили.

* * *

Время неумолимо двигалось, день близился к концу, а ясности в странном деле о трупах, связанных с брачным агентством «Купидон», становилось все меньше. Во-первых, Владимир Алексеевич Стрельников твердо стоял на том, что его сына Сашу Мила Широкова никогда не видела.

— Я не сторонник разводить избыточную семейственность, — сухо ответил он, когда к нему явились Коротков с Настей.

— Какую, простите, семейственность? — не понял Коротков.

— Избыточную.

Стрельников снисходительно усмехнулся и пояснил:

— Есть люди, которым нравится знакомить друг с другом всех своих друзей, родственников и даже случайных знакомых. Они создают вокруг себя сообщество взаимно знакомых людей и варятся в этом чане, теша себя иллюзией о том, что вот какие они всеми любимые и как много народу всегда рядом. Есть даже такие, которые знакомят бывших и новых жен или любовниц и радуются тому, что дамы нормально общаются, не выцара-

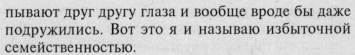

пывают друг другу глаза и вообще вроде бы даже подружились. Вот это я и называю избыточной семейственностью.

— И сами так не поступаете?

— Никогда.

— Почему? Разве плохо, когда все ваши знакомые знают друг друга и дружат? По-моему, людям должно нравиться, когда вокруг них существует такое сообщество.

— Мне — нет, — отрезал Стрельников. — Я слишком хорошо знаю, что из этого получается. Во всяком случае, знакомить своего сына со своей любовницей я не стал.

— Это относится только к Широковой? Или Люба Сергиенко тоже не была с ним знакома?

— Не совсем так... С Любой мы долго жили вместе, и когда сын звонил мне, случалось, что к телефону подходила она. Но это было всего несколько раз, Саша редко мне звонит, крайне редко.

— Отчего же? — удивилась Настя. — У вас конфликт?

— Нет, отнюдь. Я сам звоню ему почти каждый день. Так что в его звонках нет необходимости. Только если уж что-то очень срочное. Но, повторяю, кроме нескольких кратких бесед по телефону, никакого общения между Любой и Сашей не было. Во всяком случае, я об их более тесном знакомстве не знаю.

— А с Милой? — напомнил Коротков, возвращаясь к главному.

— С Милой — тем более. Некоторое время назад у Саши появилась новая девушка, он увлекся, ему стало не до меня. Он и раньше-то звонил крайне редко, а теперь и вовсе перестал. Насколь-

ко я знаю, за то время, что в моей квартире жила Мила, Саша мне ни разу не звонил сам. Я, собственно, не понял, к чему эти вопросы. Почему вы интересуетесь фактом знакомства моего сына с Милой?

— Я объясню, — пообещал Юрий. — Но попозже. А сейчас скажите, пожалуйста, семья Томчаков знает Сашу?

— Естественно. С самого рождения. Как же может быть иначе, если мы со Славой Томчаком дружим с первого курса института.

— Значит, Лариса Михайловна тоже его знала?

— Ну конечно. — Стрельников начал раздражаться, причем очень явно. — После того как Лара закончила медицинский и стала врачом, мы все проблемы с болезнями решали через нее. Когда Саша в семь лет упал с дерева и заработал легкое сотрясение мозга, Лара сказала, что будет сама его наблюдать, потому что такие травмы, даже легкие, могут с возрастом давать осложнения, особенно в период полового созревания. С тех пор она осматривала Сашу не реже двух раз в год на протяжении многих лет. Слава богу, обошлось без последствий. Лара уверяла, что он абсолютно здоров.

Вернувшись на Петровку, Настя позвонила следователю Ольшанскому. Он, со слов уже допрошенного Томчака, повторил ей то же самое. Получалось, что не узнать Сашу Стрельникова Лариса не могла, в каком бы гриме он ни был. Получалось... то есть опять ничего не получалось. Милу Широкову юный игрок убить мог, а Ларису Томчак — нет. И нужно было начинать все сначала.

— Константин Михайлович, что с Дербышевым-то делать? — уныло спросила Настя следователя. — Его выпускать надо, срок истекает. А у меня никаких идей. Еще утром их было полно, а сейчас все лопнули с оглушительным треском.

— Плохо. Огорчаешь ты меня, Каменская, — очень серьезно ответил тот. — Давай, что ли, попробуем старый испытанный способ всеобщего штурма. Вдруг да поможет.

— Это как?

— А просто. Сажайте Дербышева в спецмашину и везите сюда, ко мне. И вызывайте сюда же на восемь вечера всех остальных — Стрельникова, Леонтьева с женой и Томчака. А к девяти вечера доставьте юную парочку — Сашу Стрельникова и его подружку. Ты, кстати, у нее на фирме побывала?

— Побывала, — вздохнула Настя. — Там тоже все расплывчато, ни два ни полтора. Наталья Загребина на прекрасном счету, квалифицированный и дисциплинированный сотрудник, ни в чем подозрительном не замечена. Прямых контактов с фирмой, где работает Дербышев, у ее организации нет, в том смысле, что они не ведут общих дел. Но это, разумеется, не исключает, что Загребина могла явиться на работу к Дербышеву. Повод найти несложно, поскольку обе фирмы так или иначе связаны с недвижимостью. И еще одна деталь. Загребина, по сведениям нашего адресного бюро, в Москве не прописана, хотя на работе все дружно утверждают, что она коренная москвичка.

— Где сейчас эта сладкая парочка?

— По последним сведениям, дома у Стрельникова-младшего. Мы на это направление бросили Селуянова, он утверждает, что Загребина обычно до пяти часов находится на службе, потом садится в свой сверкающий автомобиль и едет встречаться с Сашей. Как правило, часов до десяти вечера они или находятся в его квартире, или куда-нибудь ездят вместе, а потом отправляются туда, где можно во что-нибудь поиграть. Селуянов, например, выяснил, что в течение последней недели их дважды видели там, где играют в карты по-крупному, и трижды в казино.

— Что еще рассказывает твой глазастый Селуянов?

— Что Сашенька Стрельников носит длинные волосы и имеет щуплое телосложение. И это меня убило окончательно. Длинные волосы — это, конечно, хорошо, в этом случае он вполне тянет на роль неизвестного фотографа, которого видели в конноспортивном клубе. А вот то, что он физически не особо развит, говорит о том, что либо у него был подельник, либо он вообще к убийствам не причастен. Вы помните, на теле Широковой не было следов борьбы. Разве слабенький щупленький юноша смог бы задушить ее так ловко и быстро, чтобы не было необходимости с ней бороться? Он должен был оставить на ее теле синяки и царапины, а их не было. И еще одно. В местах обнаружения трупов Широковой и Томчак не было следов волочения. Если дамы умерли не там, где мы их нашли, их должны были привезти на машине и выбросить. Но взрослая женщина — это же не пустая пачка из-под сигарет, Константин Михайлович, ее невозможно скомкать и просто выкинуть в окно автомобиля. Ее надо засунуть в машину и потом вытащить оттуда. Физически неразвитый человек намучается, пока сделает это. Во-первых, на теле и одежде жертвы обязательно останутся следы от таких упражнений, причем очень заметные и характерные, а их нет. И на земле будут следы волочения. А их тоже нет.

— Стало быть, Стрельников действовал вдвоем с Загребиной. Что тебе не нравится в этом варианте?

— Мне не нравится то, что Лариса Томчак прекрасно знала Сашу Стрельникова. В том числе и знала его голос. Значит, от имени Дербышева ей звонил не он. И на свидание к метро «Академическая» приходил тоже не он. В деле есть еще один мужчина. Похоже, именно он стоит за спиной азартных деток Сашеньки и Наташеньки. Мы сейчас в темпе собираем сведения о Загребиной, может быть, это ее любовник или родственник, хитрый и жестокий тип, который все это и придумал. Только, ей-богу, я не могу понять, зачем он все это делает.

— Мстит Стрельникову за что-нибудь? — предположил следователь.

— Может быть, — согласилась Настя. — Но как он смог привязать ситуацию к Дербышеву? Это самое слабое звено. Из-за него у нас все не состыковывается.

— Значит, я прав, без общего штурма не обойтись, — констатировал Ольшанский. — Соберем их всех вместе в моем кабинете и будем держать до тех пор, пока не выясним, какие между ними существуют тайные связи и взаимные конфликты.

— Как скажете.

Настя положила трубку и уставилась невидящими глазами в окно. Замысел Ольшанского ей не нравился. Совсем не нравился. Но спорить со следователем она не стала просто в силу того, что не могла предложить ничего более продуктивного. Да, такой прием, как «общий штурм», существовал издавна и был хорошо известен, но для его применения надо иметь особый характер. Когда в одной комнате собираются люди с прямо противоположными интересами, люди, которым есть что скрывать и которые не хотят, чтобы истина вышла наружу, велика опасность возникновения скандала с криками, хватанием друг друга за грудки, взаимными оскорблениями, слезами, истериками и даже сердечными приступами. И следователь, собравший в своем кабинете такую компанию, должен быть опытным режиссером, умеющим чувствовать аудиторию, и всю вместе, и каждого участника в отдельности, и дирижировать оркестром так, чтобы в финале вместо чистого завершающего аккорда не получилась какофония. Может быть, Константин Михайлович все это и умел. А вдруг нет? Вдруг из запланированного им на вечер сборища не выйдет ничего, кроме суматошных разборок и невнятных выкриков? А ведь «штурм» — это такое мероприятие, после которого, как говорится, хода назад уже нет. Все участники собрались вместе и друг на друга посмотрели, всем им была выдана определенная информация, и если спектакль не удается, на быстром и успешном завершении следствия можно ставить большой жирный крест. Больше от этих людей уже ничего не добьешься.

За окном стало совсем темно. Настя стряхнула с себя оцепенение и поплелась в кабинет к своему начальнику полковнику Гордееву.

— Ты Костю не знаешь, — заявил Гордеев в

ответ на ее сомнения. — У него в кабинете не поскандалишь, он эти номера быстро пресекает. Сама-то поедешь представление смотреть?

— Куда ж я денусь, тем более что Ольшанский велел. Но душа у меня не лежит к этому, честное слово, Виктор Алексеевич. Не люблю я...

— Ладно, ладно, — перебил ее полковник, — при себе оставь. Всем известно, чего ты любишь и чего не любишь. Твоя бы воля, ты бы вообще всю жизнь в тихом уголке просидела в обнимку со своими бумажками и цифирками и строила бы козни из-за угла. Так не бывает, Настасья, иногда приходится и в открытую играть. Конечно, конфликтную ситуацию со множеством участников не каждый выдержит, это верно. Ты — не выдержишь. А Костя — он другой. Плевать он хотел на чужие эмоции.

Настя вернулась к себе, признавая, что Гордеев, наверное, прав. Есть люди, которые «цепляют» эмоциональный настрой собеседника, как вирус гриппа во время эпидемии. Они мгновенно заражаются чужой нервозностью, и их бывает легко втянуть в скандальное выяснение отношений на повышенных тонах. Правда, надо отдать таким людям должное, они и положительные эмоции «цепляют», потому-то и обладают способностью искренне и горячо радоваться за других. Есть и другие люди, которые тоже остро реагируют на разгорающийся в их присутствии конфликт, но при этом не начинают нервничать вместе со всеми, а просто отгораживаются, замыкаются в себе, уходят в свою раковину и уже не в состоянии сделать ничего толкового. По-видимому, следователь Ольшанский не принадлежал ни к первой катего-

рии, ни ко второй. Он умел подняться над ситуацией, с любопытством взирая на копошащихся внизу скандалистов, извлекая пользу из каждого сказанного ими слова и вовремя покрикивая на них, заставляя замолчать или направляя разговор в другое, нужное ему русло. Хорошо, если так.

* * *

Неунывающий шутник и балагур Николай Селуянов нес вахту возле дома, где находилась квартира Стрельникова-младшего. Юноша вместе со своей подружкой Натальей Загребиной явился час назад, и Николай приготовился к долгому, часов до десяти вечера, ожиданию. Он наблюдал за парочкой со вчерашнего дня и не переставал удивляться ее... как бы это помягче выразиться... негармоничности, что ли. Длинноволосый хлюпик Сашенька, нигде не работающий, денег не зарабатывающий и вообще не имеющий в активе ничего, кроме собственной хаты, и рослая красавица, хорошо оплачиваемый референт солидной фирмы, раскатывающая на сверкающей иномарке. Что между ними может быть общего? Только неуемная страсть к азартным играм?

Из машины Селуянову хорошо был виден и подъезд дома, и открытое окно квартиры Александра Стрельникова. Он расслабленно откинулся на сиденье и уже приготовился было в очередной раз закурить, когда увидел неторопливо бредущих в его сторону троих молодых людей, лица которых были ему хорошо знакомы. Неприметные куртки из плащевки, темные брюки, деланно тяжеловатая, как бы ленивая походка. Николай вышел из машины и нырнул в ближайший подъезд, убедившись предварительно, что троица в куртках его заметила. Через пару минут они уже стояли рядом с ним в подъезде.

— Вы никак на подмогу? — скептически осведомился Коля.

— Да вроде, — неторопливо отозвался один из них. — Как там наши детки в клетке?

— Воркуют, надо думать. Время у них еще есть до начала вечерних буржуинских игрищ. Так вы чего, ребята, правда на смену?

— Не совсем. Велено их к двадцати одному доставить в горпрокуратуру. Вот постережем их часиков до восьми, да и двинем.

— С чего это? — изумился Селуянов. — Случилось что-нибудь? С утра вроде задержание не планировали. На них же нет ничего, никакой фактуры. Или уже есть?

— А это и не задержание будет, а вежливый привод. Ольшанский с ними разговоры разговаривать желает, но не раньше двадцати одного ноль-ноль. Поговорят и разойдутся.

— Может быть, — философски добавил другой оперативник. — А может быть, после разговора и задержание состоится.

— А почему к девяти вечера? — настырно допытывался Селуянов. — Почему не сейчас? Чего он тянет-то? Нет, ребята, вы что-то знаете, а мне не говорите. Свинство это с вашей стороны.

— Да брось, Колька, — махнул рукой первый оперативник. — Ольшанский к восьми часам каких-то других фигурантов собирает, за ними Коротков и Доценко отправились. Их же пока всех найдешь, да пока привезешь... В общем, морока.

Он с ними часок помается, а там и детки в аккурат подоспеют.

— Ну тогда ладно, — успокоился Коля. — Я вам нужен?

— Обойдемся своими силами, — хмыкнул третий, до сих пор хранивший молчание. — Нет, ты, конечно, можешь поучаствовать, если есть желание.

— Мне надо одну вещь проверить. Я сейчас быстренько смотаюсь кое-куда, а к восьми вернусь. Идет?

— Давай, двигай. Если не вернешься, мы без тебя пойдем. Четвертый этаж, квартира семьдесят шесть, точно? В лицо мы их знаем, так что если они куда соберутся, мы их не пропустим.

Пожав руки коллегам, Селуянов сел в машину и отправился проверять «одну вещь», которая недавно пришла ему в голову и последние несколько часов прямо-таки покоя не давала.

* * *

В кабинете следователя Ольшанского было тихо и душно. Для такой небольшой комнаты народу собралось явно многовато, а открыть окно Константин Михайлович не решался — стояла холодная погода с сильным ветром и дождем. Сам хозяин кабинета восседал за своим рабочим столом, а вокруг длинного приставного стола сидели Вячеслав Петрович Томчак, Владимир Алексеевич Стрельников, Геннадий Федорович Леонтьев с супругой и Виктор Александрович Дербышев. Настя заняла стоящее в уголке старенькое продавленное кресло и оттуда с любопытством наблюдала за развитием событий. Развития, впрочем, никакого не было. С момента начала «спектакля» прошло уже минут сорок, а дело не двигалось. Сорок минут назад Константин Михайлович объявил:

— Уважаемые господа! Расследуя дела об убийстве вашей, Владимир Алексеевич, приятельницы, — за этим последовал кивок в сторону Стрельникова, — и вашей, Вячеслав Петрович, супруги, мы столкнулись с тем, что в этих преступлениях замешан некто, действующий под именем господина Дербышева. Я повторяю: некий человек, прикрываясь именем Виктора Александровича Дербышева, принимал участие в убийствах Людмилы Широковой и Ларисы Томчак. Кто этот человек — я не знаю. И я хочу, чтобы на этот вопрос мне ответили вы.

Некоторое время в кабинете царило ошеломленное молчание. Первой пришла в себя Анна Леонтьева.

— Что значит «прикрываясь именем»? — спросила она. — Вы хотите сказать, что сам вот этот вот... гражданин... он ни при чем? Вы абсолютно уверены в его невиновности?

— Теперь — абсолютно, — твердо произнес Ольшанский. — Могу вам сказать, что с самого начала подозрения в его адрес были очень сильны, настолько сильны, что мы даже задержали его и трое суток продержали в камере. Именно в течение этих трех суток погибла жена Вячеслава Петровича, и нам стало известно, что за несколько часов до ее смерти ей звонил человек, который представился Виктором Дербышевым. Сами понимаете, при таких условиях Виктор Александро-

вич не может быть лично причастен к убийству. Поэтому я попрошу вас как следует подумать и сказать мне, где, когда и в связи с чем ваши пути могли пересечься.

— Да я его в первый раз вижу, — раздраженно откликнулся Геннадий Леонтьев.

— Мы никогда не встречались, — тут же поддакнул Стрельников.

— Нет, — покачал головой Томчак. — Я его не видел раньше. Не представляю... Это какая-то ошибка.

— Ну хорошо, — миролюбиво сказал следователь. — А вы что скажете, Виктор Александрович? Вот перед вами сидят четыре человека. У одного из них погибла подруга, у другого — жена. У третьего пока ничего не случилось, но все они дружны более двадцати лет, учились в институте в одной группе, затем вместе работали. В известном смысле можно утверждать, что они — одно целое. И в вашем окружении есть человек, который где-то с ними пересекся. Более того, это человек, настроенный к вам явно недоброжелательно, потому что хочет спихнуть на вас вину за два убийства. Не хочу показаться вам пессимистом, но если сегодня мы с вами совместными усилиями не разберемся в проблеме и разойдемся ни с чем, то завтра беда может прийти в дом супругов Леонтьевых. И подозрения скорее всего снова будут лежать на вас, Виктор Александрович.

— Бред какой-то, — выдохнул Стрельников. — Ничего не понимаю. Да с чего вы взяли, что между нами может быть хоть что-то общее?

— Давайте не будем открывать дискуссию по поводу обоснованности моих предположений, —

холодно произнес Ольшанский. — Я задал вам всем вопрос и буду ждать ответа до тех пор, пока не получу его. И прошу вас забыть о мифическом пределе, который якобы наступит в двадцать три часа. Законы запрещают допрашивать людей в ночное время, но я пренебрегу законом, если это нужно для предотвращения очередного убийства. Вам понятна моя позиция? Никто из вас отсюда не выйдет, пока вы не назовете мне факт, связавший вас всех.

Сидящая в уголке Настя усмехнулась про себя. Мир должен перевернуться, чтобы Константин Михайлович Ольшанский собрался грубо нарушить закон. Скорее всего он и не собирается держать этих людей в здании прокуратуры всю ночь напролет, он уверен, что все разъяснится гораздо быстрее. Однако прошло уже сорок минут, а ничего пока не прояснилось. После первого шока четверо мужчин и дама начали, довольно, впрочем, вяло, перечислять основные вехи своих биографий. Ольшанский умело руководил процессом обсуждения, то и дело вставляя:

— А куда вы ездили отдыхать?

— В каких больницах лежали?

— С какими попутчиками знакомились в поездах и самолетах?

— С кем знакомились в гостях, на банкетах, на юбилеях?

Настя внимательно слушала все, что говорилось в кабинете, и думала о том, что не зря, наверное, существует теория, согласно которой между любыми двумя людьми на нашей планете существует связь длиной максимум в пять звеньев. Это казалось невероятным, но взятые наугад примеры почти всегда это подтверждали. Настина мать, профессор Каменская, несколько лет работала в одном из крупнейших университетов Швеции. Ректор этого университета был лично знаком с премьер-министром, а тот, в свою очередь, с президентом США. Таким образом, между самой Настей и Биллом Клинтоном оказалось всего три звена.

В ходе обсуждения выяснялось, что пути троих друзей и Виктора Дербышева частенько подходили вплотную друг к другу. Настолько вплотную, что между ними оставалось буквально одно звено. Но все-таки оставалось. Они действительно никогда раньше не встречались. И общих врагов у них не было.

— Что ж, перейдем к врагам индивидуальным, — заявил Ольшанский. — Начнем с вас, Виктор Александрович. А вас, господа, прошу быть предельно внимательными к каждому названному имени.

Врагов у Дербышева не оказалось. Он, конечно, пытался назвать какие-то фамилии, но после того, как он указывал причину конфликта с данным человеком, становилось понятным, что это «типичное не то».

— А ваш сын? — снова встрял следователь. — Насколько мне известно, отношения у вас более чем напряженные.

— Ну при чем тут мой сын? — вспыхнул Дербышев. — Я с ним не общаюсь.

— Вот именно, — кивнул Ольшанский. — Вероятно, он на вас очень сердит, раз слышать о вас не хочет.

— Вы что, полагаете, что Витя... да нет, это

чушь! Витя не хочет обо мне слышать, но какое отношение он имеет к этим господам?

— Действительно, никакого, — вздохнул Константин Михайлович. — Анастасия Павловна, что скажете?

— Вы правы, — согласилась Настя. — Сын Виктора Александровича никогда не был знаком ни с Широковой, ни с Ларисой Михайловной. Ему не за что было их убивать.

— Вот именно, — горячо подхватил Дербышев. — Оставьте мальчика в покое.

— Ладно, оставим. А его сестра? Не могла она затаить на вас злобу? Все-таки ее мать покончила с собой после того, как вы ее бросили.

— Прекратите копаться в чужом грязном белье! Как вам не стыдно? Да, я расстался с ее матерью, ну и что? Тысячи мужчин уходят от своих жен, и ничего катастрофического от этого не случается. Если хотите знать, я и ушел от нее потому, что Надя была крайне неуравновешенной, склонной к депрессиям и частым перепадам настроения. Вообще странно, что я столько лет это выносил. Но и моему терпению пришел конец. Кстати, Наташа прекрасно это понимала. Витя меня, конечно, не простил, а Наташа — взрослый разумный человек, и мы с ней поддерживаем отношения до сих пор. Ей тоже тяжело было с матерью, и когда мы с Надей расстались, Наташа сказала, что даже завидует мне. Если бы у нее была возможность, она бы тоже ушла, но мать есть мать.

— Вы хотите сказать, что с Наташей вы продолжаете общаться?

— Конечно. Она постоянно звонит мне, мы часто встречаемся. Поймите, мы столько лет прожили бок о бок, что между нами сложились нормальные теплые отношения. Витя еще ребенок, он подвержен юношескому максимализму, а Наташа взрослее и намного мудрее. Она и помощь от меня принимает, но тайком, чтобы Витя не знал.

— Вот, значит, как, — задумчиво произнес Ольшанский.

Настя с интересом наблюдала за происходящим. Все то, что сейчас говорил Дербышев, они уже и без того знали, поскольку, проверяя Витю Дербышева, естественно, проводили разведопрос его старшей сестры. Она отзывалась о Витином отце спокойно и доброжелательно, во всяком случае, сотрудник, который с ней встречался, вынес из разговора с ней именно такое впечатление. На его мнение Настя вполне полагалась, это был достаточно опытный оперативник «с территории», который работал на подхвате, выполняя разовые поручения по проверке Дербышева-старшего, пока тот томился в камере.

Она взглянула на часы. Без трех минут девять. Сейчас должны доставить сына Стрельникова вместе с его нигде не прописанной подружкой Загребиной. То-то радости будет у Владимира Алексеевича...

* * *

Селуянов гнал машину во всю мочь, надеясь успеть в прокуратуру раньше, чем туда привезут парочку азартных игроков. Так и есть! Он чувствовал, чувствовал, что тут не ладно! И что бы ему, дураку, раньше-то сообразить да проверить?

Дорога была мокрой, и ехать приходилось не

так быстро. Коля понимал, что времени у него совсем мало. Ему очень не хотелось звонить Ольшанскому из автомата, такие сведения надо сообщать с глазу на глаз, вызвав следователя из кабинета, но, похоже, выхода не было. К девяти вечера он в прокуратуру уже не успевал. Может, все-таки попробовать прорваться?

Николай принял решение. Впереди два противных перекрестка и переезд через Большой Каменный мост, на которых есть шанс застрять в пробке. Он посмотрит, как там обстановка, и если не проскочит сразу же, тогда будет искать автомат. Метров за двести до первого из коварных перекрестков Селуянов увидел, что дорога достаточно свободна, машины идут на зеленый сигнал светофора, и увеличил скорость в надежде успеть проехать до того, как загорится красный свет. И он успел бы, если бы асфальт не был таким мокрым...

* * *

Ровно в двадцать один ноль-ноль в дверь кабинета Ольшанского постучали.

— Разрешите заводить, Константин Михайлович?

— Давайте.

Дверь распахнулась, и в сопровождении трех оперативников в кабинет вошли Александр Стрельников и его подружка. Настя видела их впервые. Юноша действительно был хлипким и невысоким, с длинными волосами, перехваченными кожаной повязкой-банданой. Наталья Загребина была на полголовы выше ростом, в мешковатых джин-

сах и свободном свитере до колен, полностью скрывавшем очертания фигуры.

— Саша?! — воскликнул Стрельников-старший.

— Наташа? — почти прошептал Дербышев.

И в этот момент Настя все поняла. Но было уже поздно. Нельзя было устраивать эту встречу! Что же теперь делать? Хода назад нет, они уже увидели друг друга. Ольшанский молча обводил глазами присутствующих, и по его напряженному лицу Настя видела, что он тоже начал догадываться. Значит, истинной жертвой всего, что происходило, должен был стать Виктор Дербышев, а вовсе не Стрельников. Мила Широкова была только средством достижения цели, случайно попавшим под руку убийце. Но почему Загребина? Ведь ее фамилия Цуканова...

— Ну что, козлы, — раздался грубый насмешливый голос молодой женщины, — собрались в кучку? Может, заодно и обсудим, кто из вас изнасиловал мою мать?

Настя перехватила ошеломленный взгляд одного из оперативников и быстро кивнула. Ситуация явно выходила из-под контроля, можно было ожидать чего угодно вплоть до рукоприкладства и сердечных приступов. Пусть ребята постоят у двери на всякий случай.

— Продолжим, — произнес следователь, быстро вновь обретший хладнокровие. — Наталья Александровна, Александр Владимирович, прошу садиться. Вон на те стульчики, пожалуйста. Вы, я так полагаю, знакомы, представлять вас не нужно.

Саша Стрельников послушно уселся на стул, указанный Ольшанским, Наталья же продолжала

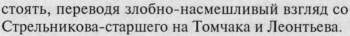

стоять, переводя злобно-насмешливый взгляд со Стрельникова-старшего на Томчака и Леонтьева.

— Наталья Александровна, — терпеливо повторил Ольшанский, — сядьте, будьте любезны.

— Постою, — небрежно бросила она.

Короткий взгляд, брошенный следователем в сторону стоящих у двери оперативников, был достаточно красноречивым. Один из оперативников сделал шаг в сторону Загребиной и аккуратно взял за плечо, подталкивая к свободному стулу. И в ту же секунду отлетел в сторону, как назойливый щенок. При этом Насте показалось, что Загребина даже не пошевелилась, настолько легким и незаметным было сделанное ею движение. Еще одна догадка мелькнула в голове, и Настя опустила глаза, разглядывая обувь молодой женщины. Так и есть, ножка маленькая, аккуратная, при росте в сто семьдесят пять сантиметров размер обуви обычно бывает чуть побольше. Впрочем, считается, что маленькая нога — признак аристократизма. Теперь понятно, что произошло в том месте, где нашли задушенную Широкову. То-то Настя маялась, пытаясь понять, какую такую тяжесть несла в руках Мила...

— Наталья Александровна, — все так же спокойно продолжал следователь, словно ничего особенного не произошло, — в этом кабинете все делают то, что я приказываю. Если вы собираетесь выяснять отношения с присутствующими, я буду это только приветствовать, но при этом вы все-таки должны сесть. В противном случае мне придется встать, поскольку вы как-никак дама. Я уже не молод и сегодня устал. Прошу вас, не создавайте мне неудобства. Сядьте.

Как ни странно, Загребина послушалась и села, но выражение лица у нее при этом было все такое же злорадно-насмешливое.

Один из оперативников подошел к столу следователя и молча положил перед ним два паспорта. Ольшанский открыл их и быстро перелистал.

— Наталья Александровна, почему по месту вашей работы вас знают под фамилией Загребина? В паспорте у вас указана совсем другая фамилия. Кстати, и в местах, где вы изволите столь азартно развлекаться в вечернее время, вас тоже знают как Загребину. Это как же понимать?

— Я вышла замуж, — равнодушно сообщила Наталья.

— И где ваш муж, позвольте спросить?

— Понятия не имею. Мы почти сразу же развелись.

— Значит, паспорт вы не поменяли, а на работе показали свидетельство о браке, в котором написано, что вы берете фамилию мужа?

— Ну да.

— Как же, Наташа... — раздался голос Дербышева. — Ты вышла замуж? Когда? Почему ты мне ничего не сказала? И вообще, почему тебя привезли сюда?

— Ой, да заткнись ты, — бросила она. — Тебя не спросила.

Томчак, Стрельников и Леонтьев хранили молчание. Вид у них был такой, словно они увидели привидение. И снова Анна Леонтьева первой пришла в себя.

— Позвольте, что означает эта фраза насчет изнасилования? — возмущенно спросила она. — Кто такая ваша мать?

— Мать Натальи Александровны звали Надеждой Романовной Цукановой, — ответил следователь. — Вам это имя что-нибудь говорит?

— Впервые слышу, — мгновенно откликнулась Анна.

Эти слова повисли в зловещей тишине. По лицам ее мужа и двоих его друзей было понятно, что уж они-то это имя точно слышат не впервые. И тут Настя поняла, в какую жуткую ситуацию они все попали. Если Надежду Цуканову действительно изнасиловал кто-то из троих друзей-сокурсников... То ведь это вполне может быть Стрельников. А вдруг Наталья — его дочь? Выходит, его законнорожденный сынок спал с собственной незаконнорожденной сестричкой? И это станет сейчас предметом публичного обсуждения, да еще в присутствии самих Стрельниковых, старшего и младшего. А если в изнасиловании виновен Леонтьев? Здесь ведь сидит его жена. Ой, елки-палки...

Ольшанский сориентировался быстро.

— Анна Георгиевна, мне придется попросить вас выйти и подождать в коридоре. Игорь, уведите, пожалуйста, младшего Стрельникова. Я вас вызову, когда будет нужно.

— Я никуда не уйду, — заявила Леонтьева. — Я хочу знать, что это за грязный поклеп, который эта наглая девица пытается возвести на моего мужа и его друзей.

— Анна Георгиевна, — повысил голос следователь, — не заставляйте меня повторять то, что я уже говорил. В этом кабинете исполняются мои приказания, а не ваши пожелания. Прошу извинить.

Анна вышла, гордо подняв голову и нарочито

громко стуча высокими каблуками модных осенних сапог. Следом за ней оперативник вывел Сашу Стрельникова.

— Ну что ж, господа хорошие, — негромко сказал Ольшанский, — теперь, судя по всему, у нас начинается тот разговор, ради которого я вас всех сюда пригласил. Начнем.

Глава 13

О том, что Виктор изменяет матери, Наташа знала давно, задолго до того, как Дербышев ушел из их семьи. Она была нахальной, любопытной и дурно воспитанной девчонкой и никогда не гнушалась тем, чтобы залезть в чужой карман или чужую сумку. Не с целью кражи, Боже упаси, она никогда не брала чужого. Ей было интересно. Наташа Цуканова обожала чужие секреты и самым любимым ее занятием было подсматривать и подслушивать, а также при возможности читать чужие письма. Ей было семнадцать, когда она впервые обнаружила в карманах Дербышева бумажку с именем и адресом какой-то женщины. Разумеется, она не смогла удержаться, чтобы не поехать и не проследить за ней, за этой бабенкой, чей адрес носит в кармане муж матери. И увидела, что «бабенка» встречается с Виктором. С тех пор любовные похождения «отчима» стали предметом ее пристального и неусыпного внимания.

Свою мать Наташа любила безумно, поэтому ничего ей не говорила. Но с каждой новой приятельницей Дербышева ненависть в ее душе росла и крепла. Надо же, мама так любит этого ублюдка, даже сына назвала в его честь, а он... Сволочь.

Подонок. В один прекрасный момент количество, как и следует из законов философии, перешло в качество, и ненависть из сжигающего душу чувства переросла в руководство к действию. Общие контуры замысла созрели быстро, и Наташа Цуканова занялась бодибилдингом. От природы данные у нее были очень хорошими, и через год она обросла такой мускулатурой, которой можно было только позавидовать.

Она была очень способной девушкой, без труда закончила институт, освоила экономику, программирование и два иностранных языка. Хорошо оплачиваемую престижную работу ей удалось найти легко. Но свои интеллектуальные способности Наташа делила между учебой (впоследствии работой) и вынашиванием плана сживания ненавистного Дербышева со свету. Она придумывала множество вариантов, но от исполнения ее удерживало только одно: мать. Мама так любит его. Она без него не сможет жить.

Так и оказалось. Очередное увлечение «этого козла», как про себя называла его Наташа, привело к разрыву с Надеждой. Мать, и без того неуравновешенная и склонная к длительным депрессиям, совсем сдала. Она по-прежнему ходила на работу и заботилась о детях, но в ней потух тот огонек, который некоторые называют желанием жить. Надежда перестала следить за собой, часами могла сидеть, уставившись в одну точку и не реагируя на присутствие сына и дочери, подолгу тихонько плакала. А потом случилось то, что случилось. Жизнь без Дербышева оказалась для нее невыносимой.

Теперь руки у Наташи были развязаны. Она не

торопилась. Ведь она ждала столько лет. Пусть месть будет медленной и мучительно-сладкой. Пока она обдумывала очередной вариант, связанный в том числе и с новой любовницей Дербышева, ради которой он бросил мать, ситуация изменилась. Виктор и с этой женщиной расстался. Теперь у него не было более или менее постоянных подруг, он их менял так часто, что Наташа не успевала подстроиться. Все это время она старательно изображала приветливость и дружелюбие по отношению к Виктору, чтобы иметь возможность с ним общаться и «держать руку на пульсе».

Наконец она придумала, как и что нужно делать. Подобрала ключ к его абонентскому ящику и стала внимательно следить за поступающей корреспонденцией, выискивая наиболее подходящую кандидатуру для первого захода. Заходов, по замыслу Наташи Цукановой, должно быть несколько. Чтобы уж наверняка, и желательно под высшую меру. Идею принять облик гомосексуалиста ей подсказал один детективный роман. В нем молодая женщина при совершении преступления переодевалась в мужскую одежду, а свидетели, видевшие ее, говорили, что «парень был какой-то странный, вроде гомик». Именно это натолкнуло книжного следователя на мысль о том, что это был не парень-гомосексуалист, а переодетая женщина. Наташа творчески переработала интересную находку. Женщину, выдающую себя за обычного мужчину, разоблачить легко. Женщину с развитой мускулатурой и перевязанной специальным бандажом грудью, прикидывающуюся гомосексуалистом, разоблачить куда труднее. Гладкую женскую кожу невозможно спутать с кожей мужчины, даже если он только что побрился. Наложить на лицо толстый слой крем-пудры, выдавая себя за гомосексуалиста, — и все будут думать, что под пудрой сизая от бритья кожа. Мужская, а не женская. И свободная сорочка с гофрированными складочками, скрывающая очертания фигуры и небольшую от природы грудь, окажется вполне к месту. И женственность движений никого не удивит. И манерный писклявый голос покажется вполне естественным. Да, чем дольше она раздумывала, тем больше уверялась в том, что под обликом женственного мужчины спрятаться легче всего.

Она регулярно отслеживала дамочек, посылающих письма Дербышеву. Забирала из его ящика корреспонденцию, ездила по адресам, выслеживала женщин, желающих познакомиться с Виктором, наводила о них справки. Но все они не подходили для ее замысла, и Наташа возвращала письма на место. Ей хотелось найти настоящую развратную стерву, идущую на поводу у своей похоти и ищущую легких развлечений. Такую же, как сам Дербышев. А ей попадались приличные интеллигентные дамы с несложившейся личной жизнью. При всей своей жестокости у нее на таких рука не поднималась. Ведь она знала, что должна будет убить.

Наконец ей в руки попало письмо Людмилы Широковой. Выслеживая ее, Наташа увидела рядом с Широковой человека, лицо которого показалось ей знакомым. Красивый, хорошо одетый мужчина лет сорока пяти — сорока семи. Через несколько минут она вспомнила, где видела его. На фотографии. На той самой фотографии, из-за которой мама однажды чуть не поссорилась с

Дербышевым. Наташа всегда подслушивала, в этом удовольствии она себе отказать не могла, потому и знала, что один из тех, кто запечатлен на этой фотографии, — ее отец. Она несколько раз пыталась выяснить у матери, кто же был ее отцом, но мать реагировала на вопрос болезненно, замыкалась в себе, начинала плакать, и у Наташи сердце разрывалось от жалости к ней. Любопытство было очень сильным, но любовь к матери оказалась сильнее, и Наташа не сочла возможным быть настойчивой. А потом, во время бурного объяснения мамы и Дербышева, она узнала, как все произошло. Узнала, но виду не подала. Просто приняла к сведению и запомнила. И с тех пор часто, когда никого дома не было, доставала альбом и подолгу всматривалась в снимок. Кто-то из них — ее отец. Но кто? Кто?

И вот он, один из тех, рядом с сучкой, которая пользуется услугами бюро знакомств и ворует чужих мужей. Дрянь. Похотливая гадина. И этот красавчик такой же, наверное. Надо же, столько лет прошло, а он почти не изменился, просто удивительно. Сама Наташа никогда бы не поверила, что можно узнать незнакомого человека по фотографии, сделанной четверть века назад. Но сомнений нет, это совершенно точно он.

Конечно, сначала Наташа сомневалась. Она отнюдь не была легковерной и ничего не делала наобум. Еще какое-то время было потрачено на сбор сведений об этом мужчине и на слежку за ним. Он встречался со многими людьми, в том числе и с теми, которые здорово смахивали на сильно постаревших парней с той самой фотографии. Еще одно усилие — и Наташа узнала, в каком институте они учились. Оказалось, в том самом, в котором когда-то училась ее покойная мать и который вынуждена была бросить в связи с беременностью и родами. Теперь сомнений больше не оставалось. Это они, козлы вонючие. Один из них воспользовался беспомощным состоянием ее мамы, а остальные помогали. Покрывали его. А может, они все вместе..? Подонки.

Что ж, все складывается успешно. Разбираясь с Дербышевым, можно заодно и с ними разобраться. Удача сама в руки идет. Грех не воспользоваться.

Кто же из троих? Наташа оформила на работе отпуск и целиком ушла в изучение неожиданно сложившейся ситуации. Рано облысевший, с лицом, покрытым преждевременными морщинами, Геннадий Леонтьев, суетливый, вечно где-то подрабатывающий. Сутуловатый тихий интеллигент Вячеслав Томчак, судя по всему, под пятой у активной властной жены. И невероятно красивый, энергичный, удачливый Владимир Стрельников. Если уж она вынуждена признать, что кто-то из них является ее отцом, то пусть это будет Стрельников. Разве сама она не такая? Красивая, энергичная, удачливая. Настоящая дочь своего отца. Впрочем, кто знает...

Ей быстро удалось выяснить, что Стрельников ушел от жены и что у него есть сыночек — та еще оторва. План мести приобретал все более отчетливые очертания. С одной стороны, похотливую сучку Милу убьет Дербышев. Но с другой стороны, почему бы не приплести к этому и родного сынка Стрельникова? Красиво получится. Не один — так другой. И жену брошенную, Аллу Сер-

геевну, вырастившую такого изумительного при-
дурка-сына, сюда же приложим. Всем достанется.
Все получат по заслугам. Наташа Цуканова сама
не замечала, что постепенно звереет. Из расчет-
ливой мстительницы, сводящей счеты с конкрет-
ным человеком по конкретному поводу, она пре-
вращалась в смертельный ураган, сметающий на
своем пути все и всех подряд.

Познакомиться с Сашей Стрельниковым и изо-
бразить из себя азартную особу было несложно.
Двадцатилетний пацан, считающий, что жизнь
должна складывать подарки прямо к его кривым
ногам, даже не усомнился в том, что может быть
интересен такой женщине, как Наташа. Ну и что,
что она старше? Ну и что, что много зарабатывает
и ездит на собственной тачке? У них есть общие
интересы. Игра. Но одно Наташа помнила твердо: она может оказаться дочерью Стрельникова,
поэтому спать с его сыном она не может. Не должна ни при каких обстоятельствах. И ей удавалось
вполне успешно морочить парню голову, не доводя дело до постели. «Мы с тобой одной породы, —
говорила она ему, — мы оба страстные игроки.
Игра — наша любовь, первая, единственная и последняя. Это связывает нас сильнее, чем секс».
Короче, в таком примерно духе. Саша был глупо-
ват и легко купился на необычность отношений.
В самом деле, разве он — рядовой человек? Нет.
И Наташа не рядовая женщина. Поэтому и отношения между ними не могут быть такими, как у
всех.

Она сняла квартиру неподалеку от станции
метро «Академическая», привела ее в пристойный
вид, ехидно думая о том, что делает это на деньги,

которые дает Дербышев. Потом поехала в клуб, где Виктор занимался конным спортом. Ей нужна была фотография, происхождение которой Виктор не смог бы объяснить, в противном случае он бы заявил, что снимок делала его падчерица, или сын, или даже Надежда. Происхождение фотографий никак не должно быть связано с семьей, в которой Виктор прожил два десятка лет. Кроме того, фотография должна быть достаточно впечатляющей, чтобы заинтересовать будущую жертву. Снимки, сделанные в элитном клубе, подходили для этой цели наилучшим образом.

Наташа продолжала, мило улыбаясь, встречаться с Виктором, и получить чистую бумагу с отпечатками его пальцев и образцы почерка ни малейшего труда не составляло. Она приступила к выполнению задуманного.

Все прошло как нельзя лучше. Похотливая дура Милочка клюнула на фотографию роскошного самца и примчалась на свидание. Тот факт, что занятый на затянувшихся переговорах Дербышев прислал приятеля, который должен развлечь даму до прихода хозяина, удивления у нее не вызвал, и она без тени сомнения отправилась на квартиру в сопровождении забавного гомосексуалиста Алика. Вот только пить, зараза, не захотела. Наташа-то рассчитывала ее отравить, а не получилось. Пришлось действовать удавкой, но это было легко. Мускулы у нее были железными, а сучка-Милочка нападения не ожидала.

Ночью, когда весь дом спал, Наташа подхватила мертвое тело на руки и без малейших усилий вынесла на улицу, к своей машине. С багажником решила не возиться, пристроила труп в такой позе, чтобы казалось, будто женщина задремала, и вывезла за Кольцевую дорогу, на свалку. И только там сообразила, что на ногах у нее кроссовки с рельефной подошвой. Нехорошо, не продумала она этот момент, следы ведь останутся. Решение пришло легко. Сняв с убитой женщины туфли на каблуках, Наташа без труда всунула в них ноги, размер подходил. Снова подхватила тело на руки, отнесла метров за пятьдесят и аккуратно положила на землю. Сняла туфли, надела их на ноги Широковой и в одних носках, ступая на цыпочках, вернулась к машине. Вот и все, ничего страшного, только пару заноз получила.

В квартиру Стрельникова она приходила трижды, воспользовавшись ключами, найденными в сумочке Широковой. Эти ночные визиты, как и звонки его жене Алле Сергеевне, доставляли Наташе неизъяснимое удовольствие. Она однажды даже пришла к Стрельникову днем, когда его не было дома, порылась в вещах Милы и нашла письма от ее любовников. Тогда появилась мысль навести подозрения и на самого Стрельникова. Убийство из ревности. А что? Чем плохо? Накануне похорон он отправился на дачу к своему дружку Томчаку, и через три дня Наташа, улучив момент, когда Вячеслав Петрович уехал в Москву на похороны, подсунула пакет с письмами в дом, забравшись внутрь через незакрытое окно. Пусть дрожат от страха, пусть мучаются неизвестностью. Пусть им будет плохо. Пусть. Когда-то плохо было ее матери. Теперь их очередь.

Она продолжала выискивать следующую жертву среди корреспонденток Дербышева. И тут ей попалась жена Томчака. Лариса Михайловна.

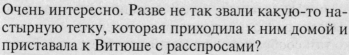

Очень интересно. Разве не так звали какую-то настырную тетку, которая приходила к ним домой и приставала к Витюше с расспросами?

Наташа почувствовала неладное. Зачем Лариса Томчак лезет к Дербышеву? Уж не догадалась ли? Впрочем, какая разница. Ее надо убрать, чтобы не путалась под ногами.

С Ларисой все получилось проще, чем с Милой. Она согласилась выпить бокал вина и этим решила свою судьбу. Наташа использовала препарат, который в нужных дозах резко понижает давление и быстро приводит к остановке сердца. Единственная загвоздка состояла в том, что Лариса в письме указала свой домашний телефон, а не номер абонентского ящика. Ей нельзя было написать ответное письмо, можно было только позвонить. Наташа сделала несколько пробных звонков в ночное и утреннее время, чтобы убедиться, что Лариса в квартире одна. Она знала по опыту, что в случае настойчивых «безответных» звонков женщина обязательно попросит мужа снять трубку. Лариса все время отвечала сама. Это успокоило Наташу. Если бы муж оказался дома, интерес Ларисы к любвеобильному холостяку выглядел бы крайне подозрительно. А коль мужа нет, так, может быть, дамочка решила поразвлечься? Вполне правдоподобно. Муж весь в переживаниях торчит за городом, в Москве почти не появляется, чего ж красивой бабе зазря пропадать. Днем Наташа за пятьдесят тысяч рублей наняла какого-то мужика, который без долгих уговоров согласился позвонить и оставить сообщение на автоответчике. Текст сообщения она предварительно написала и сунула бумажку в руки люби-

теля легкого заработка. Все дальнейшее прошло гладко.

Она была уверена в своей неуязвимости. Если подозрение падет на Дербышева, никто не станет таскать сына Стрельникова и тем более его подружку. Если же будут подозревать Сашу, остро нуждающегося в деньгах папеньки, или даже самого Стрельникова, узнавшего о блядском поведении Милы, то это никаким боком не коснется бывшей семьи Дербышева. Оба конца никогда не сойдутся. Кто такая Наталья Загребина? Да никто. И к преступлениям никакого отношения не имеет. Зачем ей убивать Широкову и Томчак? Нет причины.

И вообще кому придет в голову рассматривать смерть Милы и Ларисы как дело рук одного и того же человека? С Милой понятно, там все указывает на Дербышева, ну в крайнем случае — на Стрельникова или на его сына. А Лариса-то тут каким боком? Она же умная женщина, к тому же замужем. Она обязательно сотрет с автоответчика сообщение от мнимого Дербышева, чтобы муж случайно не услышал. И все. Никаких следов. Куда ходила? К кому? Зачем? Никто не узнает.

* * *

Настя лежала рядом с мужем, слушая его ровное дыхание. Леша давно уснул, а она все перебирала в памяти события сегодняшнего вечера.

... Наталья Цуканова прекрасно владела собой. Ни тени смущения, ни грамма неловкости. Ни страха, ни отчаяния. А ведь ее уличили в совершении двух убийств. Поразительное хладнокровие. Неужели ей безразлична перспектива оказаться за решеткой? Она даже не отпиралась, с легкой улыбкой рассказывая о своих действиях. Потом Настя поняла, что эта женщина так глубоко погрузилась в собственную ненависть, что не способна ни на какие другие чувства. Эти другие чувства придут позже, может быть, через несколько дней, проведенных в камере под арестом. Тогда она вынуждена будет понять, что ТА жизнь, в которой она ненавидела и мстила, закончилась, и началась ДРУГАЯ жизнь, совсем непохожая на прежнюю. У нее ничего не получилось. Дербышев на свободе. Стрельников, Томчак и Леонтьев на свободе. Пострадали три женщины, которые, в сущности, ничего плохого Наталье не сделали и мстить которым было не за что. Двоих она убила сама, третья, Люба Сергиенко, покончила с собой, но она осталась бы жива, если бы не погибла Мила. Наталья Цуканова решала собственные проблемы, попутно разрушая жизнь незнакомых ей людей. Нужно время, чтобы она это осознала. Тогда придет и страх, и ужас, и отчаяние. А пока она еще храбрится, играет в суперженщину, пытается показать, какие все кругом ничтожные и мелкие по сравнению с ней. Такие ничтожные и мелкие, что перед ними и признаться в убийстве можно. Конечно, признаваться она начала не сразу. Но Константин Михайлович Ольшанский ее дожал. И серебряной подвеской-Купидоном, и тем, что нашлись свидетели, которые видели, как Широкова незадолго до смерти выходила на станции «Академическая», и другими мелочами. А когда Настя из своего угла бросила реплику о том, что Наталья надевала туфли Людмилы Широко-

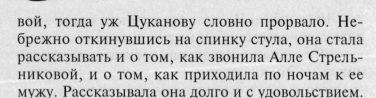

вой, тогда уж Цуканову словно прорвало. Небрежно откинувшись на спинку стула, она стала рассказывать и о том, как звонила Алле Стрельниковой, и о том, как приходила по ночам к ее мужу. Рассказывала она долго и с удовольствием. И только в самом конце заявила:

— Ну что ж, господа, я вас достаточно развлекла. Срок в колонии мне обеспечен. Теперь и вы доставьте мне удовольствие. Признавайтесь, козлы паршивые, кто из вас мой отец?

Трое мужчин замерли, как кролики, загипнотизированные взглядом удава. Сцену можно было бы прервать, не доводя до мучительного завершения, но следователь, по-видимому, не считал нужным этого делать. Он молчал, бесшумно постукивая карандашом по папке с бумагами и поглядывая на присутствующих через толстые стекла очков. Молчание затягивалось, и никто не решался прервать его.

— Я полагаю, Наталья Александровна имеет право получить ответ на свой вопрос, — произнес Ольшанский. — Об ответственности за изнасилование ее матери речь не идет и идти не может, поскольку Надежда Романовна в свое время приняла решение не заявлять о случившемся. Без ее заявления никто ничего предпринимать не может. Да и давность, сами понимаете. Речь идет о чисто человеческих вещах. Наталья Александровна будет арестована, затем предана суду, и не исключено, что ей предстоит отбывать наказание в местах лишения свободы. По-моему, ее желание получить ответ на вопрос, который мучил ее столько лет, вполне понятно и должно быть удовлетворено. Вы — мужчины. Так поступите же по-мужски.

Снова пауза. На этот раз комната словно наполнилась электрическими разрядами.

— Я, — сказал Владимир Алексеевич Стрельников. — Это я.

* * *

Рано утром Настю разбудил телефонный звонок.

— Аська, у нас ЧП, — послышался в трубке взволнованный голос Юры Короткова. — Коля попал вчера в аварию.

— Жив?! — закричала Настя, сбрасывая с себя одеяло, словно готовясь немедленно куда-то бежать и спасать Селуянова.

— Жив, жив, успокойся. Состояние средней тяжести. Переломов много, но жизненно важные органы не задеты. В дежурную часть еще вчера из Склифа звонили. Гордееву сообщили, но он решил до утра нас не дергать, наши нервы поберечь.

— К нему пускают?

— Нас — пустят, — уверенно пообещал Юра. — Прорвемся. С нашей сумасшедшей работой у нас весь институт Склифосовского в приятелях ходит. За тобой заехать?

— Ага. Я буду готова через полчаса.

— Все, еду.

Утренний час «пик» еще не начался, и им удалось даже на разваливающейся машине Короткова доехать до института Склифосовского довольно быстро. У Юры действительно было здесь множество знакомых, и это позволило им попасть в палату к Селуянову в неурочное время. Несчастный Коля лежал весь в гипсе, но при виде друзей начал

улыбаться и дурашливо подмигивать. Ничто не могло лишить его природного оптимизма.

— Ты что это, Колян? — начал вместо приветствия Коротков. — Ты ж на весь МУР славишься своей безаварийной ездой. Как же так?

— Ребята, мы все дураки, и я самый главный. Собственно, именно это я и торопился вам сообщить, пока вы не запихнули в один кабинет дочь Цукановой и всех остальных фигурантов. И как мы ухитрились так бездарно провести проверку? Убить нас всех мало.

— Это точно, — согласилась Настя. — Бывает проруха и на нас. Мы боялись спугнуть Загребину, поэтому не трогали ее и документы не проверяли. По адресному крутанули — в Москве не прописана. Можно было в фирме, где она работает, запросить ее паспортные данные, но, повторяю, спугнуть боялись.

— Добоялись, — хмыкнул Селуянов. — Ну как вчера прошло? Не катастрофа?

— Тяжело, — призналась Настя. — Все время на грани фола. Просто удивительно, как они все выдержали и не сорвались. Мне несколько раз казалось, что вот-вот мордобой начнется. Девица-то в выражениях не стеснялась, всю правду-матку в глаза резала. По-моему, она от этого какой-то особый кайф ловила. Дербышев чуть не умер от ужаса. Он ведь был уверен, что Наталья к нему хорошо относится, с пониманием. Каково ему было узнать, что она столько лет за ним следила и втихую вынашивала план, как с ним разделаться, да покруче, чтобы, значит, мало не показалось. А уж Широкову она крыла вообще чуть не матом. Но Костя, конечно, гигант. Все время держал ситуацию под контролем, ни на секунду из рук не выпустил. Я его еще сильнее зауважала после вчерашнего.

В палату заглянула сестричка — знакомая Короткова.

— Граждане сыщики, — зашептала она, — мотайте отсюда, завотделением идет.

— Уже бежим, — отозвался Коротков. — Коль, тебе чего принести? Мы вечером придем, когда всех будут пускать.

— Пожрать и почитать, — быстро ответил Селуянов. — И побольше. И Валюшке позвоните, а то она небось меня потеряла.

Настя и Юра вышли из больницы и отправились на Петровку. Начинался новый рабочий день, в котором будут новые преступления, новые трупы и новые убийцы и уже не останется места для эмоций и переживаний.

* * *

Владимир Алексеевич Стрельников ехал на работу, когда заверещал лежащий на пассажирском сиденье телефон сотовой связи.

— Володя, это я, — услышал он голос Геннадия Леонтьева.

— Да, Гена, доброе утро, — ответил Стрельников, не отрывая глаз от дороги.

— Володя, я... Не знаю даже, как сказать... Спасибо тебе.

— Не за что.

— Нет, есть за что. Ты меня спас. Ты взял на себя мою вину. Зачем ты это сделал? Мы со Славкой молчали, и ты бы промолчал. Зачем ты сказал?

— Так было надо, Гена, неужели ты не понимаешь? Славке уже все равно, потому что Лары больше нет. Я тоже фактически в разводе. Если бы мы все промолчали, твоя Анюта до самой смерти мучилась бы подозрениями, что это именно ты тогда... Ну, словом, все понятно. Кто-то из нас должен был взять вину на себя, либо Слава, либо я. Слава промолчал, поэтому пришлось мне. Поверь мне, так лучше.

— Да, так лучше. Но лучше для меня. А для тебя? Ведь ты не делал этого, это сделал я, а все будут думать, что это ты Надежду... Володя, что я могу тебе сказать, кроме «спасибо»? Таких слов еще не придумали, чтобы выразить, что ты для меня сделал.

— Перестань, пожалуйста. Мы же друзья. А для чего еще нужны друзья, как не для того, чтобы помогать? Все, Гена, закончим на этом. Вечером созвонимся.

Стрельников отключил связь и положил трубку на сиденье. Да, если история получит огласку, нового назначения ему не видать. Ну и черт с ним. Зато Гена с Анной сохранят свой брак. У них девочка растет, Алиса, отличная девчонка, и дай им всем Бог счастья в крепкой семье и на долгие годы. Гена Леонтьев — его друг. А друзьям надо помогать.

Сентябрь — декабрь 1996 г.

СОБРАНИЕ СОЧИНЕНИЙ А. МАРИНИНОЙ

Литературно-художественное издание

Маринина Александра Борисовна
СВЕТЛЫЙ ЛИК СМЕРТИ

Издано в авторской редакции
Художественные редакторы А. Стариков, С. Курбатов («ДГЖ»)
Художник И. Варавин («ДГЖ»)
Технический редактор Н. Лукманова
Компьютерная верстка В. Азизбаев
Корректор М. Меркулова
В оформлении использованы фотоматериалы
В. Майкова, В. Волкова

Налоговая льгота — общероссийский классификатор
продукции ОК-005-93, том 2; 953000 — книги, брошюры.

Подписано в печать с готовых диапозитивов 07.02.2000
Формат 84 × 108¹/₃₂. Гарнитура «Таймс».
Печать офсетная. Усл. печ. л. 20,16. Уч.-изд. л. 14,9.
Тираж 15 000 экз. Заказ № 688.

ООО «Издательство «ЭКСМО-МАРКЕТ»
Изд. лиц. № 071591 от 10.02.98
ЗАО «Издательство «ЭКСМО-Пресс»
Изд. лиц. № 065377 от 22.08.97
125190, Москва, Ленинградский проспект, д. 80, корп. 16, подъезд 3.
Интернет/Home page — www.eksmo.ru
Электронная почта (E-mail) — info@ eksmo.ru

Отпечатано с готовых диапозитивов
в полиграфической фирме «КРАСНЫЙ ПРОЛЕТАРИЙ»
103473, Москва, Краснопролетарская, 16.

Книга — почтой:
Книжный клуб «ЭКСМО»
101000, Москва, а/я 333
E-mail: bookclub@ eksmo.ru

Оптовая торговля:
109472, Москва, ул. Академика Скрябина, д. 21, этаж 2
Тел./факс: (095) 378-84-74, 378-82-61, 745-89-16
E-mail: eksmo_sl@msk.sitek.net

Мелкооптовая торговля:
Магазин «Академкнига»
117192, Москва, Мичуринский пр-т, д. 12/1
Тел./факс: (095) 932-74-71

Всегда в ассортименте новинки издательства «ЭКСМО-Пресс»:
ТД «Библио-Глобус», ТД «Москва», ТД «Молодая гвардия»,
«Московский дом книги», «Дом книги на ВДНХ»

ТОО «Дом книги в Медведково»
Москва, Заревый пр-д, д. 12 (рядом с м. «Медведково»)
Тел.: 476-16-90

ООО «Фирма «Книинком»
Москва, Волгоградский пр-т, д. 78/1 (рядом с м. «Кузьминки»)
Тел.: 177-19-86

ГУП ОЦ МДК «Дом книги в Коптево»
Москва, ул. Зои и Александра Космодемьянских, д. 31/1
Тел.: 450-08-84